Un rendez-vous particulier

MARTINA CHYBA

Un rendez-vous particulier

FAVRE

Éditions Favre SA
29, rue de Bourg
CH-1003 Lausanne
Tél. : (+41) 021 312 17 17
lausanne@editionsfavre.com
www.editionsfavre.com

Groupe Libella, Paris

Distribution France, Belgique, Canada : Interforum
92 Avenue de France
F-75013 Paris
Contact.clientele@interforum.fr

Distribution Suisse :
Office du livre de Fribourg
Route André Piller
CH-1720 Corminboeuf

Dépôt légal : novembre 2025

Rang : 01
Imprimé en Bulgarie par Flex

Mise en page : SIR
Couverture : Catherine Duval, Dynamic 19

ISBN : 978-2-8289-2292-4

Les Éditions Favre bénéficient d'un soutien structurel
de l'Office fédéral de la culture pour les années 2020-2025.

À l'homme des marches du Sacré-Cœur,

… cette histoire faite de choses complètement vraies, de choses demi-vraies, de choses demi-fausses, de choses complètement fausses, de choses vécues, de choses vécues par d'autres, de choses jamais vécues, de choses qu'on espère vivre et de choses qu'on n'espère jamais vivre. Ne compte que la sincérité.

"I'm Still Standing"
Elton John

« Et alors ce qui m'intéresse c'est de ne rien cacher de toutes les horreurs qui me traversent [...]. Parce que ces horreurs-là nous traversent tous plus ou moins et si les écrivains ne les formulaient pas, personne ne le ferait. »
Lionel Duroy

"I'll keep the candles burning
Let your body melt in mine"
Modern Talking

« Qui n'est pas affamé d'art est proche de la décrépitude. »
Egon Schiele

Prologue

L'urologue de mon ami Max est une personne adorable.

Nous sommes dans la salle d'attente du centre médical. Il n'y a plus de journaux depuis le Covid, il n'y a d'ailleurs bientôt plus de journaux nulle part, même dans les kiosques, qui sont devenus des épiceries vendant des produits alimentaires ultratransformés rendant obèse, et des machins à fumer divers et variés qui provoquent le cancer. La presse donne certes parfois de l'urticaire, mais cela se soigne tout de même plus facilement. Après, si les gens préfèrent désormais payer pour ce qui les tue directement, on ne va pas les plaindre quand ils se retrouvent assis ici, candidats résignés à la palpation des testicules, au test de la prostate, à la prescription de Viagra pour cause de problèmes érectiles ou au fameux TR que l'on appelle par son sigle pour éviter d'avoir à prononcer les mots « toucher rectal ».

Les patients ont tous les yeux baissés sur leur téléphone dans un silence sépulcral.

Les hommes se réjouissent rarement d'aller chez le médecin, mais la visite chez l'urologue, c'est uniquement sous la torture, ou poussés par l'angoisse de ne plus être capables d'avoir des relations sexuelles. À 50 ans, ils découvrent soudain que ces parties du corps, autour desquelles tourne pourtant toute leur vie, sont des organes qui, à ce titre, peuvent être atteints de maladies et doivent être contrôlés. Ils réalisent que cela passe par des inspections invasives et pas toujours agréables et geignent comme des bébés chats à l'idée qu'on leur introduise un doigt dans l'anus. Nous les femmes sommes habituées à ce que l'on nous inspecte la tuyauterie depuis l'âge de 15 ans, tuyauterie par laquelle sort régulièrement du sang et parfois même un être humain ; on ne peut donc que lever les yeux au ciel devant tant de chichis.

Max s'appelle en réalité Armand, mais cela ne lui convenait pas ; il a donc changé de prénom, et j'avoue que j'ai eu beaucoup de mal à m'y habituer, car je trouve qu'Armand c'est charmant alors que Max c'est suisse allemand. Mais on ne juge pas un ami n'est-ce pas, on lui dit une fois qu'il est idiot parce qu'on doit la vérité aux amis, et après on la boucle, on respecte le délire et on va boire un verre.

Et plus tard, on l'accompagne chez l'urologue.

– Je suis sûr que j'ai un cancer.

– Mais non.

– Et si pendant l'examen je commence à …

– (Je l'interromps en levant les yeux au ciel) Mais non, je t'assure que cette petite cérémonie te donnera l'envie de tout sauf ça. Et ne mets pas cette image dans ma tête s'il te plaît.

– J'aurais dû prendre un autre toubib.

– Pas du tout.

Pourquoi suis-je là, à lui tenir la main, qu'il a très belle par ailleurs ? Je constate au passage que sans jamais rien faire, il a gardé des mains aussi délicates que son esprit peut ne pas l'être, fines et masculines, sans rides et sans taches, alors que je paie 80 francs par mois pour du remplissage gel plus vernis permanent noir avec des paillettes, ou un mini faux diamant quand je me sens d'humeur, pour que cela détourne le regard de mes veines bleues et saillantes qui ne disparaissent même plus lorsque je lève les mains au-dessus de ma tête.

– Au fait, merci d'être venue avec moi, poursuit-il.

– Tu m'as quasiment fait un chantage au suicide.

– Tu voulais que je demande à qui ? Hein ? À mon ex-femme, désormais en lutte contre le patriarcat, c'est-à-dire en grande partie contre moi, qui vient de choisir de « sortir » de l'hétérosexualité comme on sort d'une pièce en claquant la porte, en se découvrant une soudaine attirance pour les femmes ? Et qui a lancé un site sur le flux instinctif et autres exercices pour le périnée ? Tu sais ce que c'est le flux instinctif ? Elle explique ça sur la page d'accueil, je recommande. Tu ne mets plus de serviettes hygiéniques ou de tampons, tu « sens » quand ça vient et tu vas aux toilettes à ce moment-là. Un boulot à plein temps quoi, être en télétravail juste à côté des WC pour pouvoir s'y ruer à chaque « flux ». Et elle vend des *cups*, excuse-moi mais à quel moment tu te mets un entonnoir en plastique dans la chatte ? Vous vous êtes libérées du corset pour des trucs comme ça, sérieusement ? Tu voulais que je demande à ma fille, qui a décidé de se raser la tête depuis qu'elle ne se rase plus les jambes, et de se mettre un anneau dans le nez – ça s'appelle un septum hein si jamais tu es tentée – et qui se fout complètement et à raison du système reproductif de son vieux père hors d'usage ? Tu voulais que je demande à mes potes quinquagénaires tous semi-dépressifs, drogués au Cymbalta et aux échecs prévisibles et annoncés sur Tinder, parce qu'ils ne veulent plus être mariés mais pouvoir y retourner si jamais, parce qu'ils ne veulent plus de vie de famille au quotidien mais pouvoir y retourner si jamais, parce qu'ils ne veulent plus de leur meuf ramollie mais pouvoir y retourner si jamais ? À mes anciens collègues qui avaient dit « on reste en contact » quand je me suis fait jeter à 50 ans, soudainement obsolescent après vingt-cinq ans de primes de fin d'année et d'entretiens d'évaluation louangeurs, et dont je n'ai évidemment jamais eu de nouvelles, je n'en attendais pas d'ailleurs ? Ou à mes vieux potes qui sont au chômage comme moi et qui cherchent aussi quelqu'un pour les accompagner chez l'urologue ? Non, il n'y avait que toi.

Mon Max.

C'est lui qui aurait dû être journaliste société à ma place, au lieu de travailler dans… dans quoi au fait, je ne sais même pas, à part qu'il est ingénieur et dans son genre, un génie.

Il me demande : « Et toi avec ton Parisien, ça va comment ? » Mais je n'ai pas le temps de répondre, ce qui m'arrange fort je l'avoue, car je n'aurais pas vraiment su résumer la situation. L'urologue arrive.

– Monsieur Lamoureux ?

Ben oui. La personne la moins facilement amoureuse de la planète est née Armand Lamoureux, qui est une sorte de quintessence du patronyme romantique. Même avec Max comme prénom, cela reste scandaleusement sensuel. Quand je pense que mon nom de famille à moi veut dire « erreur » en tchèque, je me dis que les cartes ne sont pas distribuées pareil au départ, c'est sûr. Ceci dit, le fait est qu'à ce stade de nos existences respectives, c'est moi qui suis amoureuse, et lui est seul, à se demander où il a commis une erreur.

Il se lève et se dirige vers son docteur. Qui est une doctoresse.

Car l'urologue de Max est une femme.

– Madame veut venir avec vous ? demande-t-elle.

Alors non, pardon. Madame n'assisterait à ça pour rien au monde. Madame va rester bien sagement assise sur cette chaise inconfortable et penser à sa vie.

Je réfrène le réflexe pavlovien de sortir mon téléphone portable de mon sac pour m'occuper, et j'essaie de mettre en place ce que le smartphone nous empêche justement de faire : un moment d'ennui et de réflexion. Je le dis souvent, nous sommes une génération pathétique, révoltée contre rien et revenue de tout, persuadée d'avoir 30 ans dans sa tête et dans son cul et désespérée d'en avoir 50 dans son job et dans ses artères. Toujours en baskets et toujours en crise. Nous sommes coincés entre les plus vieux que nous envions parce qu'ils ont une meilleure retraite, mais qui nous angoissent parce qu'ils vont mourir et que nous sommes les prochains sur la pente glissante, et les plus jeunes que nous jalousons parce qu'ils sont plus jeunes précisément, et ont devant eux tout ce que l'on n'aura plus jamais, qui nous agacent parce qu'on les trouve souvent flemmards, intolérants, radicaux, facilement dépressifs, anesthésiés par les écrans et pas marrants, et aussi parce qu'ils nous en veulent de leur laisser ce tas de merde qu'est devenue la planète alors que nous on croyait en l'ONU, aux droits de l'homme, à « Touche pas à mon pote », au web éducatif et à la mondialisation heureuse, la blague. En amour comme au boulot, nous sommes perdus, parfois de retour sur le marché, alors que nous ne sommes pas encore des légumes. Et terrorisés de finir au compost.

Je suis donc comme tout le monde, engluée dans une vie privilégiée pour laquelle je devrais, semble-t-il, m'excuser un million de fois par jour, mais habitée par le sentiment que non, ce n'est pas toujours si facile. Pour m'aider, j'ai un psychiatre et neurologue que j'aime d'un amour intellectuel et platonique, un mec jeune beau et intelligent qui vous percute en deux secondes et vous bouscule sans complexe, contrairement à tous les psys complaisants qui vous confortent dans l'idée que vous êtes une victime, que le monde est méchant et qu'on va prolonger un peu votre arrêt de travail et votre ordonnance de Xanax, car oui bien sûr vous êtes encore fragile.

Non, le Dr David Maunoir n'est pas un psychiatre comme les autres. Il ne prescrit jamais d'antidépresseurs, ni d'anxiolytiques, ni de somnifères, ni de tisanes, ni de séjours en clinique, ni de stages de méditation en pleine conscience.

Il ne prescrit que des œuvres d'art.

Les marches du Sacré-Cœur

C'est la troisième fois que je viens m'asseoir ici pour attendre un homme.

À Paris, sur les marches du Sacré-Cœur.

C'est toujours aussi foutraque, surpeuplé, bruyant, peu authentique. C'est toujours aussi éprouvant de slalomer entre les gens. Il y a ceux qui convoitent votre argent en vous vendant des saloperies fabriquées en Chine (les touristes chinois paient pour les ramener à la maison, sur le principe c'est hilarant), il y a ceux qui, tant qu'à faire, essaient de vous piquer directement votre porte-monnaie. Il y a ceux qui convoitent votre cul (enfin le mien de moins en moins, je suis censée être la daronne maintenant, mais des fois je me demande s'il n'existe pas un marché de drague de la *seniore*, prête à faire un dernier tour de carrousel). Il y a les touristes exténués, digérant avec difficulté leurs explorations de la cuisine française, car en moins d'une heure on leur a fait goûter du foie gras, un plateau de fruits de mer avec cette atrocité que sont les bulots à la mayonnaise et/ou des escargots chewing-gum noyés dans des hectolitres de beurre fondu persillé que l'on éponge à la baguette tradition, du brie à la truffe, des macarons, un Paris-Brest, un verre de Chardonnay, un café, et après on leur demande de grimper les escaliers jusqu'à la Place du Tertre, alors qu'ils sont déjà en surpoids à la base pour la plupart. Il n'est donc pas étonnant d'assister au spectacle de crises d'asthme sévères au milieu des marches, et comme il y a plein de graffitis rigolos, c'est pratique, on peut faire semblant de les lire en reprenant son souffle. Il y a les jeunes influenceuses du monde entier sur lesquelles plus une pièce n'est d'origine, et qui font des *photoshoots* lunaires sur les pavés de Montmartre, imbibés de la sueur du peuple laborieux et «si durs aux miséreux» comme le chantait Cora Vaucaire en 1955, mais évidemment, les influenceuses n'en savent rien et s'en tapent comme de leurs premières lèvres refaites (je parle de leur bouche, donc). Elles se mettent de trois quarts, rentrent leur ventre, sortent leur croupe et leurs seins avec une vulgarité à côté de laquelle la Nana d'Émile Zola, prostituée qui est née ici, ressemble à un personnage de Jane Austen.

Mais il faut que je revienne un peu en arrière sinon vous n'allez rien comprendre.

La première fois que je me suis retrouvée ici, c'était il y a un an. Non, un peu plus.

Tout avait commencé alors que j'étais un jour chez moi à Genève en slip, avec un T-shirt gris portant le message profond «J'peux pas j'ai raclette», à 6h30 du matin, devant ma mixture de survie verveine jus de citron miel curcuma gingembre cannelle. Je me désinscrivais d'un site de rencontres, sur lequel j'avais mis comme image de profil de moi une photo de l'artiste Dora Maar, peinte par Pablo Picasso. Je n'avais rencontré sur cette application que des déceptions, et la dernière conversation en ligne m'avait décidée. Il s'agissait d'un chef d'entreprise suisse qui, sur sa photo, posait fièrement avec son bateau. Parce que quand on est de sexe masculin, que l'on habite à Genève au bout du lac Léman, et que l'on n'est pas un SDF (il y en a certes peu, mais il y en a), on se doit de posséder un voilier, c'est le minimum syndical. Et on l'exhibe le plus souvent possible, comme tout ce qui fait une bosse dans le pantalon : sexe et porte-monnaie, bien remplis tous les deux. Dans leur description, les mecs nous montrent leur bateau, alors que nous avons envie de voir leur âme, misère.

En ce qui me concerne, c'est rédhibitoire, j'ai le mal de mer même sur un ponton, je déteste tout ce qui flotte, sauf quand c'est une odeur d'homme bien lavé, surtout entre le menton et la clavicule, dans le cou, je pourrais y promener mon nez pendant des heures. Ce célibataire-là en quête d'amour avait mis dans son texte de présentation : « Ce qui m'excite chez une femme, c'est son cerveau ». Il n'y avait même pas de faute d'orthographe et j'en avais donc stupidement tiré la conclusion suivante, deux points ouvrez les guillemets : « Ah enfin quelqu'un qui ne pense pas uniquement au sexe ». J'ai donc liké ce type, et nous avons commencé une conversation en ligne. Après les salutations d'usage bonjour comment allez-vous ça fait longtemps que vous êtes sur ce site, on attaque :

> Moi : J'apprécie le fait que vous soyez excité par un cerveau.
> Lui : Oui j'adore.
> Moi : Qu'est-ce que vous adorez particulièrement ?
> Lui : J'aime qu'elle soit tordue.
> Moi : Pardon mais euh… tordue comment ?
> Lui : Au lit. Je ne peux vivre qu'avec une vraie salope.

Voilà, on en était là. J'ai poliment dit au revoir et bonne chance, je ne pense pas être la personne adéquate. Et j'ai décidé d'arrêter de penser qu'il pouvait se passer quoi que ce soit d'intéressant en ligne. C'est ce que l'on appelle désormais la *dating fatigue*.

Avec l'énergie du désespoir, une sorte de dernier spasme avant la mort clinique, je suis encore allée visiter rapidement les profils d'hommes, avec âge en rapport, de la ville de Paris, mon fantasme urbain depuis mes 14 ans, alors que je découvrais les romans d'Émile Zola et les peintres impressionnistes. Je me disais qu'au moins, dans la ville Lumière, les mecs ne feraient pas chier avec leurs photos de bateaux.

J'ai cliqué sur deux trois images, mmh, oui, non, pas mal, bof, j'aime les lunettes un peu cul de bouteille de celui-là, reflétant un abîme de complexité, mais bon fatigue, flemme, on plie, j'en peux plus. C'est à ce moment précis que j'ai reçu la notification d'un message disant en substance ceci :

> Comme nous sommes manifestement dans le même train, que diriez-vous de nous retrouver au bar ?

Je n'ai rien compris. A priori, même si j'avais de la peine à me remémorer certains noms depuis quelques années, signe que les neurones grillaient un peu là-haut, comme des insectes piégés dans une lampe, j'étais tout de même certaine de ne pas être dans un train. J'aurais donc logiquement dû :

a. Laisser tomber, fermer l'appli et revenir dans la vie réelle avec ou sans homme, on peut très bien vivre sans eux après tout (en fait non pas tellement, mais ça nous tord les ovaires de le dire).
b. Répondre : « Désolée mais il y a erreur, bonne chance et santé ! »
c. Répondre : « J'peux pas j'ai raclette ».

Au lieu de cela, j'ai écrit quelque chose de complètement psychédélique comme « Je ne suis pas dans le train mais je vais vite demander un congé à mon patron pour monter dedans alors commandez-moi un jus de gingembre, j'arrive ».

L'homme aux culs de bouteille, car c'était lui, a immédiatement interprété cela comme une invitation sexuelle *because* gingembre = aphrodisiaque, et a dû croire que j'étais une nymphomane en manque ; il s'est dit que ça allait se faire hardi petit vite fait bien fait dans les toilettes du TGV, et illuminer sa sinistre journée de rendez-vous en province. Il faut dire qu'entre Bourg-en-Bresse et Bellegarde un petit matin gris, même les WC empuantis et constellés du papier usagé et mouillé de fin de voyage peuvent faire horizon de récréation érotique.

Bref, c'est comme cela que nos échanges ont commencé, sur une incompréhension totale, et il en a fallu des dizaines pour que le monsieur comprenne que je n'étais pas dans le train, que je n'étais pas française mais que j'habitais en fait à Genève en Suisse, et que nous ne pourrions pas prendre ce gingembre tout de suite ni même le lendemain sur une terrasse à Paris.

L'algorithme n'était pas seulement un peu erratique, mais aussi un peu salaud. Manipulateur. Méphistophélique. D'habitude, sur ces sites de rencontres un peu plus chers, on vous demande vos goûts, vos préférences, vos hobbys, votre situation familiale et on essaie de faire *matcher* tout ça avec un profil similaire, ou à tout le moins affinitaire, histoire de donner aux candidats à l'amour les meilleures chances d'aller au-delà du simple plan cul. Mais dans le cas présent, l'IA avait dû se dire que ce n'était pas parce qu'on est une intelligence artificielle qu'on est forcément aussi débile que les humains le croient, qu'on allait donc désobéir *exprès*, et avec ces deux-là, on allait faire l'inverse. Elle Suissesse, plutôt de centre gauche encore que difficile à classer, féministe, immigrée, blonde, journaliste, anticléricale, sportive, amatrice d'art et de compromis, plus ou moins végétarienne, très organisée et regardante sur le tri des déchets. On va donc lui coller un Parisien d'origine angevine, avec éducation catholique ultra-traditionnelle, gros fumeur, un peu alcoolique, ne pratiquant aucun sport, ne connaissant rien à l'art, travaillant *dans l'immobilier*, mélangeant le verre, l'alu et le compost, farouchement pro-nucléaire, viandard revendiqué, de droite réac revendiqué aussi, arrivant toujours en retard et n'aimant que les brunes.

Hinhin.

Évidemment, j'ai découvert tout cela petit à petit, et à chaque nouvelle avancée dans les échanges sur WhatsApp, j'avais cette pensée profonde: « Ah ouais quand même ». Mais quelque chose me poussait à continuer, et ce n'était même pas le désespoir, la peur de la solitude, la disette sexuelle, la blessure narcissique d'avoir été une femme larguée à l'aube des 50 ans, c'était plus de l'ordre de l'amusement. Tu es vivante meuf, et il y a toujours une bonne raison de ne pas y aller, alors justement, vas-y. À ce stade, il n'y a pas grand-chose à perdre, à part s'il te découpe en rondelles et cache ton corps dans le sous-sol d'une maison de guingois de Montmartre. Car oui, je n'ai pas précisé: le monsieur habite le haut de la butte Montmartre, à quelques pas de la fameuse Place du Tertre.

Rendez-vous fut pris sur les marches du Sacré-Cœur un 9 août, alors que Paris, d'habitude si éveillée, somnole, désertée par ses habitants. Ce jour-là s'est produit exactement ce qui était attendu, non pas le découpage en rondelles, mais ce moment de pré-préliminaires, où l'on se retrouve devant la porte de l'un des deux protagonistes et où on fait semblant d'hésiter à monter pour boire un dernier verre en sachant pertinemment qu'on va monter et qu'on ne boira rien ni même les paroles de l'autre, que l'on va juste se jeter sur un corps qu'on ne connaît pas, comme on se jette à la mer du haut d'une falaise, ne sachant absolument pas ce que l'on va trouver en dessous.

Premier problème dans cette situation : soi-même.

Se montrer nue devant un inconnu après vingt ans de mariage et deux ans de célibataille à régler les détails du divorce, et encore deux ans de rencontres bof ou avortées, c'est un stress inqualifiable. Parce que non seulement on a pris cher, dans tous les sens du terme, mais on a aussi pris les vingt ans en question. On est la même personne, mais avec tout le matériel un peu plus bas qu'avant : paupières, seins, triceps, coins de la bouche, ventre, fesses, moral éventuellement. Déjà seule devant la glace, c'est insurmontable. Alors nue devant un être vivant qui ne se souvient pas de la femme sublimement bien foutue qu'on était avant, c'est inhumain. Certaines de mes amies ont refusé l'obstacle, préférant la paix des sens à cette nouvelle épreuve du maillot sans maillot. Et le comble, c'est que les hommes détestent faire des câlins dans le noir, alors que 90% des femmes le réclament. L'égalité des salaires n'est pas encore réalisée, l'égalité de l'estime de soi non plus, manifestement. Mais regardons les choses froidement : a-t-on déjà vu un homme se barrer en courant lorsqu'une femme se dévêt devant lui ? Non, n'est-ce pas ? L'homme devant lequel vous allez vous mettre à nu n'a-t-il pas des trucs qui tombent lui aussi ? Cheveux, paupières, pectoraux, ventre, fesses, même les testicules, il paraît. Alors en voiture Simone (de Beauvoir, ou Weil, ou Signoret qui a assez vite assumé de n'être plus Casque d'or dans sa vie, ou Biles multi-championne olympique en gymnastique, rescapée d'abus sexuels et de troubles dépressifs), on se laisse transporter, bordel.

Deuxième problème dans cette situation : l'autre.

Pardon, mais la première fois avec un homme inconnu, il y a quand même un puissant suspense. Et ils le savent autant que nous. Eux sont avides de savoir à quoi ressemblent nos fesses et nos seins, si c'est mou, dur, gros, petit, doux, si ça tombe ou si ça tient, si ça remplit la main d'un honnête homme comme disaient nos grands-mères, phrase que plus personne n'oserait plus prononcer aujourd'hui, donc faites comme si je n'avais rien dit. Et nous, eh bien on attend de savoir ce qu'il y a dans le pantalon. Dire que cela n'a pas d'importance c'est comme dire que la beauté est intérieure, cela ne coûte pas cher, mais personne n'y croit une seule seconde, surtout dans notre société devenue une *photocratie*, où tout, absolument tout est basé sur l'image.

Ma meilleure amie Sixtine, qui a grandi dans une commune bourgeoise bien serrée du derrière (certains disent « cul cousu », ce qui est le terme le plus vulgaire mais aussi le plus justement imagé pour illustrer le protestantisme local) où tout est comme il faut à l'extérieur et blet à l'intérieur, a gardé de son éducation un côté apprêté et châtié, mais elle a abandonné quelques filtres en route, et n'hésite pas à mettre les mots les plus directs sur ce que tout le monde voit, mais n'exprime jamais. Elle n'hésite pas non plus à utiliser un langage brutal et disons, pour le coup… décousu.

L'an dernier, nous sommes allées visiter ensemble la chapelle Sixtine. Cela faisait sens pour moi et pour elle qui porte ce prénom si connoté. À l'origine, on attribuait ce prénom au sixième enfant de la famille, et il y a eu trois papes Sixte, dont Sixte IV qui a fait construire la fameuse chapelle à laquelle il a donné son nom. Elle n'avait jamais voulu s'y rendre, c'était comme une sorte de bras d'honneur à ses origines, mais sur ma demande, elle avait accepté. Et c'est tout de même la seule personne qui, la tête en l'air, admirant au plafond *La Création d'Adam* de Michel-Ange, au milieu des oh ! et des ah ! de la foule, est capable de me chuchoter à l'oreille : « On est d'accord que son sexe est anormalement petit, ou bien ? » Je lui ai expliqué en riant que dans l'Antiquité, dont s'inspirait Michel-Ange, il fallait marquer la supériorité de l'intellect sur les instincts bestiaux, et donc oui, les sexes sont généralement représentés petits, dans les œuvres d'art, il n'y a que les satyres ou les dieux de la fertilité qui possèdent de gros organes génitaux.

Je me souviens d'un autre épisode, lorsque j'avais une vingtaine d'années. Nous étions à la montagne, avec ma petite sœur qui devait avoir dans les 16 ans, à Anzère en Valais, où mes parents possédaient un appartement. Nous sommes allées au sauna et à l'époque, il n'y avait qu'une seule manière de fréquenter le sauna : mixte et à poil. Nous étions donc assises suantes et musclées, elle par le volleyball et moi par le tennis, lorsqu'un couple est entré. En une milliseconde, nous avons dû nous composer une *poker face* de circonstance, dire bonjour poliment et décider d'éviter absolument de nous regarder. Dans nos têtes sonnait la même musique : « Mais elle est où ? » L'homme avait effectivement un sexe quelque part dans les poils car on ne s'épilait pas cette zone du corps dans ces années, et d'ailleurs si on avait dit aux messieurs qu'un jour ils fréquenteraient les instituts de beauté pour y subir des pédicures, se faire enlever les poils du torse, du dos, du pubis, et parfois des testicules, ils auraient éclaté d'un grand rire sonore, comme si on leur parlait de la planète des singes, une dystopie qui faisait peur au plus profond de l'humanité de chacun, mais qui heureusement ne se produirait jamais dans la réalité. Bref, il avait probablement ce que l'on appelle un « micropénis », on le devinait et on observait la dame et fatalement on se projetait en se disant si je rencontre un gars et qu'il y a ça dans son slip comment vais-je réagir. Oui, c'est un mélange de pitié, de ricanement et d'imagerie collective qui est à l'origine d'innombrables complexes du vestiaire, ce n'est pas *inclusif* comme attitude, c'est totalement injuste car la personne n'y peut rien, mille fois désolée, mais dire que ce questionnement n'existe pas serait une hypocrisie totale, pire, un mensonge.

Tout cela pour expliquer que la première nuit avec un homme c'est aussi le déballage du cadeau Bonux. Ça, c'est un terme des années 70, à l'époque de l'animateur Guy Lux et de l'humoriste Coluche ; aujourd'hui existe l'épouvantable mode du *unboxing*, pratique consistant à se filmer ou à filmer son enfant en train d'ouvrir des paquets et de s'extasier pour ensuite publier ces images sur les réseaux sociaux avec pour résultat d'engranger des milliers de *followers* qui regardent un pauvre gosse déballer des cadeaux, faut vraiment être con, et de fabriquer des gamins névrosés, blasés et traumatisés par l'exposition précoce et l'ego mal lavé de leurs parents, qui au lieu de les pousser à donner le meilleur d'eux-mêmes, les transforment en déchireurs de papiers à paillettes et en chair à canon de la consommation la plus inepte, tristesse infinie. Bref, le *unboxing* de la femme d'âge moyen est de découvrir ce que le monsieur d'un soir ou du reste de la vie a entre les jambes. Contrairement à la silhouette, les cheveux gris, les yeux bleus, les ongles pas nickel ou les poils dans le nez, cela ne se voit pas au premier abord. « Il paraît que les hommes qui ont des grandes mains ont aussi des grands autre chose » me disait délicatement Sixtine devant l'une de nos soupes hebdomadaires. Oui, si nous le pouvons, nous effectuons des *updates* de nos vies chaque semaine et nous ne mangeons que des soupes, je ne sais pas pourquoi mais le rituel s'est installé comme ça. Cette fois-là, je crois que c'était un *Tom Kha*, un truc thaï délicieux plein de poulet probablement brésilien probablement plein de médics et ayant probablement peu de choses à voir avec ce que l'on découvre sur les photos quand on tape le mot « poulet » dans Google. Je lui ai répondu que c'était des conneries ces trucs, et qu'on avait dit pareil sur les gros nez. Alors quoi, un homme avec un gros nez et de grosses mains aurait forcément un gros sexe ? C'est ça ? « Vérifie dans les souvenirs que tu as de tes ex » a-t-elle répondu en mâchant un morceau de bambou qui aurait aussi pu être un morceau de plastique, en fait. « Et toi, qui cultives ton originalité en étant mariée depuis vingt-cinq ans, ça se vérifie avec ton cher et légitime époux ? » rétorqué-je finement. Enfin je le croyais, car il est toujours difficile d'avoir le dernier mot avec Sixtine. « Tu sais bien que ça fait longtemps que je ne vois plus que son nez et ses mains, le reste je ne m'en souviens même plus. » Je me suis concentrée en silence sur un petit champignon mou et sans goût.

Toujours est-il que la journaliste en moi était curieuse. Je me remémorais l'épisode avec le président américain Donald Trump, qui a des petites mains, on le constate bien lors des meetings quand il les agite, et qui avait été décrit par un magazine comme « un rustre aux petits doigts ». Il connaissait manifestement la légende taille des mains = taille d'autre chose, et s'était empressé de préciser que de ce côté-là tout allait bien merci. J'ai déniché un article du média en ligne *Slate* faisant état d'une étude japonaise dont la conclusion était : « Si l'index est plus court que l'annulaire, alors le pénis sera en moyenne plus grand. À l'inverse si l'index a tendance à rivaliser avec l'annulaire, le sexe sera en moyenne plus petit. » Ajoutant que « le ratio entre l'index et l'annulaire, appelé indice de Manning, pourrait être un indice du taux d'exposition prénatale aux androgènes. Les chercheurs pensent que plus le fœtus a fabriqué d'hormones androgènes, plus cela se verra dans le rapport entre ces deux doigts. En effet le développement des membres, y compris celui des doigts et des orteils, est contrôlé par les mêmes gènes que ceux qui s'occupent du développement du système génital. »

Voilà voilà voilà.

Donc si à tout hasard je m'ennuyais pendant mon rendez-vous du 9 août sur les marches du Sacré-Cœur, j'avais une occupation toute trouvée : l'indice de Manning. Ça promettait.

Je ne me suis pas ennuyée une minute. Mais j'ai regardé, évidemment.

L'homme des marches du Sacré-Cœur fume, donc au bout de la clope, on voit bien la première main. Comme il boit aussi, on voit bien le verre dans la deuxième main. Tadaaa, verdict. Les deux mains sont grandes, mais différentes. Sur la droite l'index est plus court. Sur la gauche il est pareil, voire plus long. Le suspense reste donc entier, il va falloir plonger directement dans le dossier.

J'ai beaucoup décrit cette première nuit, à Sixtine, à Max, au monde entier, en fait. Comme l'a observé une fois ma fille: « Je n'ai pas grandi dans une famille où il y avait des photos de mariage et de bébés dans le salon, il y avait des grands posters de nus d'Egon Schiele, qui faisaient peur à mes copains, et ma mère raconte sa vie sexuelle dans les journaux. » En résumé oui, durant ce premier rendez-vous sur les marches, j'ai respecté ce que les sexologues contemporains appellent le « script classique » à savoir la très peu sainte Trinité séduction/préliminaires/coït à la papa. Mais je n'ai pas voulu dormir là-bas pour éviter la *gênance* du petit matin dont jamais personne ne parle dans le « script classique ». Comme le Monsieur lui, s'est endormi, vers 2 heures du matin, je me suis retrouvée nue à quatre pattes dans un appartement que je ne connaissais pas, à chercher ma culotte, mon sac à main et mes lunettes, puis je suis sortie en me souvenant qu'il avait dit d'appuyer sur un bouton et de pousser la porte, mais rien ne se passait lorsque je poussais sur le bouton alors j'ai paniqué, je suis remontée mais je ne savais plus quelle porte était la sienne car il n'y avait aucun nom et de toute façon il dormait et n'entendait rien. Je me voyais finir la nuit sur l'escalier mais finalement, j'ai entendu du bruit derrière une porte; j'ai frappé et un gars complètement défoncé est venu m'ouvrir en paréo et m'a dit comme si j'étais simplette que ce n'était pas la porte de droite qu'il fallait pousser mais celle de gauche, et j'ai réussi à finalement m'extirper de ce cloaque pour me retrouver jetée sur un trottoir de Montmartre avec plein de messages inquiets de Sixtine qui me demandait : « Alors ????? »

On fétichise toujours la première fois. On bâtit la légende du couple dessus.

Or, ce qui est *vraiment* intéressant, c'est la deuxième.

J'étais à Paris pour trois jours et deux nuits seulement, il fallait donc rentabiliser le voyage et rempiler direct. Remettre le couvert comme on dit en France, pays de la bouffe, rallumer le sapin comme on dit chez nous, pays de montagnes. Le deuxième épisode devait se dérouler cette fois dans mon hôtel, rue d'Orsel, un 4 étoiles pas trop cher à cette période de l'année, dans une rue à consonance rigolote de marché du porno. J'avais une belle chambre avec grand lit, tentures épaisses, minibar, et salle de bain privative *of course*, la base. Je me préparais en me disant qu'il fallait que je range un peu, que je cache les paquets de préservatifs (j'avais pris deux boîtes avec deux tailles différentes dans le doute) dans la table de nuit, le lendemain en partant je les ai oubliés évidemment ; la personne qui a nettoyé la chambre a dû se dire : « Elle a prévu large (dans tous les sens du terme) la fille, pour deux nuits, ils sont plusieurs ou quoi ? » Après, elle a sûrement embarqué le matériel pour son usage personnel ou pour le filer en douce à ses enfants ados ; en tous les cas, si l'Église dit que ce n'est pas bien de gaspiller la semence qui ne doit servir qu'à procréer et multiplier les fidèles, ce qui est l'un des points qui provoque mon anticléricalité épidermique mais il y en a d'autres, moi je dis que ce ne serait pas bien de laisser perdre ces préservatifs qui servent justement à ne pas procréer et à ne surtout pas multiplier les fidèles. À plus de 50 ans, il ne vaudrait d'ailleurs mieux pas trop. J'ai souvent dit dans ma vie après un rapport sexuel : « Ah, tous ces petits Mozart qui vont finir sur du Sopalin.» Disons que là, il devait en rester assez peu. Des Mozart hein, pas du Sopalin, ça il y en a toujours assez.

Et puis soudain, au moment de prendre ma douche précoïtale, j'ai mis ma main devant ma bouche, ce qui équivaut à une pensée comme: oh merde c'est pas vrai. Effectivement, je l'avais noté en arrivant mais oublié par la suite, la salle de bain de la chambre possédait une porte coulissante. Vitrée. Mais vitrée, vitrée. Et la cuvette des toilettes se trouvait exactement dans le prolongement et dans l'axe du lit. Il y avait bien un vague liseré un peu plus opaque au milieu, mais quel architecte d'intérieur malade avait pu imaginer une chambre d'hôtel dans laquelle, littéralement, on voit l'autre faire ses besoins? Un sadique. Ou une personne qui vit depuis un million d'années avec une autre personne et qui n'a plus aucun secret, sonore, olfactif et visuel pour l'autre. Et les couples illégitimes alors, les coups d'un soir, les rencontres sur les applications? Même avec une copine c'est malaisant. Ils veulent que l'on meure de honte au sens premier, que l'on se tortille pour faire pipi sans bruit et si possible sans se tortiller parce que ça se voit? Enfer. Il faudra uriner sous la douche, et pour le reste, deux précautions valent mieux qu'une et hop! Un Coca Light du minibar pour arroser deux Imodium (j'ai toujours une petite pharmacie dans une trousse en tartan écossais avec les indispensables qui sauvent des vies, et l'Imodium lingual en fait partie).

L'homme des marches du Sacré-Cœur m'a emmenée dîner dans un restaurant assez chic et il a pris du ris de veau, autant dire pour moi, une abomination, *no go zone*. J'essayais depuis quelque temps de ne plus manger de viande, parce que je ne supportais plus la souffrance animale et je déteste les abats depuis toujours parce que c'est infect et aussi parce que dans la vie, les seules choses qui comptent, c'est la cervelle, le cœur, les tripes et les couilles. Et ça, ça ne se mange pas.

Je me forçais déjà à boire un verre de vin, alors si en plus je me mettais à avoir des haut-le-cœur devant son assiette, la soirée serait mal emmanchée. Il a gentiment mis un bout de ce magma en sauce sur sa fourchette pour me faire goûter, j'ai fermé les yeux et j'ai fait comme lorsqu'un hôte de l'île de Sulawesi en Indonésie m'avait fait manger dans une soupe un œil de mouton, marque de grand honneur, et que j'avais opéré une dissociation mentale entre mon corps et mon esprit pour avaler la chose qui, à mon avis, n'a jamais pu être digérée et qui trente-cinq ans après, erre toujours quelque part dans un bout de mon intestin. Bref, j'ai goûté son truc en déglutissant d'un coup et en marmonnant « hum ouais bon ça va, mais je préfère mon poisson qui est très bon, tu veux goûter ? » Je me suis souvenue de ce que disait Max de son faux air de macho blasé qui n'arrive pas à camoufler qu'il est la personne la plus gentille du monde, trop gentille probablement, mais c'est un autre débat. Max donc, disait : « Le problème c'est qu'il faut toujours aller dîner avant, c'est épuisant. » Moi je trouve pas mal, cela permet de se préparer psychologiquement, de faire monter la tension, et si tout se passe bien, le désir, et quand on arrive au moment suprême, de ne pas tourner autour du pot et d'attaquer le rapprochement directement et avec moins de gêne, mais ce n'est que mon avis.

Nous voilà logiquement un peu plus tard dans ma chambre d'hôtel ripolinée et moi ripolinée avec, je ne compte plus les messages de Sixtine qui, à chaque fois que je sors pour aller ailleurs qu'au boulot (et encore) me demande : « T'es épilée, lavée, repassée, amidonnée ? », partant du principe qu'on ne sait jamais, sur un malentendu, en montant sur ton scooter pourri, tu peux trébucher sur un type qui ressemble à Daniel Day-Lewis, qui est célibataire, intelligent, créatif, riche et généreux cela va sans dire, classe et respectueux, disponible mais pas trop collant, avec des enfants hors du nid et indépendants financièrement et des parents décédés ou alors nonagénaires en super forme autonomes et pas casse-bonbons, sexuellement amusant mais pas pervers, ayant effectué les examens de prévention de tous les cancers ainsi que des échographies cardiaques régulièrement. Libre serait un atout supplémentaire, bien entendu. Mais cela n'arrive jamais, on est d'accord. Alors on se retrouve dans une chambre d'hôtel avec un homme qui ne coche aucune de ces cases et qui en plus vous a confessé entre le ris de veau et la panna cotta aux fraises (oui parce qu'en plus, il n'aime que les fraises et moi uniquement les framboises) qu'il avait été accusé de violences conjugales à plusieurs reprises par son ex-femme, que même après leur divorce, cela restait un bain de sang entre eux et qu'il était en procédure depuis plus de quatre ans pour se défendre et pour des questions de garde d'enfants. J'avais réagi comme Jennifer Aniston le fait régulièrement dans la série *Friends* et comme le font les Américaines dans la vie réelle, commençant, en plein milieu du restaurant, à pousser des « hiiii » stridents, puis des « yaaay » en battant des mains, et je me suis levée, j'ai sautillé sur place en applaudissant et en criant comme une petite fille hystérique « Super ! un homme accusé de violences conjugales ! J'en rêvais ! Exactement ce dont j'ai besoin après avoir divorcé, élevé mes enfants seule, été proche aidante de ma mère veuve et malade, accepté un poste de haut management qui me stresse et ne me convient pas, mais ouiiiii, ça ne pouvait pas mieux tomber, rien ne saurait me faire plus plaisir ! »

Il se marrait. C'est déjà ça. Tu veux faire quoi d'autre.

On a fini la panna cotta avec deux cuillères et on est partis pour baiser à l'hôtel.

C'est en fait lors de la deuxième cérémonie nocturne, si deuxième il y a, que l'on découvre réellement le corps de l'autre. La première fois, il y a une sorte de brouillard dû à l'alcool, à l'urgence et à la panique que cela tourne au désastre, on est sur ses gardes, on rentre le ventre, on use de toutes les stratégies pour dissimuler les défauts, on réfléchit trop, comment il est sous sa chemise, comment il est plus bas, comment il est dans le feu de l'action, comment il est après le feu de l'action, est-ce que nous serons compatibles comme cela est présenté dans le *Kama Sutra*, qui n'est pas uniquement un recueil de positions comme on le croit souvent. Est-ce que son *Lingam* s'emboîtera bien dans mon *Yoni*, est-il un homme lièvre, un homme taureau ou un homme cheval (je vous laisse visualiser), et moi une femme biche, une femme jument ou une femme éléphante (je vous laisse visualiser aussi) ? Et s'il est lièvre et moi éléphant, que fait-on ? Et s'il est cheval et moi biche ? Lorsque vous avez cela dans la tête au moment du premier échange de fluides corporels, il peut y avoir quelque chose de paralysant, d'aveuglant même, et vous sortez de là (si on ose dire) en vous demandant ce qui s'est passé et finalement comment était la personne en face (ou pas) de vous, déjà ?

Mais la deuxième nuit est différente.

Il y a moins de suspense animalier. Vous savez à peu près s'il y a des chances que votre sexualité soit partagée et vaguement satisfaisante, vous pouvez projeter, extrapoler, mesurer le potentiel et savoir si, après, vous vous sentez bien, ou si vous avez envie de partir en courant. La veille, j'avais remarqué instantanément qu'il y avait du monde au balcon, après tout cette expression est très insultante pour les femmes alors pourquoi ne pas l'utiliser pour les hommes, mais surtout que ce qu'il y avait autour du balcon me plaisait, nos peaux étaient compatibles (la petite décharge quand un être qui vous excite met juste sa main sur votre avant-bras est déjà un préliminaire) et, de manière surprenante pour un être humain aussi consumé par la fumée, il sentait bon. Tout le monde sait que la fumée conserve la viande, et il constituait la meilleure viande séchée qui soit; seul un Helvète peut vraiment saisir la portée du compliment derrière cette comparaison, quelque chose de sec, salé, donnant soif et envie de le mâcher pendant des heures!

Le lendemain matin il s'est levé, habillé et est rentré chez lui en me donnant rendez-vous pour un petit-déjeuner à la Place des Abbesses. Ni romantisme ni tralala ni traînage au lit et pour tout dire, cela m'arrangeait infiniment, puisque cela me permettait d'aller aux toilettes tranquille, de lire un moment tranquille et de me préparer tranquille, sans la promiscuité blême de l'*after-sex*.

Cette deuxième nuit fut suivie de 364 autres nuits et journées chaotiques, nous étions parfois ensemble, souvent séparés, nous quittant régulièrement, enfin moi surtout, car, comme il a des addictions à tout, c'est également le cas pour les applications de rencontres, et il continuait ostensiblement à jouer sur tous les tableaux. Cela me convenait, car je ne voulais plus d'une vie de couple conjugale et traditionnelle, mais finalement cela a cessé de me convenir parce que… je ne sais pas pourquoi.

Peut-être que l'on n'arrive pas si facilement à s'exfiltrer de la compote sentimentale toi et moi, moi et toi, nous deux, de l'idée que l'on peut se suffire l'un à l'autre, du concept bourgeois possessif mon mec ma meuf. Je m'engueulais d'ailleurs en permanence avec mon pote Mario qui a dix ans de moins que moi et se définit comme «anarèle», ne cherchez pas dans Google ça donne zéro résultat, il s'agit d'un acronyme pour dire «anarchiste relationnel», ce qui signifie en gros que la frontière entre amour et amitié n'existe pas et que vous pouvez baiser et aimer, baiser sans aimer, aimer sans baiser, baiser sans se pénétrer, baiser avec un mec rencontré sur Tinder et dont vous n'avez vu que le bas en photo, partir en vacances avec une personne qui le reste de l'année est en couple avec une autre personne, en week-end avec une troisième, avoir des relations sexuelles avec la deuxième mais pas avec la première, bref, faire comme on veut. C'est sans aucun doute plus facile quand on est célibataire sans enfants, là c'est mon côté suisse pragmatique qui s'exprime. Après, est-on nécessairement plus heureux que les blaireaux qui cherchent leur moitié selon le mythe des androgynes de Platon ? (Mais oui, vous savez, celui qui explique qu'initialement, les êtres humains étaient androgynes, en forme de sphère avec deux visages, quatre bras et quatre jambes, et capables de se reproduire sans sexualité. Zeus, craignant leur puissance, les coupa en deux, condamnant chaque moitié à chercher son âme sœur. Et c'est pour ça que l'on est dans cette quête éperdue et perdue aujourd'hui.) C'est juste une question.

Nous arrivâmes ainsi, cahin caha, à un an de… on va dire de relation.

Et donc le 9 août suivant, je me suis retrouvée pour la deuxième fois sur les marches du Sacré-Cœur à attendre le même homme pour fêter cela.

J'étais en robe léopard cette fois et Doc Martens, avec des gobelets en plastique et une bouteille de champagne Ruinart qui se réchauffait, car l'homme des marches du Sacré-Cœur était en retard. Évidemment. Mais il arriva avec une glacière et des verres en verre, une autre bouteille de champagne, fraîche, et des fraises. Nous avons trinqué, il a mis sa main sous ma robe, nous avons dégusté les fraises avec plaisir même si, définitivement, je préfère les framboises, et nous avons entreposé ma bouteille au congélateur pour plus tard, endroit où nous l'avons bien entendu oubliée et ressortie deux jours après, explosée, même en sucette ce n'était pas possible, vraiment ruiné, pour le coup, le Ruinart.

Ce soir-là, en regardant les toits de Paris, j'avais pensé que l'histoire pouvait se finir ainsi :

> Ils ne se marièrent pas et n'eurent pas d'enfants car ils étaient trop vieux et en avaient plusieurs d'avant, pas encore tous finis.
> Ils se marièrent et n'eurent pas d'enfants car ils voulaient être tranquilles et faire encore un peu la fête du slip avant de crever.
> Ils n'eurent pas d'enfants mais se marièrent car ils étaient prêts à porter ensemble la future bouteille à oxygène de Monsieur et le futur déambulateur de Madame et que c'était mieux pour les calculs de retraite.
> Ils ne se marièrent pas et n'eurent pas d'enfants parce que c'était comme ça.

Je croyais très naïvement, là sur les marches, que le plus dur était fait. Comme par exemple lorsque l'on accouche, que l'enfant est là, et qu'il y en a en réalité pour vingt-cinq ans de servitude si tout va bien, et une vie entière d'ongles et de sangs rongés parce que cette chose que l'on a expulsée de soi a laissé ses cellules souches au fond de notre organisme et nous inquiétera jusqu'à la fin des temps. Eh bien lorsqu'une relation s'installe, c'est pareil. On franchit tous les obstacles : la rencontre dans la vraie vie, le choc de la découverte physique, l'osmose des phéromones, le blabla sur nos vies, les nuits communes, les journées communes, le premier week-end commun, les premières vacances communes, le test de toutes les maladies sexuellement transmissibles et le bonheur de constater que l'on a ni le SIDA ni la syphilis mais que l'on est porteur de l'herpès, l'abandon du préservatif et souvent du même coup l'adoption du contrat tacite d'exclusivité dans le couple, les premières disputes, les premières jalousies, les premières réconciliations, la présentation aux familles, la présentation aux enfants, la présentation aux amis, la présentation aux ex, la survie à la première gastro de l'autre et la survie au premier Noël. On croit que désormais la vie amoureuse sera un long toboggan tranquille bien lubrifié jusqu'à ce que s'affiche le mot « fin » après un décès idéal main dans la main dans le lit conjugal et les enfants qui pleurent mais disent « c'est dans l'ordre des choses » et « ils ont eu une belle vie, quand même ».

En fait non.

Comme chaque fois, la glissade a bien lieu. Obligatoirement. Mais vers le chaos. Et sans lubrifiant. C'est là que je reprends mon histoire en direct et au présent. J'espère que vous suivez.

Et je me retrouve donc une troisième fois sur les marches du Sacré-Cœur, convoquée par le même homme et me demandant ce que l'on allait bien pouvoir célébrer cette fois.

Le fait que l'on était toujours ensemble ? Fidèles et sans papillomavirus ? Avait-il trouvé un nouveau job ? Mieux payé, tant qu'à faire ? Un nouvel appartement, haussmannien et haut de plafond, loin du trou miniature plein nord sans balcon et quasi sans cuisine de Montmartre ? Tous les espoirs sont permis.

Je ne suis pas en robe léopard mais en veste Kooples achetée à –70% pendant les soldes, et, contrairement à un certain nombre de fois précédentes, j'ai mis une culotte. Est-on devenu un couple plan-plan lorsque l'on (re)met une culotte pour un rendez-vous ? Est-ce le signe du *beige flag* comme on dit désormais ? Oui, tout le monde connaît le *red flag*, le drapeau rouge, celui qui flotte au bord de la plage. Quand il est vert vous pouvez y aller, quand il est rouge, il est plus sage de ne pas se tremper. Pour les rencontres, cela fonctionne de la même manière, parfois les voyants sont au vert, et parfois ils sont rouges. Et clignotent. Vous les voyez, tout le monde vous dit que ce spécimen est « un red flag ambulant » et que, comme pour la plage, il est plus sage de ne pas se tremper. Mais voilà, il suffit d'un truc irrésistible et inexplicable et vous allez vous noyer direct dans ses yeux de braise. Avant de découvrir que c'est un cinglé, ou un non-divorcé, ou un qui est encore amoureux de son ex, ou un pervers narcissique, ou un cas social qui compte sur vous pour se refaire une vie pépère, ou un dépressif chronique qui cherche une infirmière, ou un ours solitaire qui ne supporte pas le couple – chacune complétera la liste –, il n'est pas interdit de cumuler. Les signaux d'alerte sont innombrables: celui qui dès le premier rendez-vous dégoupille des discours haineux sur toutes ses anciennes relations, celui qui ne parle que de lui et/ou d'argent, fait des remarques sur votre apparence, annule sans raison, refuse les préservatifs, demande des photos dénudées tout de suite, bref, de ces red flags il y en a une *crâlée* comme on dit chez nous, ce qui n'empêche pas les gens de fusionner et les *drama* de se produire.

Mais il y a donc ce nouveau drapeau: le *beige flag*. Oui, ça vient de sortir. Le drapeau beige, ce sont les signes que la relation va être ennuyeuse. Quoi de plus soporifique en effet que le beige je vous le demande, ce n'est ni brun ni blanc ni écru ni marron ce n'est… rien. Si vous sentez que la vie de couple va se résumer à regarder *Camping 3* dans un canapé gris (parce que le beige est trop salissant) au milieu d'un salon qui ressemble à une pièce témoin d'Ikea en mode BDN Bouffer Dormir Netflix, si vous voyez que la vie sexuelle consiste à faire l'étoile de mer en attendant que ça passe, si vous vous demandez dès le deuxième réveil commun: «Mais qui est cette personne à côté de moi?» Ça risque de finir sacrément beige, votre histoire.

Par esprit d'escalier, je pense à Max, qui s'est fait larguer le jour des deux ans de la rencontre par sa dernière copine, au restaurant. Il avait toujours parlé du fait qu'elle était gentille, sympa, bienveillante, avocate, riche, que c'était cool qu'elle le défende gratuitement face à son employeur pour licenciement abusif, qu'elle s'était mise au vélo pour lui faire plaisir (au vélo putain, c'est dire si elle était prête à tout), mais qu'elle ne faisait pas vibrer chaque cellule de son corps et de son esprit. Cependant, la relation s'était installée et s'écoulait bien, il était on peut dire heureux, si tant que Max puisse être heureux, et il se sentait en sécurité après un parcours sentimental agité. Le jour de la célébration des deux ans, il a levé son verre de champagne et prononcé une phrase un peu maladroite: «Alors tu penses que nous sommes vraiment faits pour rester encore longtemps ensemble?» ou un truc comme ça, plutôt positif et marrant dans l'esprit. Mais la fille avait changé de couleur, littéralement, et tout ce qu'elle avait ressenti d'amour non partagé pendant ces années a dû lui remonter jusqu'aux dents du fond. Elle lui a télégraphiquement signifié que cette fois c'était fini. Lui est resté statufié avec sa flûte en l'air comme frappé par le regard de Méduse. Ils ont fini le repas en silence, elle lui a rendu ses clés, réclamé les siennes et voilà. Elle n'est jamais revenue. Il s'est interrogé des semaines sur la tristesse et les regrets qu'il éprouvait, en se demandant obsessionnellement si l'ex-relation beige ne lui convenait pas, finalement.

Lors de ce troisième rendez-vous, l'homme des marches du Sacré-Cœur va-t-il m'annoncer qu'il me quitte? C'est possible.

Tout est possible avec lui. Je suis prête, et si cela arrive, je survivrai. J'ai pleuré à 17 ans en lisant les *Souffrances du Jeune Werther* de Goethe en allemand, j'étais adolescente et personne ne m'avait prévenue que le héros se suicidait à la fin. C'est beau, c'est lyrique, c'est tragique, c'est germanique, mais on va dire non. Rien, absolument rien ne vaut que cela se termine comme ça.

Je les vois monter péniblement les marches, mon mec et son emphysème pulmonaire, enfin aujourd'hui on dit BPCO, BronchoPathieChroniqueObstructive, ça sonne plus technique, mais le résultat est le même, les alvéoles des poumons sont flinguées et on manque d'oxygène, on respire mal, on finit mal aussi, généralement. Il lui reste au mieux 60% de sa capacité respiratoire et il grimpe doucement, en s'arrêtant régulièrement et en fumant bien entendu, sinon ce ne serait pas aussi drôle la vie, ou ce qu'il en reste. C'est évidemment à ce moment-là que s'affiche sur mon portable un appel de Max.

Pourquoi consulte-t-on son portable lorsque l'on a rendez-vous avec un homme, est-ce comme la culotte, le signe que la relation vire au beige ? Je me dis que j'ai vite le temps de dire à Max que je ne peux pas lui parler, tout en mesurant l'absurdité de cette pensée, car si je n'ai pas le temps de lui parler, autant ne pas lui parler, mais je commence par un « ouais salut » et avant que je ne puisse placer quoi que ce soit, il me harponne :

– J'ai un taux de PSA élevé.

– Pardon je t'entends mal, il y a de la musique au Sacré-Cœur. Tu parles de quoi ?

– De ma prostate.

– Ah génial.

– J'ai un taux de PSA élevé. Ça peut vouloir dire qu'il y a un cancer. Ou pas, car il y a des faux positifs.

– Et ils ne peuvent pas attendre de le savoir avant de faire paniquer les gens ?

– Je ne relève même pas le verbe freudien que tu viens d'employer, cocotte. Je te signale que l'on parle de ma bite là, qui est peut-être la dernière chose un peu vivante chez moi.

L'homme des marches du Sacré-Cœur est devant moi, dans l'endroit le plus romantique du quartier le plus romantique de la ville la plus romantique du monde, et au lieu de me jeter sur lui et de mettre ma langue dans sa bouche pendant trente secondes en fermant les yeux et en levant une jambe en arrière comme toutes les femmes le font bien entendu depuis la nuit des temps, si possible sur un quai de gare, en jupe crayon avec des talons, je lui fais signe de s'asseoir en lui disant tout bas « c'est Max… la prostate ».

Bienvenue dans le monde poétique des amours quinquagénaires !

Il y a un âge où vous vous demandez si votre nouvel amoureux va être celui avec lequel vous allez vous installer, fonder une famille, consolider ensemble vos carrières professionnelles respectives, réaliser vos rêves, supporter vos parents vieillissants, bref, « construire » quelque chose. Et puis il y a un âge où vous vous demandez lequel des deux risque de crever en premier, s'il a des maladies potentiellement dégueues en gestation, s'il sera d'accord de supporter les vôtres, ainsi que vos déclins respectifs vers un corps mou, flasque, taché et plein de saloperies genre des tumeurs, si vous serez capables de vous occuper des petits-enfants éventuels entre deux coloscopies, et d'accepter d'être placés ensuite, liquides, dans une maison de retraite infâme avec repas, liquide et infâme également, servi à 17h45. Quand vous vous inscrivez sur un site de rencontres à 50 ans et que vous chattez avec le cœur qui bat comme lorsque vous étiez adolescents, vous ne pensez pas à ça, et heureusement.

Mais cela vous rattrape vite. Très vite.

– Max, je ne peux pas te parler là.

– Je te signale que j'ai peut-être un cancer. Tu es où ?

– Je t'ai dit, sur les marches du Sacré-Cœur.

– Encore ?

– Oui je sais, encore. Il m'a demandé d'être là et je ne sais pas pourquoi. Ne t'inquiète pas trop pour ton PSA, j'ai fait plein de reportages là-dessus, il y a des chances pour que ce soit bénin, respire et je te rappelle…

– Quand tu auras fini de t'occuper de sa prostate à lui. Je vois. Vous êtes tragiques avec vos enfantillages sur cet escalier.

– Tu es jaloux.

– Évidemment ! Amuse-toi cocotte !

– Arrête de m'appeler cocotte, c'est un résidu de vieux mâle gris et blanc non *MeToo* compatible. Tu as remarqué que les noms d'oiseaux pour les femmes sont toujours péjoratifs ? Poule, poulette, bécasse, dinde, grue, chouette. On ne nous traite jamais d'aigle, c'est marrant.

– Mais vautour, par exemple c'est masculin.

La main chaude et sèche de l'homme des marches du Sacré-Cœur caresse mon tatouage sur l'avant-bras. Ça fonctionne, encore, et encore, et encore. Ouf, nous ne sommes pas un drapeau beige (pour le moment). Je boucle Max et j'enfouis mon visage dans le cou de mon amoureux, où ça sent le parfum, celui avec Alain Delon jeune sur la pub.

J'attends quelque chose, je ne sais pas très bien quoi.

Il sort, non pas un champagne cette fois, mais un bon vin blanc fruité pas trop astringent (je fais semblant d'utiliser des vocables de connaisseuse, en réalité je ne fais pas la différence entre un Chasselas et un Sauvignon, je sais juste si j'aime ou si je n'aime pas, et encore). Nous trinquons, et je fais mentalement la liste de ce qui peut me tomber dessus : il récupère la garde de ses enfants pour lesquels il se bat et qui vivent à 500 kilomètres de lui, on a découvert un nouveau traitement pour réparer les poumons fichus, il a obtenu ce fameux nouvel appartement plus grand dont je rêve (ce qui serait nettement mon annonce préférée, je l'avoue égoïstement), il me quitte car il a rencontré une autre femme en meilleur état, il a organisé un plan à trois pour le week-end et croit que cela me fait plaisir, il arrête de fumer cette fois c'est décidé et il va profiter de la bonne *vibe* pour boire moins et se remettre au sport, il a gagné à l'Euromillions (finalement non, c'est celle-ci ma préférée). Pour ne pas laisser s'installer l'éléphant dans la pièce, ou le singe sur l'épaule comme on dit également, c'est moi, la femme, qui prends l'initiative, comme c'est désormais le cas d'à peu près toutes les femmes dans à peu près tous les domaines de la vie, car nous avons certes gagné en liberté et heureusement, avec toutefois pour conséquence que nous portons désormais tout à bout de bras, nos familles, nos finances, nos boulots, notre épanouissement sexuel, nos parents, nos enfants, nos conjoints et souvent, nous nous retrouvons usées comme des vieilles serpillières grises et sales jetées sur le canapé, devant une bouse télévisuelle, à nous dire « mais au fond, qui est-ce qui me porte, moi ? » Donc j'attaque.

– Mon cœur, nous ne sommes pas le 9 août, date de la première et de la deuxième fois que nous avons bu sur les marches, lors de notre première rencontre et pour nos un an. J'en déduis qu'il y a une occasion spéciale. Tu as une annonce importante à faire au tout-Paris ?

Il profite, soulagé de n'avoir pas eu à lancer les hostilités lui-même.

– Exactement. Mon ancien patron, qui habite Genève depuis quelque temps, cherche quelqu'un pour un mandat. Il vient d'obtenir un contrat pour vendre des immeubles commerciaux. Il me propose un boulot fixe avec un permis B en Suisse et veut que je travaille dessus.

– Et donc tu…

Il m'interrompt direct, et me dit sans aucun échauffement, ni précaution oratoire :

– Et je me disais que, comme je vais venir m'installer un moment à Genève, on aurait pu en profiter pour se marier.

Édouard Manet, *Nana*, 1877
Huile sur toile, 150 x 116 cm, Kunsthalle, Hambourg

Consultation n° 1

Il m'en faut une.

De séance.

Hagarde comme une toxicomane en manque de sa dose de crack, paniquée comme un poisson qui vient d'être pêché et qui cherche désespérément de l'air, enfin non de l'eau, incohérente comme l'homme des marches du Sacré-Cœur quand il me dit : « Si je ne fume pas, je n'arrive pas à respirer », stressée comme un ancien rédacteur en chef qui m'a avoué : « Je travaille tous les jours de l'année, même en vacances, je ne peux pas m'arrêter », irritable comme Sixtine sans Xanax et sans son magazine psy, hystérique comme un bébé qui réclame sa tétée, frustrée comme Max si une demi-heure s'écoule sans qu'il n'ait prononcé une phrase sarcastique et salope.

J'ai besoin du Dr David Maunoir, là maintenant, tout de suite.

Cela fait plusieurs mois que je n'ai pas vu mon psy. Ce n'est pas uniquement un psy d'ailleurs, il se définit comme psychiatre et neurologue. Grand connaisseur d'art, et œuvre d'art lui-même. Il aurait pu être sculpté par Michel-Ange ou peint par Botticelli, mais c'est plutôt une sorte de dieu viking, une de ces créatures à sang froid du Nord, un jeune mâle à cheveux blonds bouclés ramassés dans un *man bun*, un chignon guerrier, et arborant une barbe légère, que l'on pourrait imaginer courir en hurlant avec une hache et manger de la viande crue à même la bête, mais hybridé avec un rat de bibliothèque au teint pâle et aux yeux verts élégamment exposés en vitrine grâce à de fines lunettes rondes. Il est grand et délié cela va sans dire, avec un corps de triple sauteur, car en athlétisme, les spécialistes du triple saut n'ont ni les fesses et les épaules hypertrophiées des sprinters, ni les corps desséchés des coureurs de fond. Le triple saut est une discipline totalement contre-nature (une sorte de marelle olympique improbable consistant à effectuer trois sauts consécutifs en passant d'une jambe à l'autre) mais pour la pratiquer, force est de constater qu'il est adéquat d'être gaulé juste comme il faut.

Avec lui pendant un an, nous avons joué au *reverse mentoring*, terme issu du *bullshit* managérial et qui signifie que contrairement au mentorat classique, c'est le jeune qui encadre et accompagne le vieux. En l'occurrence la vieille. Un renversement lié à l'évolution numérique, dont l'une des conséquences est que les seniors n'ont plus rien à transmettre aux juniors, on les tolère tout juste comme passagers du 21e siècle en soupirant parce qu'ils coûtent, mais en se disant qu'ils paient pas mal aussi, alors bon. Oui, c'était lui le sage, le posé, le raisonnable, l'orienté solutions, et moi la daronne un peu zinzin qui enchaînait les conneries et lui demandait ensuite de les réparer.

Il me prescrit des tableaux, des sculptures, des œuvres d'art. Des visions qui « touchent un nerf, comme chez le dentiste » comme il dit, expliquant que les artistes créent et accumulent des émotions qu'ils jettent ensuite dans leur travail, et lorsqu'une œuvre vient précisément « toucher un nerf » chez un spectateur, cela produit une catharsis qui active certains neurotransmetteurs et provoque des réactions chimiques dans le cerveau. Ces hormones agissent en profondeur, et oui, ce processus peut contribuer à nous soigner. Cet aspect thérapeutique de l'art est d'ailleurs validé par l'Organisation Mondiale de la Santé depuis 2019.

Les ordonnances de mon psy m'expédient dans les musées, car il est important de voir l'œuvre en vrai. Dans une image numérique ou une reproduction, il n'y a pas le lien affectif avec la matière, on voit, mais on ne *sent* pas ce que l'on peut appeler l'âme. Au musée, on vit une expérience avec un objet réel, le vrai, celui que l'artiste a transformé.

Cela fait quelques mois que je ne suis pas venue le consulter et, devant sa porte, je tremble un peu, en me disant que je suis vraiment une petite chose facile à déstabiliser, ce type n'est pas le Messie non plus, même s'il possède parfois un air christique. Vestibule, salle d'attente, ridicules papillons dans le ventre, il arrive.

– Ah, chère Madame, quel plaisir.

J'avais oublié. Qu'il m'appelle *chère Madame* comme si j'avais mille ans, alors que moi je l'imagine en tenue moulante d'athlète d'élite. Lorsque l'on se rend chez un médecin, c'est qu'a priori on ne va déjà pas très bien ; si en plus on se fait donner du *chère Madame*, cela vient corser le test de résistance nerveuse. Mais il possède une qualité, il n'est pas du genre à demander comment ça va justement, ou à bavasser inutilement de longues minutes pour prendre des nouvelles de la famille, il gratte généralement direct au centre de la plaie. En revanche, il adore le feuilleton du Sacré-Cœur depuis la première rencontre sur les marches, une vraie midinette accro aux rebondissements, il est vrai fort nombreux, de notre comédie romantique souvent romantique mais pas toujours.

– J'imagine que si vous venez me voir, c'est qu'il se passe quelque chose du côté de Montmartre, est-ce que je me trompe ?

– Ce que j'apprécie avec vous, c'est qu'il n'y a pas de préliminaires.

– Je ne suis pas remboursé par les caisses maladie, il faut donc optimiser chaque minute dont nous disposons. Je sais que ce n'est pas très poétique comme approche, mais disons que c'est professionnel. Que se passe-t-il ?

Voilà, il avait brutalement réattaqué, droit dans la chair.

– Il a trouvé du travail à Genève et dans la foulée, m'a demandée en mariage.

– …

Je me suis tue. La nouvelle a fait son petit effet, le praticien est resté muet un moment, ce qui n'est pas dans ses habitudes, mais son demi-sourire réfréné montrait que oui, il kiffait le nouvel épisode.

– Que s'est-il passé en vous à ce moment-là ?

J'explique que j'ai été cueillie, que je n'attendais pas ce genre de proposition de la part d'un homme qui avait déjà été marié deux fois et qui était à la fois un serial épouseur mais aussi un serial dragueur sur internet, et que cela m'avait à la fois touchée et en même temps surgelée, bonne à être transportée dans un sac Picard.

– Surgelée ? Savez-vous que c'est un terme que certains sexologues utilisent pour décrire la frigidité ? La bonne nouvelle étant qu'il est possible de dégeler quelque chose de surgelé. J'en déduis que cela vous a clairement refroidie, chère Madame. Vous connaissant, je pense que vous n'avez pas fait de circonvolutions, pas réclamé de délai de réflexion, et que vous avez répondu.

Circonvolutions. Effectivement, la *chère Madame* n'avait pas tortillé du derrière ni du devant. J'avais répondu tout de suite, et même un peu trop vivement. De manière pulsionnelle. Quelque chose comme ça :

N… Non.

Non.

Non mais… pourquoi ?

Euh non. Ça ne va pas être possible.

Je sortais d'un divorce trois ans auparavant. J'allais sortir bientôt de la maternité quotidienne et de la gestion domestique de PME familiale que cela implique. Je rêvais de liberté administrative et financière totale. Je rêvais de n'être responsable que de moi-même, de souffler, de me poser à défaut de me reposer, je m'étais fait refaire les paupières, j'avais repris la course à pied, je voulais m'amuser à Paris, et on me proposait de devenir épouse à Genève.

Je connais des tas de femmes qui rêvent de se remarier sur le tard « parce que tu comprends si on est mariés, il hésitera un peu plus avant de me quitter quand on sera vieux, et je ne veux pas finir seule ». C'est mal fait, ces femmes-là ne rencontrent que des hommes qui ne veulent pas ou plus « s'engager ». Moi je m'en fous de finir seule. On finit toujours seul de toute façon. Mais avant de finir, je veux vivre. Et je tombe sur *le* spécimen qui veut se remarier une troisième fois.

Le spécimen en question n'avait rien dit après mon refus. Pas fâché mais un peu congelé lui aussi, décidément le fond de l'air était frais ce soir-là. Comme la bouteille de Ruinart de nos un an, nous nous répandions en petits morceaux de granita qui risquaient de finir fondus dans l'évier. Nous n'avions plus reparlé de cette idée de mariage après, et j'étais rentrée en Suisse, sans savoir ce qui allait advenir de notre couple.

– Vous avez bien fait...

– Vous trouvez ? l'ai-je interrompu, renvoyer comme ça dans la nature un fauve que j'ai mis une année à apprivoiser ? Pourquoi faut-il qu'à chaque fois qu'il existe une chance de vie un peu plus apaisée, tout rebascule dans le psychodrame ?

– Vous avez bien fait de lui dire la vérité, même si la manière était brutale. Une demande en mariage n'induit pas une obligation d'acceptation. Il a pris un risque, il vous connaît, il doit en assumer le résultat. Vous n'êtes pas dans un conte de fées.

Merci, j'avais remarqué.

Inconsciemment, j'aurais peut-être souhaité que mon cher thérapeute, cher dans tous les sens du terme, m'enjoigne de courir à Paris, de rattraper l'amoureux éconduit et de lui crier que oui bien sûr, je serais ravie de l'épouser, lui et toutes ses emmerdes, que nous irions finaliser ça à Vegas tout de suite en avion et *fuck* le climat, et comme ça après on pourra toucher une rente de vieillesse si l'un de nous deux meurt c'est génial mon cœur je t'aime. Mais il n'a pas dit ça, il m'a juste donné raison, c'est ballot.

– Bon, pour vous tout va bien alors ?

– Ce n'est pas ce que j'ai dit. Vous allez devoir renouer la conversation et décider de la suite.

– Exactement. Et cela ne s'annonce pas facile. Il ne suffit pas de dire « il faut qu'on parle ». Nous sommes chacun de notre côté à ruminer cette discussion ou plutôt cette non-discussion et à faire comme si elle n'avait jamais eu lieu. Comment sortir de ce blocage ? Que proposez-vous comme visite, alors ?

– Y a-t-il une femme qui vous porte, à part l'artiste Dora Maar, dont vous aviez fait votre photo de profil sur le site de rencontres ?

– Nana.

– La *Nana* de... Zola ?

– Oui, une fleur du pavé de Montmartre devenue prostituée de luxe pour échapper à la condition ouvrière. Elle a mis Paris à ses pieds grâce à sa beauté insolente et son bon gros cul et elle est morte en 1870, défigurée par les pustules de la variole.

Il sourit. Cela signifie qu'il a une idée. Et poursuit.

– Vous savez, bien entendu, qu'Émile Zola et le peintre Édouard Manet étaient amis.

– Oui, d'ailleurs Manet a peint Zola, le tableau est au musée d'Orsay à Paris ; c'est là que me mène mon ordonnance ?

– Non, *Kunsthalle* de Hambourg, chère Madame. Manet a également réalisé un portrait de Nana, et le tableau se trouve en Allemagne. Suivez votre chemin, ne vous sentez coupable de rien, et rappelez-vous, la seule question à vous poser devant une toile est la suivante: «Comment ce que je vois peut-il me donner de la force?» Vous verrez, c'est une peinture magnifique, parfaite représentation de ce que l'on appelait à l'époque une *cocotte*.

***

Une *cocotte*. Max aussi avait utilisé ce terme; il m'avait dit: «Amuse-toi, *cocotte*». C'est drôle. Ai-je en moi quelque chose d'une *cocotte*? Il faudra que j'y réfléchisse.

Je suis dans le pavillon 3 du marché proche de la Mairie de Hambourg. Avant de voir *Nana*, je voulais voir la saucisse au curry. C'est un repas culte ici, d'ailleurs sur la carte il s'appelle *Currycult*, servi depuis 1945 *mit Pommes*, c'est-à-dire avec des pommes de terre frites, dans une espèce de petite boîte en carton. Alors comment décrire la chose? Sur les frites, ils déversent automatiquement une montagne de mayonnaise et de ketchup, et la fameuse saucisse, qui est de production locale est-il précisé, n'est pas visible non plus, noyée dans une sauce de couleur incertaine et d'un goût très incertain également. À quoi cela ressemble-t-il? À rien. C'est très mou et très, mais alors très mauvais. J'accepte volontiers le procès qui est fait à la cuisine tchèque de mes origines, mais là, il y a match, clairement. Bon, cela a le mérite d'être chaud et pas cher, on va arrêter de se plaindre et passer rapidement aux nourritures spirituelles, car ce ne sont certainement pas ces nourritures terrestres là qui vont me donner de la force.

Contrairement à la saucisse, j'adore cette ville, qui se reconstruit complètement du côté du port, un mélange de bourgeoise assoupie, de start-up bobo et de briques rouges rappelant le monde ouvrier et les dockers du bord de mer. Devant la *Kunsthalle*, je respire. Car je sais qu'à l'intérieur je serai en apnée, à cavaler dans tous les sens pour trouver l'œuvre, juste pour *la* voir, me fichant du reste. C'est une chance monstrueuse de pouvoir effectuer la visite en semaine, il y a peu de monde, j'y suis bientôt, 3, 2, 1, la voilà.

Il avait raison. Ce portrait est en tout point extraordinaire.

Refusé en 1877 au Salon de Paris à cause de son thème scabreux, une courtisane en sous-vêtements faisant sa toilette sous l'œil d'un riche monsieur tout habillé. Appelé *Nana* alors que le livre éponyme de Zola n'est sorti en feuilleton dans la presse qu'en 1879. Il se dit que Manet l'aurait appelé comme ça après coup, apprenant le titre du futur roman de l'écrivain. Ils ont donc tous les deux fantasmé sur cette *cocotte*, terme désignant péjorativement en France, sous le Second Empire et pendant la Belle Époque, une femme qui vit de ses services sexuels rémunérés, mais qui n'est pas enregistrée comme prostituée par la police.

Arrête avec les infos. Essaie de voir. De perce-voir.

Comment ce que je vois peut-il me donner de la force ?

Comment ce que je vois peut-il me donner de la force ?

Comment ce que je vois peut-il me donner de la force ?

Elle est manifestement chez elle, dans un endroit qui lui ressemble, pas rangé (enfin, pas rangé selon les critères artistiques de l'époque puisqu'il y a des vêtements jetés sur une chaise, ce ne sont certes pas les critères des chambres d'adolescents de notre siècle à nous, on est bien d'accord). Elle est vêtue de la tenue qui convient à sa profession, cambrée, bien debout, il y a juste le petit doigt levé qui veut faire genre, pour le reste elle s'en fout. Elle regarde droit dans… on a envie de dire dans l'objectif, mais c'est dans les yeux du peintre, elle ne se force pas à sourire, ni à faire la gueule, elle est, simplement.

Elle vend son corps mais ce n'est pas un problème, elle vit grâce à cela et elle est alignée avec son projet, son visage est serein, avec à peine un petit voile de sévérité et d'inquiétude au-dessus de l'œil gauche.

Elle ignore totalement la silhouette que l'on devine à droite, celle de l'homme. Manet – quelle audace de cadrage pour l'époque – ne le fait exister qu'à moitié, le regard vide à hauteur de la taille fine de la créature, coincé dans ses vêtements empesés, soumis. Il y a peu de lumière sur lui, il est éteint, probablement plus tout jeune, il s'accroche à sa canne qui pourrait bien être un substitut phallique. Mais qui est à plat et non pas debout, dressée. Bandera-t-il ? Pas forcément, elle le sait et lui aussi. Son pouvoir tient dans sa tenue et dans son porte-monnaie, pour le reste, il est déjà agonisant. Nous voyons une fille de la rue devant un riche bourgeois, une femme déshabillée devant un homme vêtu, or c'est lui le mendiant et elle la patronne, c'est lui le faible et elle la forte, c'est lui le prisonnier et elle le personnage libre. Ils possèdent peut-être son corps, mais ils n'auront jamais son âme.

Aujourd'hui on dirait de Nana qu'elle est une victime (femme, orpheline, née dans la misère, seule à la rue depuis l'âge de 4 ans, se prostituant ensuite pour survivre), mais à aucun moment elle ne l'est, c'est pour ça que je l'aime depuis toujours. Il n'y a pas de ouin ouin chez elle. Elle fait ses choix, joue avec le patriarcat et en assume les conséquences. Elle préfère quelques années d'intensité à une éternité d'ennui banal. Contrairement à la moustache de l'homme du tableau, elle n'est jamais dans le *beige flag.*

C'est une image de l'indépendance, en fait.

L'histoire de *Nana*, de son vrai nom Anna Coupeau, me hante depuis mes 15 ans, âge auquel j'ai lu ce livre pour la première fois. Lorsqu'en 2018, j'ai découvert chez un bouquiniste parisien, pour 25 euros, le roman de Zola dans une édition de 1880, date de parution du livre, j'ai hurlé de joie sur le trottoir. Étonnamment, mes parents, qui n'étaient pas de grands lecteurs, en possédaient une version tchèque, qu'ils ont récupérée je ne sais pas comment après leur arrivée en Suisse. Elle est désormais chez moi.

Je ne suis pas une *cocotte*. Enfin je ne crois pas. Moi je ne vends que des mots et des idées. Mais je m'identifie complètement à ce personnage (bon, je ne souhaite pas mourir de la variole, il ne faut pas déconner non plus, ni d'ailleurs coucher avec plein de vieux *sugar daddies,* comme on dirait aujourd'hui), non, je m'identifie à ce doigt d'honneur que fait Nana à la société, et que personnellement je n'ai jamais trop osé faire. Mais si ce n'est pas maintenant, alors quand ?

Je ne me marierai pas.

Je ne le souhaitais déjà pas trop la première fois. Je n'ai jamais porté d'alliance, pour moi c'est comme une menotte. Je l'ai fait pour des raisons pragmatiques, après dix ans de vie commune et deux enfants, parce que la loi suisse maltraite les pères non mariés. Et j'avoue que je ne comprends toujours pas pourquoi les gens, encore aujourd'hui, sont si choqués par l'idée que l'on puisse répondre non à une demande en mariage… Déjà, pourquoi, dans nos sociétés où les femmes sont de plus en plus indépendantes, serait-ce uniquement à l'homme de proposer de nous passer la bague au doigt (et pourquoi pas la corde au cou tant qu'on y est), je vous le demande. Mais il reste dans l'inconscient collectif un vieux fond de romantisme bêtasson qui est encore loin d'être *déconstruit*, même chez les femmes. Oooh c'est si joli l'homme qui se met à genoux pour faire sa demande, même si on sait que c'est elle qui sera à genoux le reste de sa vie pour passer la serpillière ou ramasser les fringues sales, oooh c'est si joli les gens qui s'échangent des vœux sur le mode amour toujours alors que l'on sait que cela finira probablement par un divorce sanglant et une répartition pénible des petites cuillères sans compter les négociations sur la garde des enfants ou du chien (oui, il y a des chiens en garde partagée, désormais), oooh vous faites un si joli couple. Ben oui, alors laissez-nous être un couple, nous n'avons pas nécessairement besoin d'être des époux. Qu'y a-t-il dans cette satanée robe blanche en forme de meringue qui continue à fasciner les foules ? À faire dépenser des fortunes pour cette mise en scène de l'amour devant ses proches, histoire de montrer comme on est heureux et instagrammables. Je constate souvent que les gens fantasment plus sur le narratif et l'iconographie disneylandesque du mariage, sur les images éventuellement glamour que cela produit, que sur ce que le mariage implique réellement, socialement et individuellement. J'ai aussi le sentiment que l'époque est tellement violente et dépressive que l'on se raccroche désespérément à quelques morceaux de tulle pour se dire que quand même, il faut bien croire encore à quelque chose.

Je ne me laisserai pas entraîner dans une situation dont je ne veux pas.

Je n'ai plus l'énergie d'être une femme mariée, une belle-mère, de partager les comptes et soucis financiers, d'être administrativement liée à un autre être humain. Le notaire qui s'est occupé de la succession de ma mère (il a fallu une année pour supprimer un compte en Tchéquie, la bureaucratie ayant coûté plus cher que ce qu'il y avait à la banque, bref), me le répétait souvent avec componction et avec l'œil qui frise : on ne connaît jamais une personne tant qu'on ne l'a pas vue dans un divorce ou un héritage. Je crois que rien n'est plus vrai. J'avais réussi à m'entendre bien avec mon ex-mari et avec ma sœur dans ces deux situations, je n'allais pas tenter une nouvelle aventure et mettre ma *force* au service de… heu… de moi déjà, et ensuite de notre couple imparfait.

Et je ne m'en voudrai pas pour ça.

J'accepterai de décevoir les gens qui voient le mariage comme un *happy end* alors que c'est souvent un *unhappy* début. J'assumerai la frustration de l'homme qui m'a posé la question. Comme chez Nana, il peut sortir de mon boudoir s'il n'est pas content. Mais il peut aussi sortir de son schéma mental travail-famille-patrie, et la-femme-dit-forcément-oui-à-ce-que-l'homme-propose, et dans ce cas, nous aurons une chance de vivre encore quelques épisodes.

C'est désormais très clair dans ma tête. Merci lady. Une prostituée peut retaper une dignité. Pour me souvenir tous les jours de ne plus me culpabiliser, je mettrai ton visage comme image de profil sur WhatsApp.

Et *alles wird gut* comme on dit dans ce pays. Tout ira bien.

Le bureau du 7e étage

J'ai les yeux grands ouverts, et pourtant c'est le milieu de la nuit.

Rien de follement original car je suis insomniaque depuis mon extraction fort pénible de l'utérus de ma mère. J'étais ce que l'on appelle « un siège », et à l'époque de ma naissance, dans l'ex-Tchécoslovaquie, on ne s'emmerdait pas de grands états d'âme avec un gosse qui se présentait à l'envers. On ne s'emmerdait d'ailleurs pas de grands états d'âme avec un gosse même après l'accouchement, on élevait les enfants à coups de cuillère en bois sur les fesses (oui, celle qui sert à remuer la purée) sans que cela ne fasse lever un sourcil à personne. Bref, il n'était pas question de césarienne, on tirait. Et quand une épaule (en l'occurrence la mienne) était coincée sous une côte de la génitrice, eh bien on continuait à tirer, et cela durait vingt-sept heures, durant lesquelles se déroulaient de surcroît des visites d'étudiants auxquels on montrait le « cas », à savoir le sexe mi-déchiqueté de la parturiente, qui était au bord de décéder, et l'enfant bloqué aussi. Pour dire les choses frontalement, ils ont terminé le boulot au sécateur, tailladant dans les chairs et les abdos, sortant tant bien que mal la crevette manquant d'air de 2,7 kilos que j'étais, et délivrant – aucun terme ne peut être plus approprié – ma mère en ce glorieux jour de juin. Moi, je suis restée emprisonnée dans des angoisses qui ne se résolvent pas avec une cisaille, et depuis la minute où j'ai vu la lumière du jour, je n'ai plus jamais dormi la nuit.

Mais là, c'est différent.

L'homme des marches du Sacré-Cœur est à côté de moi. À Genève. Dans ce que je considérais comme *mon* lit et où il n'avait été jusqu'à présent qu'invité, si l'on peut dire. En se couchant, il a murmuré quelque chose comme: « C'est une nouvelle vie qui commence, bonne nuit ma chérie. » Et s'est endormi tout de suite, alors que moi pas.

J'avais brutalement refusé son offre de mariage et, une fois de plus, j'avais pris le TGV Lyria en direction de la Suisse en me demandant ce qui allait advenir de notre relation. Oui, non, peut-être, peut-être pas, c'était épuisant ce fonctionnement, mais intense; au moins, nous étions organiques et vivants, et pas résignés à l'adage que Max m'avait encore récemment ressorti: « De toute façon après trois ans, on ne baise plus, c'est comme ça ! » Nous avions survécu au passage des un an, et n'imaginions pas un instant que les rapprochements corporels pourraient s'arrêter.

Mais je ne visualisais pas non plus une vie que l'on appelle « commune », et un corps à corps H24 et 7/7, parce que le couple n'est pas une épicerie de dépannage. J'avais donné, aussi. Vingt ans de mariage, dix ans de parentalité solo, cela faisait trente ans de domesticité, à quoi s'ajoutait un travail à plein temps stressant et aux horaires irréguliers; il fallait bien regarder les choses en face, j'étais en mode raclette: cuite comme la pomme de terre, liquide comme le fromage, desséchée comme la viande et acide comme un cornichon.

J'avais besoin de légèreté et d'air.

Mais à peine sortie du TGV, qui avait quarante minutes de retard pour cause de « problème technique », la routine, tout comme la grève de Noël qui est une tradition de la SNCF à laquelle les usagers sont tellement habitués qu'ils seraient déçus si par hasard elle n'avait pas lieu, je me disais que l'homme des marches me manquait déjà bordel, et je reniflais ma veste pour y récupérer quelques effluves de Marlboro, c'était pitoyable et mignon en même temps. Peut-on développer un cancer des poumons parce que l'on sniffe un vêtement imprégné d'odeur de tabac ? Il faudra que je pose la question à mon généraliste.

Mon amoureux m'avait appelée le soir, comme si de rien (j'adore cette expression helvétique incomplète qui ne veut rien dire et tout dire), tu es bien rentrée, c'est quoi ton programme demain, tu as vu notre premier ministre au journal, tu as oublié ta souris d'ordinateur, je mange un hachis parmentier de chez Picard, bonne nuit, je t'aime. C'est l'une de ses qualités, il rebondit très vite, il passe par-dessus les choses, il reste parfois un moment dans sa grotte seul en tête à tête avec son orgueil dans une posture de *senior asset manager* maudit, à se dire que le monde est cruel, mais il en sort assez rapidement, mû par une pulsion de vie que je n'ai pas constatée chez beaucoup de monde et que j'admire.

Il avait signé un contrat en CDI dans une société basée en Suisse, obtenu le permis de travail qui va avec, et s'est donc retrouvé dans mon lit comme cela avait souvent été le cas, mais pour y rester un bon moment, cette fois. Il gardait évidemment son appartement de Paris pour faire des allers-retours et recevoir ses enfants là-bas durant les week-ends, cela nous permettait également de réitérer les escapades parisiennes expo-resto-libido qui faisaient du bien. Cul et culture : la base. Mon cadet était encore à la maison, mais envisageait de poursuivre ses études à l'étranger, tout s'alignait donc dans le meilleur des mondes, le conte de fées se déroulait comme prévu dans les codes, à part que nous n'allions ni nous marier ni faire beaucoup d'enfants ni même un seul, il n'y avait donc plus qu'à mettre le mot fin, merci circulez, il n'y a plus rien à voir que du bonheur.

Sauf que.

Il y a cette petite voix que vous faites taire et qui se transforme la nuit en un grand point d'interrogation. Qui vous dit que la vie n'est pas aussi simple. Et qui a évidemment raison.

Cette nuit où j'ai les yeux grands ouverts, je repense à mes 18 ans. Je voulais m'exfiltrer le plus rapidement de chez mes parents et vivre ma *life*, j'avais acheté une moto sans les prévenir, j'étais tombée amoureuse d'un homme plus âgé sans les prévenir non plus, et un jour, l'homme plus âgé m'a montré les clés de notre futur appartement et j'ai dit super. Mais je savais déjà que ce n'était pas une bonne idée. Que j'allais m'installer pour de mauvaises raisons. Pour fuir. Pour avoir l'impression d'être adulte. Dans la réalité, je me suis échappée d'une prison pour me retrouver dans une autre.

Et j'ai été lâche.

Ce n'était pas la première ni la dernière fois, loin de là. Je n'ai pas osé dire que je n'y croyais pas. Je l'avais aimé comme on aime une première fois, mais je commençais à me dire, comme dans un roman de Milan Kundera, que la vie était ailleurs et qu'il fallait que j'aille la voir. Je n'éprouvais pas vraiment l'envie, l'appel de la vie de couple plan-plan. J'étais une sorte de machine qui répondait à la demande : excellentes notes à l'école, tennis de haut niveau, petite amie fidèle et raisonnable. Mais il manquait une chose que je n'ai trouvée que plus tard et qui a foutu un chaos considérable dans ma vie à de nombreuses reprises : la passion. Et je me souviens de la première nuit, celle du déménagement, j'étais sur le matelas par terre, les yeux grands ouverts, mon compagnon endormi, et je ne supportais déjà plus rien de la situation. Je ne comptais pas les moutons, cela ne marche pas, pourquoi des moutons, encore une idée des Anglais datant du Moyen Âge, c'est chez eux qu'il y a des moutons, chez nous il y a des vaches, et les vaches ne sautent pas des barrières. Non, je comptais d'autres choses. Par exemple que si je restais trente ans aux côtés de cet homme, et que l'on prenait deux repas par jour, je partagerais avec lui les 21 000 prochains repas, les 10 000 prochaines nuits et autant de réveils le matin, les 1500 week-ends suivants, et les 4500 relations sexuelles à venir, si nous étions bons élèves et que nous tenions le devoir conjugal trois fois par semaine. Oui je croyais naïvement, à 18 ans, que c'était bien de baiser trois fois par semaine, même si on n'en avait pas forcément envie, il m'a fallu une vie pour comprendre qu'on s'en fout du nombre de fois par semaine et que ce qui est important, c'est l'envie justement. Je n'ai rien osé dire avant un an. Puis j'ai dit. Et j'ai été lâche encore une fois devant sa peine, acceptant de remettre le couvert pour « repartir à zéro », funeste blague. Enfin, encore un an plus tard, j'ai assumé, et j'ai refait du mal, mais je nous ai évité environ 20 000 soupes à la grimace. Yaay.

Évidemment, rien n'est comparable aujourd'hui avec l'homme des marches du Sacré-Cœur. Je suis désormais une vieille dame pleine de l'expérience de ses lâchetés successives ; il n'y a pas d'enjeu, rien à construire, je suis mille fois plus vivante et capable de dire oui ou non qu'à 18 ans, mais le « chien noir » – c'est ainsi que Winston Churchill nommait sa dépression –, qui se manifeste chez moi sous forme d'anxiété nocturne, revient me hanter et faire grimper mon taux de cortisol. Et, terrorisée, malgré la chaleur des bras et de la peau d'un homme que j'adore, recroquevillée dans un coin du lit, au bord de tomber et de me retrouver par terre contre le mur de la chambre comme un animal mort au bord de la route, je me torture encore avec l'idée que quelque chose ne va pas fonctionner.

Puis, je me lève pour aller prendre une aspirine effervescente.

Mais il n'y a pas que les PPPPPR (Petites Préoccupations de Personnes Privilégiées de Pays Riches) qui peuplent mes cauchemars. Après vingt-cinq ans de journalisme au sein de la télévision publique, j'avais accepté un poste de management dans l'entreprise. Pour quelle raison ? C'est une excellente question et je suggère de passer directement à la suivante que je me pose tous les jours en regardant mes cernes se creuser dans le miroir : combien de temps suis-je susceptible de tenir encore, dans une fonction provoquant un tel niveau d'anxiété chez moi, que je grille toute mon énergie vitale à y résister et à faire semblant que, comme le disent mes enfants, « t'inquiète je gère » ? Je crois que j'ai pensé, à un moment, avec beaucoup d'orgueil, un peu de vanité et de fatalité, qu'il fallait en passer par là pour avoir le sentiment d'une vie professionnelle accomplie, que je pourrais être une rédactrice en chef potable, que j'avais une grande gueule et des épaules solides, que j'avais vécu toutes les crises et que je saurais surmonter celles qui allaient venir. Et accessoirement que je gagnerais un peu mieux ma vie, car chacun le sait, un divorce = deux pauvres, et si je n'étais pas pauvre, je galérais quand même un peu, vivant dans l'une des villes les plus chères du monde avec un seul salaire et deux enfants aux études.

Mais depuis le début, un message d'erreur s'affichait dans mon cerveau, et je l'effaçais régulièrement, selon le principe bien connu du déni. Il faut dire que mon sens du timing avait été brillant : en deux ans de poste, j'avais eu à éponger les suites du Covid, des plans d'économie et des affaires de harcèlement, je me noyais littéralement dans les réunions et séances qui rythmaient mes journées, « une toutes les demi-heures, comme chez le dentiste » me glissait en jubilant une collègue cadre, qui manifestement trouvait épanouissant qu'il y en ait le plus possible, alors que moi au bout de deux j'avais envie que l'enfer s'ouvre sous les pieds de mon bureau, pour que je puisse m'y laisser tomber et m'envoyer en l'air avec Hadès au coin du feu.

J'avais pourtant traversé ce que l'on appelle un *assessment*, une sorte de test psycho-professionnel mené par un cabinet externe et donc neutre, destiné à déterminer si on a le bon profil pour le poste. Ces sociétés sont rémunérées par les entreprises qui font appel à elles, et souhaitent conserver les juteux mandats, alors je ne les imagine pas déclarer à propos des aspirants cadres qu'on leur envoie que ce sont de gros blaireaux incompétents, des pervers narcissiques dangereux, des futurs chefs toxiques ou des frotteurs de bureau qui matent les petits culs à chaque passage. Les résultats du test sont souvent équilibrés avec des points forts et des points non pas *faibles* parce que l'on n'utilise jamais ce genre de vocable offensant, mais des points *à améliorer*. J'étais arrivée au rendez-vous une semaine après le décès de ma mère, qui venait clore pour moi une période excessivement éprouvante de neuf ans en tant que proche aidante, et je venais par ailleurs de rencontrer l'homme des marches du Sacré-Cœur, qui me jouait la partition bien connue du « je suis bien avec toi, mais je continue à surfer sur les applications de rencontres parce que c'est ma fenêtre sur le monde et je suis comme un chien qui a besoin de tourner longtemps autour d'un endroit avant de s'installer ». Phrase que j'étais censée prendre comme un compliment, *in romantisme des boomers we trust*. La vérité est plus prosaïque : quand il y a 235 000 meufs sur un site, on se dit qu'il est toujours possible de trouver mieux que celle que l'on a en magasin. C'est pour cette raison qu'il y a autant de gens seuls. Ils passent une vie à chercher au lieu de vivre. « Chérir ce que l'on a, plutôt que d'aspirer à ce que l'on n'a pas » m'avait dit Sixtine (probablement une phrase écrite sous un dessin de fleur ou d'oiseau à la dernière page de son magazine psy), devant l'une de nos soupes, un machin aux raviolis vapeur impossible à manger sans en mettre partout, tout en ajoutant que « tu vois le serveur là, celui qui ressemble à ton Maunoir, avec les yeux verts et le chignon blond de samouraï, eh bien son mètre 85, je me le taperais bien en dessert, ce serait plus nourrissant que toute cette flotte chaude qu'on slurpe sans arrêt! » Je lui avais répondu qu'avec ces deux phrases, elle venait de formuler une injonction contradictoire, terme que j'avais appris dans ma fonction de manager et surtout que je m'épuisais à vivre au quotidien, et j'avais dévié la conversation:

– Tais-toi, tu es en couple avec l'amour de ta vie, tout le monde rêve de ça.

– D'avoir un conjoint malade et diminué, tu veux dire? Et de rester avec lui jusqu'à ce que la mort nous sépare? Avec tous les gens qui disent oh que c'est trop touchant et trop chou? Mais quand l'autre est seulement à moitié mort, on fait quoi? Hein? Je suis sa femme, ou son infirmière? Sa dame de compagnie, son aidante? Et tout le monde admet que je suis censée devenir asexuelle, ou en tout cas, que quand la situation l'exige, on peut se passer de ça. Oui c'est vrai, c'est l'amour d'une vie et je chéris cette chance. Mais ça n'empêche pas d'aspirer parfois à ce que tu n'as pas, ou plus. Genre un vrai sexe d'homme, chaud et vivant, à l'intérieur de ton corps. Et mange purée, les crevettes des raviolis doivent provenir d'élevages abominables et donner le cancer, mais si en plus, c'est froid, c'est même pas bon.

Sixtine, ma Sixtine. Tailleur gris et verbe haut en couleur. Mariée à un homme handicapé par une maladie dégénérative, et pas *en situation de* handicap, si quelqu'un ose le formuler comme ça, elle lui demande toujours ce que ça fait d'être *en situation de* connerie. Punk dans sa tête, mais curé froid dans la vie réelle. Ou parfois l'inverse.

Tout cela pour dire que j'étais en pleine forme le jour de l'*assessment*, avec, en plus, une infection urinaire qui me piquait le ventre et me vrillait les reins; j'avais besoin d'aller aux toilettes toutes les dix minutes et je n'arrivais pas à rester assise. Bref, les conditions optimales pour un entretien formel et décisif, avec des exercices stressants et des jeux de rôles, tout ce que je déteste au plus haut point. J'ai dû donner un feedback à une personne dysfonctionnelle interprétée par un comédien, réorganiser le service d'une banque cantonale (autant dire une quatrième dimension pour moi) et tenir bon face au feu roulant de questions sur ma motivation, mon engagement, ma loyauté, ma soumission en fait, même si on dit dans le jargon «la capacité à appliquer la ligne». Je me sentais interviewée comme pour aller bosser à la CIA, mais pas complètement persuadée d'être compétente pour gérer les fonctions clés et les salaires de mes collègues et jusque-là souvent mes amis. J'ai obtenu un résultat, pardon, on dit une *restitution*, contrastée, avec du bien dans le leadership, le charisme et la poursuite des objectifs, et du moins bien dans la coopération et le contact, et dans l'encadrement des collaborateurs. Et puis cette phrase que je n'ai pas voulu voir comme étant prophétique: «Pourrait se démobiliser face à la masse de séances ou de travail administratif sans lien direct avec le cœur de métier.» Je crois qu'encore une fois, décidément, j'ai été lâche, je n'ai pas osé me dire à moi-même que je ne me sentais pas capable de faire ça, le train était parti et j'étais à bord. Si j'avais vu la *Nana* de Manet avant de signer mon contrat, peut-être que j'aurais fait comme pour le mariage.

N… Non.

Non.

Non mais… pourquoi?

Euh non. Ça ne va pas être possible.

Mais j'ai postulé, obtenu le job, et appris plein de choses.

Par exemple à coller des post-it contre les murs. En français on dit « étiquette repositionnable » ou « note adhésive », mais c'est évidemment moins bullshit-management-compatible. Rappelons qu'au départ, il s'agit d'un petit papier avec une partie autocollante, inventé à la fin des années 70 pour tester une colle qui se décolle, et destiné à servir de pense-bête : « Acheter pain, beurre, poireaux, PQ, café ». Ou alors à être posé sur la vitre de salle de bain avec écrit « Je t'aime » dessus. Ou encore à être mis sur le front des invités à Noël, entre la dinde et la bûche, avec le nom d'une célébrité, pour jouer à deviner qui on est. Le post-it, à la base, c'est un accessoire de papeterie simple, pratique, et surtout humain. Or, aujourd'hui, le post-it a envahi les séminaires vides de sens et nos cerveaux encombrés. Ce n'est plus un petit bout de papier coloré utilitaire, mais un *stimulateur d'échange* et *vecteur d'hypercollaboration*. Ouaip. Dans des temps immémoriaux, on se livrait à des *brainstormings* (on utilisait déjà un terme anglais parce que « tempête de cerveaux », ça ne le faisait pas). On avait les pieds sur les bureaux et il n'y avait pas que les cerveaux qui fumaient. Ou alors on allait au bistrot, parlant tous en même temps, prenant des notes sur les sets de table et hurlant à la cantonade : « Tu nous remets la même chose ! » De nos jours, on entre à la file indienne et en silence dans une salle de conférences impersonnelle où nous attend à chaque place le kit standard du participant lambda au monde merveilleux de la stratégie d'entreprise : un sous-main noir, une multiprise, un stylo, une eau plate, une eau plate ou gazeuse (la fête !) et des post-it. On ne réfléchit pas, on met des cerveaux ensemble dans une démarche collaborative de *design thinking*, ou de *co-conception créative*. Et à un moment donné, sous les ordres d'un facilitateur, on se lève, non pas pour aller chercher un verre de blanc ou fumer sa clope dehors, mais pour aller scotcher les fameux post-it sur des panneaux. Le point positif (on nous apprend qu'il faut toujours commencer par le positif alors allons-y), c'est qu'après trois heures de PowerPoint imbitable, la cérémonie des post-it, ça détend les muscles. On regroupe les verts, jaunes, roses et dessus, il y a des mots comme intelligence émotionnelle, capital humain, empathie, conduite du changement. Évidemment, si on parvient à placer diversité et inclusion, on marque des points supplémentaires. On se prend pour *Les Experts* à Las Vegas devant leur tableau en verre. Moi, ça me fait plutôt penser au jeu de l'âne, vous vous souvenez quand on était petits ? Aux anniversaires ? On a les yeux bandés, il y a un âne sans queue dessiné sur le mur, et il faut avancer et coller la queue de l'âne au bon endroit. Et on gagne non pas des parts de marché, mais des bonbons.

Transition numérique oblige, il existe désormais des versions électroniques du post-it, on peut donc jouer avec les petits carrés colorés par visioconférence, les déplacer, et même les liker. Génial. À la fin de ces réunions, tout le monde regarde le puzzle coloré constitué en se disant : « Bon maintenant, comment ce truc, établi grâce à un coach qu'on a payé une fortune alors que la boîte est par ailleurs en plein plan d'économies, va-t-il pouvoir sortir notre entreprise de la merde ? » Généralement, il n'y a pas de réponse. Qu'à cela ne tienne, on va réorganiser une réunion post-it.

Je sortais de ces journées en lambeaux, et la gestion RH inhérente à mon poste me pesait de manière anormale. Une collègue et amie chère et honnête me le faisait remarquer : « Je vois à quel point certaines réunions te rendent physiquement malade. » Elle avait raison, je me délabrais. Depuis quelques mois, j'avais des problèmes sérieux avec mon oreille gauche. Il s'agissait d'un héritage d'otites pas ou mal soignées durant ma petite enfance en Tchécoslovaquie, ou/et des conséquences d'un virus ou d'une atteinte à l'oreille interne grave en 2003, qui m'avait obligée à des examens neurologiques extrêmement invasifs durant une semaine à l'hôpital pour vérifier qu'il ne s'agissait pas d'un AVC ou d'une maladie dégénérative. Ces temps, j'entendais de plus en plus mal, du liquide stagnait quelque part dedans et ne circulait plus, au point que mon oto-rhino-laryngologue avait dû poser un drain, après avoir incisé mon tympan à vif, drain qui s'était déjà bouché et avait dû être renouvelé deux fois, et j'avais des épisodes de vertiges et de nausées fréquents, qui parfois me clouaient au lit, d'où je tenais laborieusement les séances Teams en essayant de ne pas bouger la tête. Il s'agissait probablement de la maladie dite de Ménière ou en tout cas, cela y ressemblait fort. Le soir, en lançant une machine de linge vers minuit, je me disais que c'était moi qui étais rincée et essorée.

Heureusement, il y avait l'homme des marches du Sacré-Cœur dans ma vie. Je lui envoyais des extraits de poèmes érotiques de Paul Éluard, Anaïs Nin, Apollinaire ou Bukowski. Pour dire la vérité, j'envoyais aussi des photos de cul (le mien), en prenant bien soin de ne pas mettre mon visage, pour le cas non impossible où ces joyeusetés se retrouveraient à circuler sur le web dans un *revenge porn* senior et sanglant qui ferait les délices des réseaux romands, ravis de voir le mec parisien d'une cadre de la télévision publique balancer des images d'elle en tenue de combat, prises avec une tige à selfie (oui je ne l'ai utilisé que pour ça en fait, et rien que d'y repenser je suis submergée de honte à l'idée des *making of* absolument terrifiants que l'on aurait pu en faire). J'imaginais ma convocation dans les hautes sphères, avec des personnes très sérieuses qui se demanderaient comment sortir de cette pénible affaire et quels éléments de langage on allait bien pouvoir utiliser. Oui, les vieux baisent, se disputent et sont bien présents sur le numérique. Voilà ce que j'aurais dit, moi. Pas sûr que cela aurait convenu au service de communication.

Mais la bonne nouvelle était que l'homme des marches et moi étions toujours en mode un peu volcanique, même s'il y avait des périodes plus calmes dues à la gestion de la PME familiale, les enfants et boulots respectifs de chacun, le frigo, le TGV, la fatigue.

Nous parvenions tout de même à nous réserver de temps en temps (mais de moins en moins) ce que nous appelions des « soirées adultes », durant lesquelles nous allions au théâtre, au restaurant, voir des spectacles canailles, nous habillant de manière à séduire l'autre, et finissant généralement la soirée à nous tripoter sous les chemises blanches et la nuit à nous tripoter ailleurs. Je découvrais également qu'un costume pouvait être quelque chose de sexy et pas juste un vêtement passe-partout, un uniforme de mec médiocre engoncé dans sa fausse prestance de mâle qui part à la chasse pour ramener des billets. On parle souvent du ventre comme deuxième cerveau, eh bien pour les hommes, le travail est leur deuxième queue. Et ils cachent leur éventuelle misère sexuelle derrière le fait de porter un nœud de cravate. Cela leur permet d'afficher un substitut d'organe sous forme de vêtement, il est pour tous de la même grandeur, comme ça on évite les comparaisons de vestiaire. C'est de la psychologie de mensuel psy de Sixtine, bien entendu, mais avec un degré de plausibilité non négligeable. Mais maintenant, sur le tard, je me disais mmmh, il y a quelque chose dans ces costumes bien coupés. Si leurs occupants sont bien taillés aussi, cela peut avoir le charme d'un cadeau emballé dans un joli papier.

C'est ainsi que je me suis retrouvée devant la boutique d'un tailleur italien situé derrière les Champs-Élysées. J'étais en minijupe patineuse grise, Doc Martens et veste d'officier à brandebourgs (on me dit toujours que je me déguise en Michael Jackson, ce à quoi je réponds que « non, je suis en groom du cirque Knie », mais voilà, il doit y avoir quelque part au fond de mes gènes une nostalgie de l'empire austro-hongrois qui me fait adorer les dorures, les vestes militaires, les jabots blancs et les cuissardes plates, même si dans les faits je ressemble plus à la Mylène Farmer du pauvre qu'à un fringant casque à boulons prêt à aller découper de l'Anglais à la baïonnette). Je suis entrée dans le magasin à la suite de l'homme des marches du Sacré-Cœur, et un monde nouveau s'est ouvert à moi ; je me disais que c'était la première fois que j'assistais à l'achat de costumes et de chemises business, car je n'avais, dans les faits, connu que des hommes en jeans. Je voyais un alignement de vêtements tous pareils, et je bâillais déjà d'ennui à l'idée qu'il faudrait non seulement que Monsieur teste les tenues, mais les fasse aussi retoucher, car il était bâti comme un cintre, il s'en fallait de peu que l'on voie à travers, et tous les pantalons tombaient. Mais tombaient bien, pas de fesses, pas de bide, taille mannequin junior mais avec 15-20 centimètres de pas assez pour les podiums, de dos on lui donnerait 17 ans, s'il n'y avait pas un léger début de calvitie sur l'arrière dont il ne se rendait pas compte, persuadé d'avoir toujours la crinière noire et ondulée des années 80. J'ai fait connaissance avec plein de subtilités, veste croisée, droite, longueur des manches, longueur du pantalon qui doit faire un léger pli sur la chaussure mais pas plus et pas moins, cintrage de la veste sinon ça fait vendeur de voitures d'occasion, pas de motifs ou de chemise bleue à col blanc sinon ça fait vendeur d'assurances (je connais, mon père était assureur ; il portait aussi des pantalons à carreaux parfois genre golf mais sans faire de golf). Ah oui, et les boutons de manchette. Je croyais que cela n'existait plus depuis un siècle ou deux, il faudra un jour que l'on m'explique l'utilité de cet objet qui n'est ni très pratique ni très joli, qui se voit d'ailleurs à peine et qui coûte cher. J'ai fini par m'asseoir dans un fauteuil – heureusement qu'il y en avait un – et à consulter mes mails, renversant le cliché habituel du gars qui se fait chier pendant que sa femme fait des essayages, là c'était moi qui me faisais chier, ma foi, l'égalité a son prix.

– Tu préfères le gris anthracite ou le bleu marine ?

– Oh, tous les humains mâles en costume de la planète sont désormais en bleu marine, on dirait des clones, alors tentons une folie, va pour le gris.

Lorsque j'ai vu les prix, j'ai compris qu'il s'agissait réellement d'une folie. Et lorsque je lui ai offert plus tard un bon d'achat pour de nouvelles chaussures de ville chez Church à la rue du Rhône à Genève, parce que je ne supportais pas celles à bouts trop pointus à l'italienne qu'il portait, j'ai aussi compris que l'on faisait des folies très déraisonnables (mes excuses pour le pléonasme, mais il décrit bien le principe en même temps) quand on est amoureuse. J'avais encore un rein en moins, mais qu'est-ce qu'il était bandant avec ses nouvelles chaussures, donc c'était pour la bonne cause.

Mais revenons à cette première nuit blanche de notre nouvelle vie.

Au lieu de rêver à notre avenir radieux, je rumine. Nous sommes en automne, je suis épuisée par ce travail de cadre intermédiaire qui consiste essentiellement à faire appel à ses *soft skills,* traduisez *compétences douces.* Empathie, écoute, bienveillance, intelligence émotionnelle, capacité à créer du lien, patience, adaptabilité, résistance au stress, sens du collectif, esprit positif, orienté solutions, ça dégouline de tous les côtés comme la *soft ice* chocolat vanille (il y avait fraise aussi) à laquelle on avait droit avec ma petite sœur en sortant de la piscine du Grand-Lancy quand on était enfants, et qui nous coulait instantanément sur les doigts. En vrai, on pourrait s'épargner tout ce blabla et résumer les choses ainsi : être cadre intermédiaire, c'est être capable de supporter et de résoudre toutes les emmerdes du monde. Résultat, le manager est désormais censé être un coach, un médiateur, un psy, une nounou, une maman. Un peu un flic aussi, mais sans en avoir l'air. Et les employés se retrouvent dans une attente biaisée : ils éprouvent le besoin qu'on les comprenne, qu'on les écoute, qu'on les rassure, qu'on les reconnaisse et que l'on fasse leur bonheur. Je sais bien que le management paternaliste et vertical du siècle dernier fait partie… du siècle dernier justement, comme un vestige à aller regarder au musée en poussant des « Ah mon Dieu ! Dire que c'était comme ça avant, mais quelle horreur, je ne sais pas comment les gens faisaient ! » Aujourd'hui, tout le monde décide et personne ne décide, et les réunions ressemblent à des thérapies de groupe. Je ne regrette pas forcément l'époque lointaine où un rédacteur en chef rouge de colère nous lançait le dictionnaire du journalisme à travers la table en hurlant : « Relisez ça parce que ce que vous faites, ce n'est pas du journalisme, c'est de la merde ! » Mais je suis fascinée d'écouter des gens de tous horizons professionnels raconter les relations entre collègues : cela se passe désormais comme dans un repas de Noël en famille, on marche sur des œufs pour préserver l'ambiance, on évite les sujets qui fâchent, on a peur de tout et surtout de ne pas être assez *soft*, et donc logiquement, comme au repas de Noël, on s'ennuie monstre.

Je me souviens que la veille, je me suis bien amusée au moins, lors de la énième visioconférence de la journée. J'ai laissé la porte donnant sur le jardin ouverte, et mon chat, alors que je m'exprimais d'une manière très pénétrée et un peu sinistre sur les futures modifications de la grille des programmes pour nos magazines et les économies à faire bien entendu, a sauté sur mon bureau et posé sur le clavier un oiseau à moitié éviscéré dans un grand nuage de plumes. J'ai hurlé, c'était drôle et dégoûtant, et surtout un excellent prétexte pour écourter la cérémonie, au revoir, on en reparle, il faut que je nettoie le clavier, il y a du sang partout, à bientôt, appuyer sur quitter, ouf.

Je me lève et je suis en sueur. Je change de T-shirt. Je cuve aussi, depuis quelques années, ma sympathique ménopause que je vénère parce que, enfin, je ne peux plus enfanter et que je suis débarrassée des 300 000 à 500 000 ovules dont on dispose à la puberté et qui certes m'ont offert deux magnifiques enfants, mais aussi des centaines de moins magnifiques journées à éponger ma douleur et le reste. Il y a des tas de femmes qui assimilent cela à une tragédie, moi j'ai dansé de joie en sortant de chez le gynéco qui m'avait dit texto : « Votre risque de grossesse est désormais nul », et je me suis tapé une coupette de champagne pour fêter ça à défaut de me taper quoi que ce soit d'autre, j'étais célibataire à l'époque. Depuis, je prends des hormones et du collagène pour ralentir le vieillissement et accélérer la libido, je ne sais pas si ça marche, mais je suis d'avis que ça se tente et qu'il n'y a pas de raison que la ménopause se transforme en pause définitive.

Cela dit, je sens bien que ces temps, je suis au bout du rouleau, mais du rouleau de quoi ? Du rouleau de papier cul ? Du rouleau compresseur ? Du rouleau à pâte ? Du rouleau à friser les cheveux qui sont désespérément plats depuis toujours ? Du rouleau de billets de mille qu'il n'y a pas dans ma poche ? Un peu de tout en fait. Je songe à la dernière conversation que j'ai eue avec Sixtine, devant une soupe butternut-lait de coco cette fois ; elle m'avait dit : « Tu devrais aller embrasser les arbres, j'ai vu un reportage, il paraît que c'est magique ! » J'en avais laissé tomber ma cuillère dans le potage et je la récupérais péniblement parmi les petits éclats de feta qui flottaient à la surface.

– J'espère que tu plaisantes ! Et pourquoi pas observer mes glaires vaginales pour savoir si je vais bientôt avoir mes règles tant qu'on y est ? Il paraît que c'est très tendance.

– Tu n'en as plus.

– Je sais bien, et ça fait au moins un problème de moins dans ma vie, mais ces ateliers perchés, genre on est tous connectés à la lune et à la nature et on va aller courir tous nus dans les bois en se tenant la main, comment oses-tu me proposer un truc pareil ? Moi je me soigne dans les musées !

– Justement. Il faut que tu sortes un peu du béton et de l'intellectuel. Tu as un arbre dans ton nouveau jardin, tu l'aimes bien non ?

– Oui, mais c'est *mon* arbre, ce n'est pas pareil. Même des fois, je lui parle. En été, il souffre beaucoup des canicules, cette année, il s'est même débarrassé de branches entières pour garder des forces. Alors j'essaie de le rassurer.

– Tu vois, tu es prête pour la sylvothérapie.

Le matin au réveil, enfin… c'est une expression car je n'ai pas dormi une minute, j'annonce à mon amoureux : « Tu sais quoi ? Je me suis décidée, je vais faire un bain de forêt ! » Il me répond très sérieusement : « Ah, tu prends ton maillot ? » Oui, il est parisien, et pour ce qui est de la connexion à la nature, en dehors des trois squares avec rats et plantes anorexiques de son quartier, on n'est pas vraiment dans le thème. Il imagine probablement une sorte de spa dans la nature, et j'explique qu'il ne s'agit pas de se baigner mais de se tremper dans un environnement fait de bois, d'arbres, d'odeurs, d'animaux, une forêt, quoi. Le tout avec une personne qui va me guider pour que je ne me perde pas comme Blanche-Neige ou le Petit Poucet, et pour qu'accessoirement, je ne me perde pas moi-même.

Le jour J, j'attendais un moment idyllique avec feuilles de toutes les nuances de feu et légère brise d'été indien, mais il fait froid, il pleut comme vache qui pisse, pour employer une métaphore qui reste dans le sujet de la biodiversité ; ce sera un vrai bain, en fait. J'arrive sur les lieux en voiture, c'est tout le paradoxe, pour retrouver la nature, il faut d'abord la polluer un peu. Je suis équipée comme pour une expédition de survie dans le grand Nord canadien, avec thermos, gants, bonnet, bottes et tout, alors que je vais juste faire une balade autour du col du Marchairuz. Il n'y a pas de réseau, cela devrait faciliter le lâcher-prise. Ah, ma guide-chamane est là, j'ai réservé le petit tour, car oui, il existe des promenades de 3-4 heures et plus, mais là, au bout de 2 minutes 15 je rêve déjà de couette, de chauffage et d'un bain, alors j'ai exactement 1 heure 30 pour… mais pour quoi, au fond ? Elle me demande abruptement ce que je viens chercher. Un sujet de conversation pour la prochaine soupe avec Sixtine, peut-être. Non, j'ai décidé de venir, j'ai payé 100 balles, j'ai roulé une heure, je vais sans doute attraper la mort, autant jouer le jeu et je choisis de répondre honnêtement : « Je viens chercher de l'énergie. » Cette année a été rude, les trois précédentes n'ont pas été de tout repos, je suis sur la réserve, il faut recharger les batteries, refaire le plein, même si ces métaphores-là ne sont pas aussi adéquates par rapport à la biodiversité que la vache qui pisse.

Nous marchons un peu en silence, c'est manifestement une femme de peu de mots, mais quand elle en prononce un, il tombe comme une pierre, et comme une pierre, il peut faire mal. Elle me dit que ce n'est pas le hasard qui m'a amenée ici et maintenant. « L'automne, dans le cycle de la vie, c'est la saison du tri, la nature se débarrasse de ce qui ne pourra pas passer l'hiver, elle se prépare. C'est valable pour nous humains, aussi. Tu es à l'automne dans ta vie, tu dois faire du tri. Je te donne un exemple : tu ramasses des pommes en automne, et tu les stockes pour l'hiver, s'il y en a une seule pourrie dedans, elles seront toutes contaminées au moment où tu en auras besoin. Il est temps pour toi de jeter les pommes pourries. »

Gloups.

En automne. Mais ta gueule.

Je hoche la tête d'un air convaincu, et elle me fait passer un seuil symbolique au-delà duquel je dois faire attention à tout ce qui bouge. Le tremblement des feuilles quand les gouttes tombent dessus, le vent dans les arbres ; ma tâche est de comprendre qu'il s'agit d'un monde immobile mais en mouvement, et oui, vivant. Nous posons ensuite les sacs et ma mission est d'aller seule à la rencontre d'un arbre, de rester avec lui et de lui demander quelque chose ; par exemple : « S'il te plaît, fais que je n'attrape pas de cystite après cette expérience. » Je pars courageusement, totalement gelée, et après quelques minutes, j'aperçois soudain mon arbre ; il a des racines très visibles qui s'entortillent autour d'un rocher plein de mousse. Je ne sais pas si ses racines parlent des miennes, mais elles ont l'air de pousser comme ça, *ex nihilo* sur de la pierre, c'est d'une puissance incroyable. « La vie trouve toujours son chemin » dit le personnage John Malcolm dans le film *Jurassic Park* (le premier hein, les autres ne sont que des bouses). Indépendamment du fait que c'est Jeff Goldblum qui interprète John Malcolm et que cela justifie en soi le visionnement de ce film. Question à la sortie de la salle : « Tu as pensé quoi des dinosaures ? » Réponse : « Quels dinosaures ? Ce n'est pas un film sur une île déserte où il y a Jeff Goldblum ? » Je m'appuie sur l'arbre. C'est bien de s'appuyer, quand on est une personne sur laquelle on s'appuie beaucoup, d'habitude. Oui, j'ai levé les yeux au ciel et laissé tomber ma cuillère dans la soupe quand on m'a parlé d'embrasser des arbres, mais je le fais, je pose ma tête contre lui, l'entoure de mes bras et lui demande du courage. Si je suis prête à admettre que les arbres sont des êtres vivants, et comment le nier, alors il faut également admettre que l'on peut entrer en relation et échanger avec eux. Ils n'agressent pas, ne s'énervent pas, ne nous demandent rien, nous protègent sans qu'on le leur demande, et nous procurent l'oxygène qui nous permet de respirer ; ils étaient là bien avant nous, et seront là bien après.

Nous terminons par un feu et une tisane d'aiguilles de sapin. La guide m'explique pourquoi la forêt fait du bien : « Nous sommes un animal sensoriel, nous capturons les informations grâce à l'odeur, la vue, l'ouïe, le goût, le toucher. Notre cerveau est archaïque, il évolue très lentement, il est adapté à un certain volume d'informations et aujourd'hui, nous sommes malades de la vitesse, du trop de sollicitations visuelles et sonores, et du stress que cela produit. Tu es une personne agile, mais tu te trouves devant une nouvelle étape. Tu ne pourras pas éviter ce qui vient. Aujourd'hui, tu es là, en vie, et c'est de ta responsabilité de savoir ce que tu en fais. »

Voilà.

« Tu ne pourras pas éviter ce qui vient. »

De vieillir et de crever, autant mettre les mots justes dessus. Non, je ne pourrai pas l'éviter. Mais je peux commencer par éviter de gaspiller inutilement le bois des arbres.

Par exemple en arrêtant de coller des post-it contre les murs.

Une semaine plus tard, Max passe à la maison pour un café. Je lui fais une mise à jour de ma vie.

– J'ai démissionné de mon poste.

– T'es conne ou quoi ?

Il est en petite forme. Pourtant, il n'a probablement pas de cancer de la prostate. Il reste encore quelques vérifications à faire, il y a certes une petite hypertrophie, mais rien de malin. En temps normal, il aurait trouvé la phrase parfaite, bu trois espressos hyper serrés de suite et fumé quatre ou cinq cigarettes sur ma terrasse. Mais il me demande un thé (un thé !), fume peu et parle encore moins. J'essaie de nourrir la conversation et de lui expliquer :

– Je veux finir ma vie professionnelle en faisant ce que j'ai choisi lorsque j'avais 18 ans : raconter des histoires. Tant pis pour les cartes de visite et le salaire.

– Mais aucun cadre ne revient jamais sur le terrain ! Tu te rends compte que tu avais un super job, une responsabilité de 400 personnes et que tu le quittes après une sorte de délire sylvestre bobo de deux heures, alors que des tas de gens, dont moi, cherchent du travail et ne se font même pas jeter, mais ignorer purement et simplement, *ghoster* par les boîtes, comme les célibataires désespérés par les autres célibataires désespérés sur les applications de rencontres ? Nous n'existons pas, nous ne sommes plus que des ombres fantomatiques qui errent en marge de la société, en espérant un pont de retraite alors que nous n'avons que 50 ans.

Brillant ingénieur, Max avait été licencié lors d'une restructuration un an auparavant. Par visioconférence. La classe. « Tu imagines les gens qui ne s'y attendent pas, seuls chez eux ou devant leurs gosses ? Ok, vous êtes libéré de votre obligation de travailler dès ce soir, clic, pouf, au revoir et même pas merci, la personne peut se jeter du balcon, ils s'en beurrent la raie, je ne comprends pas que ce ne soit pas interdit. » Depuis, il essayait de proposer ses services comme consultant indépendant, mais devenir autoentrepreneur à cet âge n'est pas exactement une promenade de santé.

– Allez, la bonne nouvelle, c'est que la quéquette marche non ?

– Oh oui, si ça au moins, ça pouvait servir à quelqu'un, je me sentirais de nouveau utile.

Quelques mois plus tard, je quitte mon bureau du 7e étage. Non pas pour un autre bureau mais pour plus de bureau du tout. Ah le bureau ! Mon père s'y rendait à heure fixe tous les jours en voiture. En bon Slave qui ne parvenait pas à prononcer les « u » il disait : « je vais au biro ». Et moi pendant longtemps, je suis aussi allée au « biro ». Je faisais partie des gens qui personnalisaient leur espace avec des objets marrants, Ray la raie, une peluche censée être la mascotte d'une émission qui ne s'est jamais faite, une grosse pierre avec un zizi dessiné dessus, souvenir d'une animation sur l'histoire de la sexualité, l'affiche originale dessinée par Reiser de la pièce *Le Père Noël est une ordure*, le matériel de bureau, scotch, ciseaux, colle, agrafeuse, troueuse, trombones, crayons, stylos, stabilos, agenda, papiers, enveloppes, et par-dessus ça, les piles de dossiers, cassettes, sans oublier la machine à café, la bouilloire, le minifrigo, les affaires de sport, j'amenais même des meubles récupérés chez Emmaüs, au point qu'un directeur en visite depuis Berne dans les années 2000 s'était exclamé : « Ach Genève [prononcé *Chenèfe*], on dirait un squat ! » [prononcé *skvat*]. C'était une extension de moi-même, ma deuxième maison.

J'avais vidé le tout progressivement, et aujourd'hui, alors que je pars pour de vrai, je n'ai plus qu'un sac Migros avec quelques dossiers, que je vais fourrer dans une chemise en plastique à la maison, et le sac servira ensuite à transporter des bouteilles vides à la déchetterie. Je ferme la porte sur une partie de ma vie en pensant que c'est peut-être la dernière porte de bureau que je ferme, puisqu'il n'y aurait désormais plus de porte, plus d'espace utérin, plus de doudou rassurant. Mon « biro » sera depuis cet instant composé d'un ordinateur de 30 x 40 cm, d'une souris sans fil et d'un smartphone, et je travaille soit chez moi, soit dans un *flex office*, des *étages dynamiques* (vous aurez remarqué, dans le monde du travail tout doit toujours être *dynamique* ce qui, en fait, produit un effet inverse extrêmement déprimant), un *co-working*, un *desk sharing*, appelez cela comme vous voulez, ou encore un train, un bistrot ou un banc devant un stand de saucisses-moutarde à Lucerne à côté d'un stade d'athlétisme sur lequel va courir mon fils, et à part l'odeur et le speaker qui hurle en suisse allemand, c'est extrêmement cool.

Les fameux *étages dynamiques* au lieu du bureau du 7e, évidemment, c'est impersonnel. C'est nickel propre, il y a des casiers comme à la piscine pour mettre les affaires, il n'y a personne qui hurle des blagues de cul (autre siècle), il n'y a pas de chocolat dans le tiroir, d'ailleurs, il n'y a pas de tiroir. Évidemment, avec tous ces gens alignés un casque sur les oreilles, on est un peu dans le monde merveilleux de Mark Zuckerberg. Évidemment, il y a ce que l'on appelle «l'effet cantine», les gens retrouvent l'habitude de s'asseoir toujours à la même place (vers la fenêtre au hasard) et donc la flexibilité est parfois relative. Mais moi, je m'y retrouve. Je réinitialise mon cerveau et reparamètre mon fonctionnement. *Home office-flex office*, cela épargne des trajets inutiles, fini la pénible transhumance biquotidienne du matin et du soir. Certains n'y croient pas, à la fin du bureau. Ou la déplorent, ou la regrettent. Ou contraignent à un retour en présentiel à 100%. Le *bureau* s'appelle ainsi car au Moyen Âge on protégeait les tables de travail avec de la toile de bure, il y a un côté astreignant, râpeux et monacal, le mot bureau n'est d'ailleurs pas très éloigné de… bourreau. Peut-être que ce n'est pas si mal de s'en libérer un mini chouïa. Mon seul regret, c'est que la fin du «biro» n'entraîne pas la fin de la «birocratie». En tout cas cela n'en prend absolument pas le chemin, l'organisation des pays de l'Est sous Brejnev, à laquelle mes parents voulaient échapper, était une start-up agile à côté des organigrammes contemporains.

Je me sens soudainement non pas libre, car on ne l'est jamais, mais allégée; désencombrée devrait-on dire dans la novlangue du développement personnel. Et je vole dans le TGV avec mon nouveau bureau portable et mon nouveau mandat d'émission bon marché en équipe réduite, pour me retrouver dans le sens contraire à la marche avec un Coca Zéro et un gros bretzel au beurre pour ne pas vomir. Je vole dans le TGV pour aller voir mon amoureux qui passe quelques jours avec ses ados à Paris, nous allons fêter ma nouvelle pauvreté en laissant lesdits ados accompagnés de nouilles instantanées et d'un pot de Nutella devant Netflix, pour aller dépenser l'argent que nous n'avons pas dans une brasserie chic avec un serveur en gilet qui chante de l'opéra.

Le code ce soir-là au restaurant est de ne pas parler des enfants, d'éviter la politique et l'actualité anxiogène parce que forcément, on s'engueule. Alors après deux verres de Chardonnay, nous commençons à parler de porno, nous accrochant sur l'actualité, car la France exige désormais des plateformes qu'elles effectuent des vérifications de l'âge des internautes. Pour manifester leur opposition à cette mesure, les dirigeants ont décidé de fermer leurs sites pour quelques jours, une sorte de grève du sexe. Nous dévions sur le chapitre du porno amateur, les *cam girls*, le site *Onlyfans* et toutes ces riantes possibilités de découvrir Monsieur et Madame Tout le Monde diffusant leurs *sextapes*. J'avoue, à cause du vin blanc probablement, je l'agresse un peu.

– C'est dégueulasse ces trucs, je sais que tu étais ou que tu es encore inscrit sur ce genre de sites comme plein de mecs, et je ne comprends pas comment vous pouvez regarder des trucs pareils.

– Mais pourquoi tu dis ça ? Peut-être que les hommes sont plus visuels.

– Pardon ? Les hommes sont plus visuels quand ça les arrange, tu es moins visuel quand tu cherches ton portable qui est juste devant toi ou le paquet de Caotina qui se trouve dans le placard exactement sous ton nez !

– Pour ce qui est du sexe nous avons peut-être plus besoin d'images que vous, et ces personnes apprécient de s'exhiber, je ne vois pas le problème.

– Mais comment sais-tu qu'elles apprécient ? Tu ne vois pas que la plupart des femmes qui se montrent publiquement le font pour faire plaisir à un homme ? Sous une pression directe ou indirecte ? Sous prétexte de mettre du piment dans la relation ? Par peur que leur compagnon n'aille voir ailleurs ? Quand ce n'est pas sous substances ?

– Pour une féministe, tu as une drôle d'opinion des femmes. Elles éprouvent du désir, elles ne s'en cachent pas, elles s'y adonnent, et si ça excite des spectateurs cela ne gêne personne.

– Mais tout est gênant ! Ça t'excite vraiment de voir une femme mal filmée en sous-vêtements fatigués dans sa cuisine en train de se faire sauter par un pauvre type bedonnant qui se prend pour Rocco Siffredi entre le reste de lasagnes et les Choco Pops ? Mais au secours !

Il me fait signe de baisser la voix.

– Oh ben pour une fois que les gens entendent des trucs intéressants devant leurs bulots à la mayonnaise… Ça les change !

Je rigole, je me dis qu'il y a une vraie fracture de genre autour du porno et qu'il faut que l'on en recause. Cela dit, s'il en regarde, je ne vais pas jouer le couvent des petits oiseaux non plus, moi aussi je peux en regarder, mais pas les machins amateurs, je suis de la vieille école, j'aime qu'il y ait un cadre professionnel, même si je pense que niveau Convention Collective de Travail, il doit y avoir du travail justement.

Je rebois un coup de blanc qui me fait mal au crâne. Je lui prends la main et embrasse sa paume chaude et sèche. Il me demande si on va tester la solidité de notre table de cuisine après, sans les Choco Pops. Je lui réponds que bien sûr, et il sort fumer une clope.

Il laisse son téléphone sur la table. Il le faisait toujours au début, pour bien me montrer qu'il recevait des messages d'autres femmes, que nous n'étions pas dans une relation conjugale, qu'il était très sollicité et tout le tralala du mec abîmé qui a besoin de se valoriser. Cela me convenait, enfin je le croyais, car je ne voulais plus du couple traditionnel non plus. Mais je l'avais régulièrement quitté à cause de ses applications de rencontres qui étaient toujours ouvertes. Et un jour, il avait désinstallé toutes ces merdes en me disant: « Je te rappelle quand même que sans ça, on ne se serait jamais rencontrés », ce qui était la stricte vérité. Depuis ce moment, je ne sais pas ce que nous sommes comme couple, mais nous sommes un couple.

Une notification de message arrive sur son téléphone.

Et *évidemment* (j'en ai assez d'utiliser l'adverbe *évidemment* mais là, c'est *évidemment* celui qu'il faut), j'ai fait ce que je n'aurais jamais dû faire.

Théodore Géricault, *Le Radeau de la Méduse*, 1818-1819
Huile sur toile, 491 x 716 cm, Musée du Louvre, Paris

Consultation n°2

– Et donc, vous avez fouillé dans son téléphone.

– Je n'ai pas « fouillé », j'ai regardé.

Le Dr David Maunoir se tient en face de moi et semble se délecter du spectacle, comme un chat devant une friandise Vitakraft Liquid en tube, une substance brune qui ressemble à un excrément effectivement liquide, mais ils adorent ça. D'habitude je me noie dans ses yeux verts, et j'apprécie ce moment de badinage entre deux personnes qui pensent qu'il est plus sain, plus humain, plus profond et plus instructif de bouffer des œuvres d'art que des pilules.

Mais là, je ne suis pas d'humeur, et j'ai un doute sur les possibilités offertes par ce… cadre thérapeutique.

J'ai refusé une demande en mariage, démissionné de mon poste à responsabilités, accepté de continuer la relation avec mon désormais non-mari parisien qui est à peu près installé dans mon appartement genevois, et je viens de tout gâcher, dans une brasserie, devant une sole meunière, en prenant son téléphone portable et en déroulant les messages de la personne qui venait de lui en envoyer un. Je ne supporte pas le goût contemporain pour l'autoflagellation obligatoire, même quand on n'a rien fait. Je n'en peux plus de la contrition généralisée, de la vertu ostentatoire et des gens qui passent leur temps à s'excuser d'exister et à s'applaventrir. On n'a pas échappé à des années de tutelle religieuse pour se foutre à genoux à chaque fois que le nouveau catéchisme issu des amphithéâtres estime qu'on a péché, ou qu'il faut expier les péchés des autres avant nous.

Pourtant là, oui, j'ai honte. Et je garde les yeux baissés.

– Bon, nous allons prendre les choses dans l'ordre très calmement, chère Madame, qu'avez-vous découvert dans son téléphone ?

Je décide de me reprendre, de lever le regard, car il est beau et la séance est chère, donc autant en profiter ; et d'être frontale. Après tout, 75% des divorces sont désormais prononcés consécutivement à un message compromettant découvert sur un portable, alors je ne suis ni la première, ni la dernière, c'est juste d'une confondante et déprimante banalité.

– Le message d'une femme qu'il a fréquentée il y a longtemps à Bordeaux, où vivent ses enfants et son ex-femme. Lorsque les enfants étaient plus petits, et ne pouvaient prendre le train seuls, il s'y rendait régulièrement pour leur rendre visite. Ils se sont rencontrés sur une appli *(what else?)*, elle est mariée, mais manifestement, elle aurait aimé que leur relation se poursuive, et dans ses textos, elle lui raconte leurs souvenirs übersexuels.

– Cela me paraît désagréable, mais pas très grave. C'est du passé.

– À deux légers détails près. Le premier : je suis remontée assez loin, et les échanges les plus érotiques ont eu lieu au moment où j'enterrais ma mère, limite pendant la cérémonie, à laquelle il assistait. Dans ces échanges, il affirme ne pas être sûr de rester fidèle à « la Suissesse ». Le deuxième : lorsque nous sommes rentrés de vacances d'été, il est reparti à Bordeaux afin de ramener les enfants à leur mère, et y a passé une nuit au Novotel. Et sur WhatsApp, il a communiqué à cette femme le numéro de sa chambre. D'après ce que j'ai compris, elle n'est pas venue. Et puis, lorsque nous étions à la brasserie, elle lui annonçait que son mari venait de trouver un travail à Paris et qu'elle ne savait pas si elle allait le suivre, sous-entendu : est-ce que tu veux que je vienne et qu'on se retrouve, ou pas.

Silence lourd. Et moche.

– Comment avez-vous réagi lorsqu'il est revenu de sa pause cigarette ?

– Mal, qu'est-ce que vous croyez ? Je lui ai mis son téléphone sous le nez et lui ai balancé avec des trémolos dans la voix une nullité prévisible du style : « Ce n'est pas bien ce que tu fais. » Je ne pouvais quand même pas lui hurler qu'il était un bon gros connard au milieu du restaurant. D'ailleurs, je n'étais même pas en colère, plutôt triste et fatiguée.

– Et lui ?

– Fidèle à lui-même. Zéro excuse. Une phrase du type : « Ah ben quand on cherche, on prend le risque de trouver. » Après, il a quand même précisé qu'il n'avait rien fait, qu'il ne s'était rien passé. J'ai répondu : « Alors pour toi, tant qu'il n'y a pas pénétration, c'est ok, en fait ? » Et il a répondu oui. Nous sommes rentrés, le lendemain matin, j'ai fait ma valise et je suis repartie pour Genève sans lui. Je l'ai prié de rester à Paris et d'y télétravailler quelque temps.

– Et ?

– Et, et, et rien ! On en est là. Lui regrette les conséquences du geste, à savoir une éventuelle séparation, et moi je porte la triple peine de savoir qu'il a gardé longtemps, encore plus longtemps que je croyais, des amitiés parallèles, pour rester polie, d'éprouver de la jalousie alors que je pensais que c'était terminé pour moi ce genre de sentiment possessif, et d'avoir commis une action irréparable et indigne de moi.

– Chère Madame…

Mais sérieusement il ne peut pas arrêter avec son *chère Madame* ? On parle d'un épisode pathétique qui ressemble à une embrouille sur Snapchat entre deux collégiens, pas de deux adultes matures, Madame et Monsieur, parents responsables et employés modèles.

– Chère Madame, écoutez-moi. À part ce dernier message, auquel votre compagnon n'a manifestement même pas répondu, les dialogues que vous avez lus remontent à plusieurs mois, n'est-ce pas ? Vos débuts dans cette histoire d'amour ont été compliqués, vous le savez, et vous l'avez accepté. Aujourd'hui, c'est vous qu'il appelle tous les matins et tous les soirs quand vous n'êtes pas ensemble, d'après ce que vous me dites ; c'est avec vous qu'il vit, c'est avec vous qu'il dort, c'est avec vous qu'il partage ses soucis, c'est avec vous qu'il part en vacances avec ses enfants, c'est à vous qu'il dit je t'aime.

– Pardon, mais il existe un logiciel masculin avec des phrases toutes faites ? Parce que c'est exactement ce qu'il dit. Mais moi, je n'ai pas envie d'être l'officielle qui se tape les soucis de boulot et les emmerdes avec les gosses pendant qu'avec d'autres il parle de sa… enfin vous voyez ce que je veux dire, on ne va pas entrer dans les détails sordides.

– Non. On ne va pas.

– Il faudra du massif là, *cher Monsieur*, du lourd, du spectaculaire, une déflagration. Si vous m'envoyez dans un petit musée annexe à voir un gribouillage anecdotique, je risque bien de prendre un Valium dans ma pharmacie en revenant, ce qui signera l'échec de votre thérapie.

– Vous avez du Valium à la maison ? Je croyais que vous ne vouliez justement jamais consommer d'anxiolytiques ou de somnifères.

Pour la première fois durant cette consultation, je commence à rire. L'été précédent, mon chat, qui est aux trois quarts Sacré de Birmanie et un quart siamois, et donc fragile des reins et du système urinaire, avait eu des cristaux dans la vessie. C'était abominablement douloureux et il avait dû passer une nuit en clinique vétérinaire et suivre un traitement médicamenteux pendant plusieurs semaines.

Parmi les pilules qu'il fallait lui faire ingérer, il y avait un quart de Valium par jour, car cela détend l'urètre félin, paraît-il. Évidemment, j'ai dû courir plusieurs pharmacies, car les humains ne sont pas tellement en forme non plus, et il y avait rupture de stock. Et lorsqu'enfin, j'en ai trouvé une dans laquelle il restait quelques boîtes, j'ai tendu mon ordonnance à l'assistant en précisant: « C'est pour mon chat. » Hilarité dudit assistant qui a dû se dire ouais c'est ça et ta sœur elle bat le beurre. Et je me suis vue agiter le papier sous ses yeux: « Mais si regardez, la vétérinaire a écrit *Hector*, c'est mon chat, il a une infection urinaire et il y a le tampon du cabinet. » Le jeune homme est allé faire valider la prescription par la cheffe et je suis repartie avec une plaquette de Valium 5 mg et un coupe-comprimés, parce qu'un Valium c'est déjà petit, mais alors obtenir un quart de Valium, c'est de l'horlogerie de précision. Si dans certains pays ils savaient que l'on achète des coupe-comprimés pour administrer des antidépresseurs à nos chats, ils seraient confortés dans l'idée que notre civilisation est au bord du précipice.

Le psy choisit de sourire aussi, nous retrouvons le marivaudage habituel, ça fait du bien.

– Je vais tenter de vous éviter le Valium 5 mg. Vous n'irez pas très loin; dans la salle 77 de l'aile Denon, au premier étage du musée du Louvre.

– *La Liberté guidant le peuple* d'Eugène Delacroix!

– Non. En face.

– …

– *Le Radeau de la Méduse* de Théodore Géricault. Et vous n'y allez que pour ça. Cette toile est tellement puissante qu'il faut vous réserver un long moment de contemplation. Arrivez en premier le matin, lorsqu'il n'y a personne. Asseyez-vous. Et demandez-vous non seulement en quoi ce que vous voyez peut vous donner de la force, mais aussi, tout simplement, si cet homme, vous l'aimez. Ou pas.

***

Le Louvre, c'est ma maison.

Lorsqu'un hypnotiseur avait essayé de régler mes problèmes de sommeil, sans y parvenir, il m'avait dit de descendre mentalement des escaliers et de trouver une pièce où je me sentais en sécurité, une pièce doudou dans laquelle je devais imaginer un meuble, et où je pouvais venir me réfugier à chaque fois que j'avais besoin de me remettre dans un état alpha, entre sommeil et veille. J'avais choisi une salle du Louvre, avec les tableaux autour de moi, et j'avais imaginé un lit installé là, au milieu, très confortable avec literie d'hôtel immaculée et plusieurs oreillers à choix. Rien ne me faisait peur dans le fait de rester seule la nuit dans cet endroit. Les chefs-d'œuvre protègent et régénèrent. Lorsque je fais des selfies idiots devant la Joconde, je ne veux pas seulement pouvoir signifier que je l'ai vue, que j'y étais, garder un souvenir, je veux emporter avec moi un morceau de quelque chose qui s'appelle le génie. Alors pouvoir rester là, au milieu de ces créations, en tête à tête, m'en imprégner littéralement, discuter avec elles, et ensuite me coucher pour m'endormir paisiblement sans me réveiller jusqu'au matin, c'est l'idée que je me fais du paradis. Seulement voilà, cette crétinerie de paradis n'existe pas (alors que l'enfer on en voit des bouts tous les jours). Tout cela reste, hélas, de l'ordre du fantasme, et pour dormir, je teste des *gummies* de mélatonine (oui, il est désormais acquis que les adultes ne sont plus des adultes mais des enfants, des humains non terminés; leurs vibromasseurs sont des *jouets* et leurs médicaments ressemblent à des Haribo). Ils ne font aucun effet. Je parle des bonbons. Les vibromasseurs, si. Des fois.

Je monte l'escalier central menant à la *Victoire de Samothrace*, je sais que je ne dois pas m'arrêter devant les divines (c'est le seul mot qui convient) fresques de Botticelli juste à sa droite. *Vénus et les trois Grâces offrant des présents à une jeune fille* expose des visages d'une finesse et d'une beauté à sangloter. Mais je résiste, respire un grand coup et marche droit jusqu'à la salle 77. Je ne verrai pas la Joconde, je ne verrai pas les Arcimboldo (que je n'aime pas spécialement, mais qui me fascinent), et je ne regarderai pas non plus, drame, *La Liberté guidant le peuple* de Delacroix. Pourtant c'est celui-là auquel j'aurais voulu m'identifier, me voir comme une guerrière révolutionnaire, visage déterminé, bras levé et mamelle fièrement exposée aux balles ; s'il faut mourir, que ce soit avec les armes à la main et la lumière extraordinaire de Delacroix sur le nichon. Mais ce sera pour une autre fois, parce que là, ma mission c'est de lui tourner le dos.

Le Radeau de la Méduse est une toile gigantesque et monstrueuse.

Une œuvre journalistique en fait, dans laquelle un peintre décide de représenter un événement d'actualité récent, ce qui était rare au début du 19e siècle. Géricault s'est documenté sur le naufrage de la frégate française appelée *La Méduse,* échouée sur un banc de sable en 1816 au large des côtes de l'actuelle Mauritanie. Après le choc, la plupart des passagers, ainsi que le commandant, montent à bord de chaloupes, et 149 personnes dont une femme s'entassent sur un radeau prévu pour du matériel, et amarré aux barques. Le remorquage est trop difficile et le commandant coupe la corde, il abandonne le radeau et ses occupants, sans vivres et sans eau, avec seulement quelques tonneaux de vin. Ils meurent ou sombrent dans le délire, s'entretuent, on parle même de cannibalisme. Au bout de treize jours, seuls quinze d'entre eux monteront à bord de *L'Argus* qui va les recueillir, et cinq d'entre eux mourront encore à bord.

Le peintre a étudié, avec une fascination morbide, la décomposition des corps et la rigidité cadavérique. Il a choisi de décrire un moment extrêmement précis de tension psychologique intense et cruelle : l'instant où les naufragés *croient* qu'ils vont être secourus par *L'Argus* que l'on devine au loin. Mais à ce moment-là, le bateau ne les aperçoit pas, il ne les récupérera que deux jours plus tard.

Je m'assieds.

La composition est parfaite, il s'agit d'un radeau sur une mer en colère, avec des personnages qui agonisent, mais l'équilibre est incroyable, constitué de deux grands triangles, une première pointe étant le mât, et l'autre le tissu rouge agité par le personnage qui se tient debout à l'avant. Paradoxalement, moi qui souffre de mal de mer même en regardant un reportage sur une régate à la télévision, je ressens une grande impression de stabilité. Je vois d'abord les corps morts, leur pâleur, leurs muscles pas forcément réalistes, mais qui les rendent humains, la lumière extraordinaire répartie à chaque endroit stratégique. L'effet dramatique est saisissant, il est impossible de détacher le regard de ce tableau, qui est devenu plus connu que l'événement qu'il rapporte.

Il n'est pas habituel de peindre crûment des victimes à cette époque, on a plutôt tendance à vouloir représenter des héros. Ou alors des martyrs suppliciés. Mais pas juste des gens ordinaires en train de crever. Ce qui est intéressant c'est que parmi ces personnes, certaines vont survivre, mais on ne sait pas qui. Il y a une sorte de bascule, de mouvement général en direction du fond du tableau, comme des tournesols qui s'orientent en direction du soleil, toute l'énergie des survivants se tend vers le bateau, potentiel sauveur. À part chez cet improbable personnage aux faux airs de Père Noël, avec sa barbe blanche et son voile rouge, qui est le seul qui regarde ailleurs, vers le passé, assis au milieu des cadavres, mais arborant une mine assez sereine, lui, fataliste peut-être. Probablement une autre stratégie de survie.

En fait, cette énorme toile représente exactement ce dont nous manquons aujourd'hui : l'espoir.

Comment ce que je vois peut-il me donner de la force ?

Comment ce que je vois peut-il me donner de la force ?

Je le sais, mon prénom vient de Mars. Le dieu de la guerre. Le premier mois du calendrier romain, car les combats reprenaient au printemps. Une planète. Le titre du livre le plus percutant (et dépressif) jamais écrit sur la Suisse, *Mars* de Fritz Zorn en 1977. Mon travail sur Terre, c'est d'être une walkyrie du quotidien, je suis debout sur le champ de bataille, fatiguée certes, mais debout. Le jour où je me retrouve sur ce radeau, il n'y a pas moyen, je peux vous le garantir, je ne vais pas mourir. Même si je dois tuer, manger mon prochain, attendre des jours, nager des heures, puiser dans des réserves que je ne soupçonne même pas. Souvent, les journalistes people posent des questions en rafale façon questionnaire de Proust, et vous demandent : quelle est votre devise ? Je réponds que j'en ai deux, celles de mes deux villes de cœur et désormais de résidence : *Fluctuat nec mergitur* pour Paris et *Post Tenebras Lux* pour Genève. Le bateau tangue mais ne coule pas. Après les ténèbres, la lumière. Or, les deux sont en sous-texte dans l'image qu'il y a devant moi, et véhiculent un message d'avenir, alors qu'il s'agit, a priori, d'une tragédie.

Paradoxal. Mais dingue.

Je prends une décision. Ou plutôt je me conforte dans celle que j'ai prise. Celle de ne plus jamais être cheffe de rien. Je crois aujourd'hui que la plus grande puissance est de faire soi-même, et pas de faire faire ni de regarder faire. Je vais m'occuper de ce qui me tient en vie. Ce ne sera pas facile, mais je me (sup)porterai bien avec ça.

Et j'ai une autre décision à prendre.

Dans cette tempête amoureuse, est-ce que je regarde vers le passé en attendant passivement de voir ce qu'il advient, ou est-ce que je regarde vers une éventuelle lumière d'avenir, en agissant de manière que cela ait une chance de fonctionner? On m'a ordonné, et même prescrit, de me poser une question: est-ce que je l'aime? Vaste sujet. Quel est votre truc à vous pour y répondre? Moi, je me demande si la personne me manque quand elle n'est pas là, physiquement, intellectuellement et émotionnellement. Si c'est non, l'aventure est pliée. Si c'est oui elle mérite (peut-être) d'être continuée. Je recommence: est-ce que j'aime l'homme des marches du Sacré-Cœur? Ce monsieur pas très grand un peu courbé par sa respiration difficile, avec ses lunettes épaisses, sa cigarette greffée à la main gauche et son verre de rouge greffé à la main droite? Cet être rencontré par hasard et si peu compatible avec mon ancien moi? Cette personne en face de laquelle je me suis demandé à maintes reprises «mais qu'est-ce que je fous là?»

Oui vraisemblablement, sinon je l'aurais déjà dégagé du radeau et poussé à la mer, et je ne l'aurais même pas dévoré, car il n'y a rien à manger sur lui.

Et si je l'aime, alors il faut passer par-dessus les conneries et les enfantillages d'avant, et regarder vers un horizon qui pourrait possiblement être une mer calme. J'ai bien dit possiblement.

Je sors du Louvre droit direct, sans m'arrêter devant aucune autre œuvre. À la boutique, j'achète un poster du *Radeau de la Méduse*. Ce n'est certes pas la décoration *feel good* que l'on rêve d'avoir sous les yeux tous les jours. Je l'aurais bien mis dans le bureau du 7e étage, comme une métaphore du monde du travail mais, depuis que j'ai renoncé à mon poste de cadre, il n'y a plus de bureau du 7e étage. Alors je le mettrai chez moi. Comme une métaphore de la vie. Je dis souvent aux gens : « On s'accroche », « On ne lâche rien ». C'est ça, nous sommes sur le radeau, parfois en piteux état, mais on s'accroche. On ne lâche rien.

Et je déboule sur la rue Rivoli ; au numéro 226, il n'y a miraculeusement pas de file d'attente devant le café mythique et baroque Angelina « depuis 1903 ». Je commande un chocolat maison, un machin à 10 euros tellement épais que la cuillère tient debout dedans (ou presque), accompagné d'un solide pot de crème fouettée. Dans la catégorie pornographie alimentaire je n'ai pas trouvé mieux comme orgasme solitaire.

Après avoir regardé pendant une heure des gens crevant de faim, c'est indécent, mais merde, c'est bon.

Le bloc opératoire numéro 5

– J'ai déconné.

Nous sommes au téléphone, l'homme des marches du Sacré-Cœur est à côté des marches du Sacré-Cœur comme il se doit, et moi à Genève, avec mon sacré cœur dans un sacré sale état.

Comme d'habitude, il explique en trois mots. Et encore. Avec l'assurance mâle des hommes de cette génération, qui se conforment à une conception ancestrale de la virilité, qui ne pleurent jamais (ils ne savent pas ce qu'ils perdent), qui font semblant de ne pas se culpabiliser, admettent difficilement leurs erreurs, et préféreraient se faire épiler les couilles à la cire plutôt que de parler de leurs émotions et de leurs sentiments, de leur « ressenti » comme on se doit de le formuler aujourd'hui. Quant à se rendre par exemple chez quelqu'un dont la fonction commence par les trois lettres p.s.y. pour prendre soin de leur « santé mentale » comme on se doit également de le formuler aujourd'hui, ou pour explorer la relation pervertie qu'ils ont avec leur mère et/ou leur père (c'est le cas chez *tous* sans aucune exception, si on y regarde de près), c'est quelque chose qui les terrorise à un tel point qu'ils s'arrangent pour faire disparaître cette idée de leur univers cognitif. Le déni, le silence, ce que l'on a coutume de nommer de manière perversement valorisante «la pudeur», c'est tellement pratique, tellement confortable, tellement simple. Cela permet de reporter le problème sur les autres, qui sont forcément hystériques et névrosés eux, et surtout elles, et qui écopent les seaux de boue et s'abîment pendant que monsieur reste olympien, drapé dans sa *fucking* «pudeur».

Mais en fait non. À l'intérieur, ils sont tout cassés. Ils jouent aux indestructibles, mais il suffit d'une chiquenaude pour qu'ils se répandent en poussière sur le trottoir, juste bons à être ramassés par une balayette en plastique achetée 2,80 dans un de ces centres de brico-loisirs qu'ils adorent fréquenter.

– Très bien. Tu as déconné. Et?

– Et il ne s'est rien passé.

– Très bien. Donc, il n'y a pas d'affaire, c'est ça?

– Ben oui.

Ben oui.

Ce serait si super. Car l'impression d'être intellectuellement trahi n'existe pas pour lui, j'ai envie de dire pour eux, les mecs, tellement j'ai entendu de témoignages féminins de ce même schéma, d'une banalité à ne même pas pleurer parce qu'on n'a plus de larmes. Partager un lit et des morceaux de peau est une chose, partager des idées, des sentiments, des complicités en est une autre, et ce qui crée la plus grande blessure narcissique, c'est lorsque l'on découvre que la personne que l'on aime s'adonne (aussi) à une relation émotionnellement intime avec quelqu'un qui n'est pas nous.

Mais très vite, je me pose plusieurs questions: Vais-je fonder une famille avec lui, faire des enfants? Réponse: non. Ai-je besoin de lui pour me soutenir dans la construction de ma carrière professionnelle? Réponse: non. Ai-je besoin de lui financièrement? Réponse: non. Allons-nous nous marier? Réponse: non. En conséquence, est-ce un obstacle majeur que nous ne soyons pas raccord sur grand-chose ? Réponse : non. Et enfin dernière interrogation : Me manque-t-il ? Réponse : oui.

Pfff.

Il fut une époque où nous partions en vacances avec Sixtine pendant l'été et nous courions cinq heures par jour dans des stations de trail. Moi, je voulais me lancer dans le marathon, et elle voulait oublier que la maladie de son mari s'aggravait ; il ne pouvait bientôt plus marcher, elle avait décidé de courir avec moi et surtout, de respirer quelques jours loin de son rôle de proche aidante. Une année, dans le Vercors, nous nous étions perdues après six heures de crapahutage sous une pluie battante. Elle s'était soudain arrêtée, m'avait regardée et avait prononcé la phrase suivante : « Dans l'idéal, il faudrait quand même avoir un peu de plaisir ! » J'avais éclaté de rire, nous avions fait du stop et chopé un employé EDF qui nous avait ramenées dans sa camionnette.

Pour le couple c'est pareil non ? Il faudrait *a minima* que la relation fasse plus de bien que de mal, sinon cela n'a aucun sens. C'est une ligne fine à tracer, mais pas impossible, un *défi* comme on dit dans les annonces du service de communication d'une entreprise quand une personne claque la porte ou se fait mettre à la même porte ; cette personne va bien entendu *relever de nouveaux défis*, dont le premier sera peut-être de s'inscrire au chômage, mais bref. Ou ce sera peut-être un *challenge*, parce qu'en anglais c'est toujours plus *dynamique* et on fait semblant de se croire dans la Silicon Valley, alors que la majorité d'entre nous est salariée dans des boîtes où on travaille encore avec des structures des années 90, mais passons.

C'est bientôt Noël et je ne suis pas tellement en mesure de relever de nouveaux défis, ni même des anciens. J'ai la fièvre.

Oh, pas la fièvre d'achat. Depuis le Covid, je développe un évident « syndrome de la cabane » et je rechigne à sortir de chez moi, car le monde me paraît bruyant et hostile. Je dois faire face à beaucoup d'interactions sociales dans mon métier, et je me replie comme un bernard-l'hermite dans son coquillage dès que je le peux. Je souffre également d'un syndrome de la cabine. D'essayage donc. Ce n'est pas mal, cela me tient éloignée des boutiques ; le shopping n'est plus ce loisir *so* 2000, c'est devenu une corvée, un autre *challenge* insurmontable. D'ailleurs, on parle de « l'épreuve du maillot », comme si c'était une compétition olympique de se retrouver dans une cabine de grand magasin. Il faut dire que c'est pas très beau. La cabine, et la personne qui se retrouve dedans aussi, forcément. Il paraît qu'ils trafiquent les miroirs pour qu'on se trouve moins grosses ; ils devraient trafiquer encore un peu, il y a de la marge. Et trafiquer également les néons blafards sur la peau, qui font bien ressortir la blancheur, les veines, les vergetures et la cellulite. Et trafiquer également les vendeuses, qui passent en vous demandant si « tout va bien ? ». Oui génial, il n'y a pas que les habits qu'on a envie de pendre ici, mais soi-même aussi. Bref, je n'y vais plus, je commande éventuellement, ou j'achète en magasin mais sans essayer, ce qui aboutit immanquablement à des fashion catastrophes, notamment avec certains pantalons que je n'arrive plus à fermer, car curieusement avec les années, les formes vont exactement là où on ne les veut pas. On aimerait des fesses et des seins rebondis, et un ventre plat. Or, il se passe exactement l'inverse. C'est vraiment très, mais alors très mal pensé cette histoire de vieillissement.

Non, en fait je suis dans mon lit avec une vraie fièvre, celle qui est un symptôme évident de maladie. Pas une grosse fièvre alarmante mais une petite, installée, avec une douleur d'oreille gauche qui ne disparaît plus, devient chronique et tape dans le crâne et dans la mâchoire. J'ai déjà subi trois poses de drains; pour ce faire, on effectue un acte médical délicieux qui s'appelle une paracentèse et consiste à inciser le tympan, et y installer un tube en titane creux pour essayer d'évacuer le liquide et éviter qu'il ne s'accumule à nouveau derrière le tympan. Mais cela ne fonctionne pas bien. Les yoyos se bouchent, et de toute façon, ils sont éjectés par le corps au bout de six mois environ, et instantanément, les infections recommencent.

Résultat, je suis depuis des semaines sous antibiotiques et cortisone en espérant, et mon médecin avec moi, que cela «donnera le tour», mais cela ne donne rien du tout, j'ai des nausées, des vertiges et des malaises, accessoirement j'entends très mal, je vis dans un monde cotonneux, me sentant agressée par le moindre bruit, ça va être un chouette Noël.

Nous ne serons que trois, mes deux enfants adultes et moi, une toute petite famille, une famille moins que nucléaire, une famille mininucléaire. Un jour, vu la manière compliquée dont cela se développe avec l'homme des marches du Sacré-Cœur, je ferai peut-être le réveillon en mononucléaire, avec mon chat et un plat de pâtes devant un film de Noël mal traduit avec des acteurs de seconde zone, une histoire qui commence par une femme ayant un boulot stressant et bien payé dans lequel elle ne trouve plus de sens, et retournant voir sa famille pour les fêtes dans un petit bled, bouseux comparé à New York, mais authentique, où elle retrouve un ancien petit ami d'enfance avec lequel elle s'est brouillée, mais en fait il est canon et amoureux d'elle depuis toujours, elle démissionne de son job pour reprendre le business familial dans le bled bouseux, et ils finissent par s'embrasser sous le gui après avoir aidé la mère à gagner le concours du meilleur biscuit, générique. Mais sincèrement, et sans ironie, ça pourrait être une super soirée aussi. J'ai toujours été touchée de voir des personnes âgées poser leurs courses sur le tapis roulant du supermarché, le 22 ou le 23 décembre, pour leur repas de Noël en solitaire. La minitranche de foie gras ou de saumon fumé, le petit pot d'œufs de lompe, le paquet de six blinis, la demi-bouteille de champagne Mumm de 37,5 centilitres, et la micro-bûche pour terminer. Oui, on confectionne désormais des bûches individuelles, car en Suisse comme probablement ailleurs, le type de foyer le plus répandu est celui composé d'une seule personne, et un nombre non négligeable de ces personnes fêtent Noël en solo à la maison.

Chez nous, les Noëls en famille étaient stressants. On espérait chaque année que ce serait moins tendu, mais nous n'y parvenions désespérément pas. Ma mère avait réussi une fois à insulter le pauvre voisin qui venait gentiment demander un tire-bouchon, comment osait-il nous déranger à ce moment-là cet abruti; l'esprit de Noël ne passait généralement pas le stade de l'apéro. Nous avions réussi avec ma petite sœur à faire abandonner à nos parents le menu tchèque à base d'escalopes de carpe, grasses et pleines d'arêtes, que l'on mangeait avec la salade de pommes de terre et de cervelas. D'autant plus qu'il fallait aller chercher la carpe vivante chez Zivi, à l'époque où il y existait encore des poissonneries indépendantes à Genève, la transporter dans la voiture alors qu'elle se débattait dans un sac en plastique, et l'installer dans la baignoire (avec de l'eau hein, quand même) pendant deux jours, avant que mon père ne la tue pour la découper et la paner, horreur. Et il nous donnait une écaille à mettre dans notre porte-monnaie parce que ça « rapporte de l'argent pour la nouvelle année ». Inutile de dire que cela ne rapportait qu'une odeur de poisson de vase et pas un rond. Nous, les enfants, avons exigé d'avoir sur la table des trucs cool comme du saumon fumé, du foie gras et des escargots, du point de vue de la maltraitance animale c'était tout aussi abominable, mais au moins, c'était comme chez les copains. Je précise que je suis née dans une famille où l'on estimait que la place des animaux est dans l'assiette et pas sur les genoux. J'étais la seule à adorer les dinosaures, les chats, les chiens, les chevaux, les grands singes, je voulais être Dian Fossey, Jane Goodall, Biruté Galdikas. À l'âge de 13 ans, mes parents ont accepté que j'adopte un bébé lapin, donné par un oncle scientifique qui travaillait dans la recherche médicale. J'ai sauvé cet animal du labo et il est devenu un lapin-chien, qui me suivait partout, y compris à l'extérieur sur le trottoir, sans laisse. Lorsque j'ai enchaîné la rougeole et la scarlatine directement l'une après l'autre à 14 ans, ce que je ne souhaite à personne, et que j'ai dû faire six semaines de lit consécutives, il est resté sur le balcon devant la porte-fenêtre de ma chambre sans bouger. Il avait juste pris l'habitude de se mettre debout sur sa cage pendant la nuit, de poser ses pattes sur le rebord du balcon et de regarder le ciel comme ça, tous les soirs. Nous vivions au 1er étage et on apercevait ses oreilles depuis l'extérieur. Cette année-là, nous partions le 25 décembre aux îles Canaries pour deux semaines, et nous l'avons posé chez les voisins du 6e, avec tout le matériel. Vers 21 heures, affolés, ils sont venus sonner, non pas pour réclamer un tire-bouchon, mais pour dire que le lapin avait sauté. En bas. Il a voulu descendre. Mais un lapin n'est pas un chat, il ne retombe pas sur ses pattes. Nous l'avons retrouvé sous un buisson, il saignait du nez, mais il était vivant. Et donc direction les urgences vétérinaires le 24 au soir, mes parents enchantés de la soirée, avec leur fille de 14 ans pleurant dans la voiture, un lapin mourant dans les bras. Je me souviens que le vétérinaire lui a fait une injection, on m'a dit que c'était pour le soigner, mais j'ai compris plus tard qu'il était perdu et qu'on l'avait sédaté. Nous l'avons ramené à la maison en vie, mais il est mort avant minuit, la messe était dite, et avec mon père, nous sommes allés l'enterrer devant l'immeuble, sous le buisson, dans un petit sac en plastique. J'avais mis aux pieds les nouvelles Moon Boots métallisées que j'avais reçues, car il faisait froid. Dix ans plus tard, des cons ont décidé de construire une Coop à cet endroit, alors que c'était un cimetière.

Il s'appelait Moustache, il était noir et blanc avec de grandes oreilles, et c'est le premier amour qui m'a déchiré le cœur.

Malgré mon état personnel très moyen et ma fièvre, je vais voir Sixtine à la clinique tous les jours (je sais, c'est mal). Elle vient de se faire enlever l'utérus et, pendant sa convalescence, je l'emmène faire le tour du pâté de maisons. Nous cheminons comme deux petites vieilles. Elle boite un peu, et un monsieur la salue gentiment en lui disant: « Ah, vous vous êtes fait opérer de la jambe! » Il ne pouvait pas savoir, le pauvre, que nous sortions du service de gynécologie et que quand on opère dans cette région, et que l'on a un petit œdème mal placé, ça soulage de marcher comme si on s'était fait les ligaments croisés. Elle lui répond en riant: « Ah non, ce n'est pas exactement la jambe, un peu au-dessus », mais je ne suis pas sûre qu'il ait compris.

– Ça fait cinq jours maintenant, comment tu te sens?

– Mais pas mal du tout. Tu sais que j'ai deux menus à choix? À la limite, leurs soupes sont meilleures que celles qu'on se tape ensemble dans les bistrots.

– Je ne parle pas de la bouffe.

– Tu sais, cette merde d'endométriose, je me la suis coltinée toute ma vie depuis mes premières règles sans le savoir en fait, je n'ai pas pu avoir d'enfant, ce qui ne m'a pas vraiment dérangée, d'autant plus que c'est super tendance d'être nullipare aujourd'hui, j'étais avant-gardiste! Quand on m'a diagnostiquée après 40 ans, je croyais qu'on parviendrait à soulager ces douleurs, mais en fait pas tellement et je n'en pouvais plus. Là, je vais revivre, c'est moi qui te le dis. Je suis contente d'être débarrassée de ce machin délabré, on vire la nurserie, on garde la salle de jeux ! *Win win!*

Tout le monde devrait avoir une Sixtine dans sa vie. Si je ne détestais pas tant ce mot, aussi vidé de son sens que *bienveillant* ou *inclusif*, je dirais qu'elle est *inspirante*. Jamais expirante. Je marche à sa droite, mais je me rends compte qu'avec mon oreille gauche je n'entends vraiment plus bien du tout, donc je suis obligée de changer de côté pour comprendre ce qu'elle dit.

– Moi je n'ai plus d'utérus et toi plus d'oreille… Comme on le dit souvent, on ne va pas vers le beau…

– Oui, sale temps pour les orifices.

– Tu sais ce que j'ai fait ce matin ?

– …

– Je suis allée m'enfermer dans les toilettes avec un sextoy. Je voulais voir si après mon opération, ça marche encore.

– Et ? Ça marche encore ?

– Mais oui. L'aide-soignant qui apportait le repas a demandé à travers la porte si tout allait bien, j'ai dit : « Yes, c'est Broadway ! » Métro, boulot, clito, tu devrais tester, pour les amours à distance, ça me paraît assez adapté.

Quelques jours plus tard, Sixtine organise un brunch pour toutes les amies qui sont venues l'aider durant cette période, car son mari ne pouvait pas s'occuper d'elle. Nous l'appelons le « café utérus » (pas le mari, le brunch). Dès que toutes les femmes autour de la table sont bien installées, avec leur boisson chaude à la main, je lève ma tasse et lance : « Allez, petit tour de table, qui possède encore son utérus ici ? » Rires idiots, mais qui font tellement de bien. Sur six d'entre elles, deux n'en ont déjà plus. Et nous, celles qui restent, allons continuer à slalomer entre les fibromes, les papillomavirus qui provoquent des cancers du col, les ovaires polykystiques et les endométrioses, et un jour pouf, on se retrouvera aussi à la clinique avec un « café utérus » à la clé. Ce que les meufs d'aujourd'hui appellent *sororité*, moi j'appelle ça être *en vie* et je peux très bien ressentir cette proximité hilare et rassurante avec des hommes aussi, avec Max par exemple, ou avec l'homme des marches du Sacré-Cœur.

D'ailleurs, cher homme des marches du Sacré-Cœur, malgré ma fièvre, « il faut qu'on parle ».

J'adore cette phrase terrorisante.

Elle est totalement anodine, mais tellement chargée de particules négatives, que le seul fait de la prononcer met l'interlocuteur dans un état de stress défensif total. Pourtant, cela fait partie de notre spécificité d'humains de parler, et cela devrait être un bon moment, un échange agréable, une conversation intéressante, un partage stimulant, cela devrait produire des sécrétions de sérotonine et d'ocytocine et pas de cortisol. Et finalement, il s'agit de l'une des phrases que nous redoutons le plus d'entendre. Sur elle, on projette immédiatement une discussion pénible face-à-face, une rupture éventuelle, la fin du couple ou un réaménagement inconfortable ; et nous mettons toutes les stratégies imaginables en place pour l'éviter, ce qui aboutit immanquablement au silence, aux tensions, à la tête dans le sable, à la dissimulation, à l'omission, au mensonge et à l'explosion finale. J'expliquais toujours à mes enfants petits : si vous ne dites pas ce qui ne va pas, cela reste en vous et cela prend un mauvais chemin, cela s'incruste, comme une blessure que l'on ne soigne pas et qui s'infecte, et cela peut faire très mal. Après, quand la blessure est trop grande, c'est plus compliqué à soigner, alors que si l'on ouvre et qu'on désinfecte tout de suite, on a plus de chances de guérir vite et bien. Bon, ça vaut ce que ça vaut.

Bref, mon cœur, « il faut qu'on parle ». Et pas au téléphone. Donc, direction ma troisième maison : le TGV.

Je me retrouve donc sur le quai numéro 7 avec mes affaires, mon pique-nique (celui qui a déjà goûté ou même juste senti l'odeur d'un croque-monsieur brûlé de la SNCF comprendra l'importance de posséder un bento), ET le chat. J'ai tout préparé scrupuleusement. Hector est vacciné contre la rage, et la vétérinaire en a profité pour lui faire un passeport, un vrai document suisse à croix blanche avec photo et tout, je ne savais même pas que ça existait. Moi qui avais dû attendre douze ans de résidence sur le territoire helvétique pour en obtenir un… J'ai également un sac de voyage cylindrique, avec une bandoulière, dans lequel j'ai mis une couverture avec son odeur et un bout de Sopalin au fond pour ce que vous imaginez qu'il peut arriver durant un voyage de 3h18 avec trente minutes de métro derrière. J'ai évidemment pris un billet « petit animal dans contenant ». Un siège en deuxième classe, ce n'est pas exactement très spacieux, donc à l'arrivée dans le wagon, c'est un peu le Tetris. Quand tout est casé, j'ai le sac avec le chat sur les genoux et je ne peux plus bouger. Il miaule une fois pour la forme, mais après, il reste très calme. C'est au bout d'une heure et demie que je me rends compte qu'il bave. Or les chiens bavent, pas les chats. Il ne peut pas avoir la rage. Donc, il a soif. Meeerde, comment fait-on boire un chat de force, dans un train ? J'essaie de remplir son écuelle et de lui mettre le museau dedans, le contenu se renverse bien entendu sur moi, qui serai condamnée à sortir du train avec l'air de m'être fait pipi dessus. Dans un rarissime moment de réseau, je checke dans Google (car le wifi SNCF ne marche pas, c'est normal), il semble que le stress peut faire baver un chat. J'essuie ses babines et je le sors du sac pour le poser sur mes cuisses.

Au bout d'une demi-heure me vient l'idée (trop) ambitieuse de vouloir m'alimenter. Inutile de dire qu'avec le sac du chat, le pique-nique, l'ordinateur, les journaux, un livre, la bouteille d'eau, le téléphone en charge, la tablette baissée, je suis au bord de la crampe et/ou de la thrombose et/ou de la nausée, car je ne suis pas dans le sens de la marche, je ne sais pas pourquoi, mais je ne suis jamais dans le sens de la marche. C'est pile à cet instant, fatalement, que le voisin du siège fenêtre a envie d'aller faire un tour. Il faut donc remballer et attendre debout avec tout le *binz* que la personne revienne. Une fois réinstallée et prête à déguster la salade de quinoa (oui, j'essaie de faire sain, en prévision du régime viande et alcool parisien), je sens une odeur bizarre. Par acquit de conscience, je re-range tout et jette un coup d'œil à Hector. Il a vomi. Lui s'en fiche, mais moi pas. Discrètement, je sors des mouchoirs et commence à essuyer les dégâts. Le résultat est moyen. L'odeur aussi. Option radicale, j'enlève la couverture du sac du chat, elle va aller empuantir mon sac à moi. Je refais une recherche Google, les chats souffrent du mal des transports paraît-il. Aha, merci pour l'info. Dans le métro j'entrouvre le sac et lui caresse la tête pour le rassurer. En fait depuis des années, c'est lui qui me rassure, c'est de la ronron thérapie, de la ronron psychothérapie. J'aime d'un amour immodéré les chats et surtout le mien. Ma théorie ultra fumeuse et ultra simpliste, c'est que les chiens sont des animaux serviles pour les dictateurs, alors que les chats sont des animaux indépendants pour les gens libres. La preuve, aucun chat ne travaille pour la police haha. Bon aucun chat n'aide les personnes malvoyantes non plus. Mais il est tellement commode d'adapter sa pensée à ce qui nous arrange. Nous arrivons les deux en plus ou moins bon état au sommet de la butte Montmartre.

Le soir, nous sommes plongés avec mon amoureux dans la baignoire du petit appartement pourri dans lequel se mélangent les relents de vomi d'Hector et l'odeur de la clope. C'est un logement où il n'y a de la place pour rien, la cuisine est ce que l'on appelle dans les agences de locations de vacances une *kitchenette*, avec deux plaques un micro-ondes un minifour et un minifrigo (il faut littéralement se coucher pour prendre un truc dans le bac du bas) et dans laquelle ne peut se tenir qu'une seule minipersonne, possédant un Indice de Masse Corporelle compris en 16 et 25 (mais plutôt 16). Il y a une demi-chambre avec un matelas et des armoires, un petit bureau escamotable, un canapé moche mais très confortable et une table basse Ikea sur laquelle il faut manger. En revanche, l'architecte a réussi à rentrer dans la salle de bain une baignoire immensément profonde dans laquelle deux personnes de l'IMC susmentionné peuvent agréablement se tenir face à face, en entremêlant les jambes. L'eau est brûlante, nous avons allumé des bougies, et chacun a son verre de vin pour ce que l'homme des marches du Sacré-Cœur appelle le « lâcher-prise » et que moi j'appelle le mal de crâne. Je peux le dire ici en toute honnêteté, et je présente mes excuses à toutes les personnes qui souffrent d'addiction à l'alcool pour cette improbable phrase, j'ai tout essayé pour aimer le vin mais je n'y arrive pas, je me force. Je recrache même, des fois. Ou je verse dans le verre de quelqu'un d'autre. J'ai même renversé le contenu dans l'eau du bain. Je sais, je sais. J'ai pourtant suivi une journée d'initiation à l'œnologie, que mon chéri m'avait offerte au début de notre relation, partant du principe que si je ne buvais pas, c'est que je n'y comprenais rien. J'ai trouvé ça très intéressant, j'ai pris des tas de notes sur les cépages, j'ai adoré tourner le verre et le regarder comme Louis de Funès dans *L'Aile ou la Cuisse* pour voir les dépôts et le taux de sucre, j'ai été nulle (mais vraiment) au chapitre de la reconnaissance olfactive, j'ai été passionnée par les accords mets-vin, j'ai apprécié les dégustations, j'ai compris que j'aimais le moelleux, le fruité, voire le surmaturé très doux, mais voilà, si j'ai le choix, je prends plus volontiers le verre d'eau gazeuse, la tisane, le café que j'adore mais il s'agit hélas, drame de ma vie, d'un amour non réciproque et toxique qui me fait beaucoup de mal, le latte matcha ou, si vraiment il faut se péter la tête, un cocktail bien sucré type mojito ou margarita. Je suis pourtant née dans un pays de l'Est où l'on trempe la tétine des bébés dans la vodka, et où l'on remplit le biberon avec de la bière. J'exagère, mais si peu. Mon père, en bon Tchèque, disait : « L'eau, c'est pour se laver », et prétendait que certains aliments (genre knödel, chou rouge et canard rôti ou pain de viande) ne se rincent qu'à la bière, et qu'il faut pousser le tout en fin de soirée avec la Becherovka, une liqueur à base d'aiguilles de pin. Logiquement, génétiquement, je devrais « tenir l'alcool » comme on dit. Eh bien, pas du tout. Moi à 0,0001% d'alcool, je ne peux pas conduire correctement, ni d'ailleurs *me* conduire correctement.

Ce soir-là, je ne fais même pas semblant de boire le blanc sec et astringent qu'il adore, j'en prends une gorgée, je me penche et je l'embrasse en lui refilant ce que j'ai dans la bouche. Avec les innombrables médicaments que j'absorbe, je me sens déjà polytoxicomane et défoncée en permanence, j'ai d'ailleurs tellement mal sur tout le côté gauche du crâne que je pourrais me taper la tête contre le carrelage, mais j'essaie de respirer et de me dire que je suis dans un bain coquin avec un homme, et que c'est censé dégénérer en cool partie de jambes en l'air dans le fameux canapé moche mais confortable. Et puis je me souviens que je suis ici à cause de l'inévitable phrase « il faut qu'on parle ».

– Alors on fait quoi ?

(Entrée en matière pitoyable, j'en conviens.)

– Comment ça ?

(C'est une de ses qualités les plus agaçantes, une fois que quelque chose est passé, c'est passé et, à la limite, il ne s'en souvient même pas. Moi cela m'obsède pendant des jours et cela me ruine la vie, alors que lui a déjà remisé ça dans un coin où ça reste à peine un souvenir, et il lui est très pénible de revenir sur un épisode qui était très commodément en train de prendre la poussière.)

– On fait quoi par rapport à ce qui s'est passé ? Ce qu'il y avait dans ton téléphone, tout ça.

– Eh bien c'est comme ça, c'est fait, on va de l'avant et on profite du moment présent.

– Ah le moment présent ! Il est pratique, n'est-ce pas ?

– Écoute, tu es paradoxale, hein. Tu ne veux pas te marier, tu ne veux pas d'une relation conjugale, tu ne veux plus d'un truc plan-plan, mais dès que ce n'est pas plan-plan justement, c'est une tragédie. Il faudrait savoir. Tu ne peux pas avoir le beurre, l'argent du beurre et le cul de la crémière.

– Ah non, c'est moi qui dis ça d'habitude, c'est moi qui viens du pays du lait et du fromage.

– Alors pardon, pour le fromage, on peut discuter des trois qu'il y a chez vous, et des quatre cents qu'il y a chez nous si tu veux, mais le pays de la crème, ça ne se discute pas, c'est ici.

Nous sommes donc censés être dans un *drama* amoureux, et nous nous retrouvons à deviser en riant des vertus comparées du Gruyère et de l'Époisses, mais qu'est-ce qui ne joue pas chez nous ?

D'ailleurs pour la crème, c'est une épouvantable réalité, nos amis français en mettent dans tout. Mais vraiment dans tout. Un dessert ? Crème. Une sauce pour viande ? Crème. Une pomme de terre ? Crème. Une pizza ? Crème (si, si, j'ai vu de mes yeux vu). Un plat asiatique au curry ? Crème (misère).

Je sors de la baignoire bouillante et j'éprouve un soudain étourdissement ; je rampe jusqu'au canapé qui ne sert finalement pas à ce que je planifiais, mais à récupérer mon organisme malade, roulé en boule comme si cela pouvait conjurer la douleur de réintégrer la position dans laquelle on est venu au monde, avec les poings serrés, les yeux fermés et cette envie de crier. Je décide que je survivrai à cette nuit, et que le lendemain je vais direct aux urgences de l'hôpital Lariboisière, qui non seulement est proche, mais dispose surtout d'un très bon service d'oto-rhino-laryngologie, paraît-il.

Quand on arrive de Suisse, c'est évidemment bizarre de voir l'état de délabrement du bâtiment hospitalier. À l'étage des urgences oto-rhino, immense file d'attente, ce qui n'est pas surprenant, des gens assis partout par terre dans les couloirs, car la salle d'attente ne dispose que d'une dizaine de chaises, et un seul WC pour tout l'étage, ce qui pose problème lorsque l'on doit patienter plusieurs heures, de surcroît avec des vertiges et des malaises. Je ne parviens pas à rester debout, alors je fais comme dans les aéroports, je pose ma doudoune par terre et je me couche dessus en me disant que si je ne me réveille pas, il y aura bien quelqu'un à un moment donné qui remarquera mon décès (mais je n'en suis pas complètement persuadée).

Je pense à tous les gens bien intentionnés qui me disent depuis des mois: «Ah les oreilles, c'est signe qu'il y a des choses que tu ne veux plus entendre.» Oui effectivement, des conneries comme ça notamment. Je m'étais rendue une fois, suite à une série de cystites dont je n'arrivais pas à me débarrasser, dans la pharmacie homéopatico-alternative mais chic quand même de mon quartier, les prix n'étant pas alternatifs du tout, eux, car se soigner par les plantes et une approche holistique coûte un million de fois plus cher que de prendre un Dafalgan. Ici, on est fier de la clientèle classe moyenne supérieure qui vient chercher sa poudre de cranberry (je le sais, j'en ai). J'arrive la bouche en cœur et formule ma demande très gentiment: «Bonjour euh, j'ai eu plusieurs infections urinaires d'affilée, et je voudrais quelque chose à base de plantes pour prévenir, pour que cela ne récidive pas, je ne voudrais plus prendre d'antibiotiques, enfin vous voyez si vous avez quelque chose, quoi.» Réponse authentique, même pas assortie d'un bonjour, mon interlocutrice me claque un: «Les cystites, c'est un problème de communication!» J'ai mis quelques secondes à me recomposer et à pouvoir articuler: «Oh, mais vous faites cabinet de psychothérapie aussi? Et si j'ai mal au dos c'est que j'en ai plein le dos c'est ça? Et si j'ai mal au genou c'est que mon couple va mal parce que le *je nous* va mal, c'est ça? Je peux revenir avec mon conjoint pour une consultation?» Et je suis partie de là pour ne plus y remettre les pieds, ni les genoux, ni la vessie, ni le reste. Depuis, j'achète la fameuse poudre de cranberry à la Migros et ça va à peu près.

Donc, l'oreille.

À part les fameuses choses que je ne voulais/pouvais plus entendre (smiley avec les yeux au ciel), c'était probablement le résultat d'otites mal soignées et d'un épisode soudain et brutal quelques années auparavant, des vertiges épouvantables au réveil, à ne même pas pouvoir bouger la tête tellement ça tournait, avec nausée et migraine cela va de soi. À l'époque je m'étais dit: on rembobine, je suis mal réveillée, je me suis levée trop vite, pouf pouf, on va reprendre à zéro et tout ira bien. Mais tout n'est pas allé bien du tout. Je ne pouvais plus bouger, et le père de mes enfants avait dû appeler une ambulance, direction les urgences. Ils ont effectué des tests dans les oreilles, mais n'étaient pas absolument certains que cela vienne de là, alors j'ai été hospitalisée en neurologie à l'étage D-EL pendant une semaine, avec des personnes souffrant de maladies dégénératives, Charcot, Huntington, Parkinson et autres joyeusetés. Nous étions huit dans la chambre («Mais j'ai une assurance semi-privée», «Ah pardon, il n'y a pas de chambre à deux lits dans ce service»). Ça vaut bien la peine de laisser un rein dans les primes d'assurance maladie pour se retrouver dans une chambre à huit s'il y a un problème avec celui qui reste, je parle du rein donc. En ce qui me concerne, ce n'est pas un problème de rein, mais j'ai utilisé une image, vous l'aurez compris. Là, une espèce d'*Obersturmführerin* toute jeune mais extrêmement autoritaire et opérée du sourire m'avait dit: «Vous êtes jeune, nous devons nous assurer que cela n'est pas un AVC ou un problème neurologique.» Et j'ai été littéralement autopsiée pendant six jours; tous les matins, lorsque l'infirmière faisait l'appel pour les ponctions lombaires, nous nous recroquevillions toutes en espérant que ce soit pour la voisine de lit. On m'a même envoyé des bulles dans le cerveau, pour voir s'il y avait un passage. Les vertiges avaient disparu au bout de trois jours, je demandais quand je pourrais enfin rentrer et on me répondait toujours que non, il y avait encore des tests à effectuer. Et puis un matin, la caporale est venue me voir avec un rictus presque aimable:

– Pour nous, d'un point de vue neurologique il n'y a rien, vous pouvez rentrer.

– Merci, mais j'ai eu quoi alors?

– On ne sait pas.

– …

– Peut-être que c'est quand même l'oreille interne. Une neuronite vestibulaire. Mais ce n'est pas mon domaine.

Et *raus*. Dehors.

Durant ce reposant séjour, j'avais réfléchi à une chose: j'avais deux enfants en bas âge et, avec leur père, nous n'étions pas mariés. Donc, s'il m'arrivait quelque chose de sympathique, par exemple et au hasard un AVC, c'était à mes parents de prendre des décisions me concernant. Imaginer ma mère discuter avec les médecins pour savoir s'il fallait débrancher ou pas n'était pas une image que je souhaitais avoir dans ma tête, elle aurait réussi à les engueuler par-dessus mon semi-cadavre et aurait voulu tout prendre en charge selon ses désirs à elle, sans tenir aucunement compte des miens, qui lui ressemblaient si peu. Ma famille, désormais, c'était mon compagnon et mes enfants et c'était au sein de cette cellule que devaient se discuter toutes les questions importantes. D'autant plus que celui qui est devenu par la suite mon mari paniquait à l'idée que je meure et qu'on lui colle un tuteur pour les enfants, car un homme non marié possède peu de droits en Suisse, les enfants ne portent pas son nom, et il doit demander une autorisation de police même pour se rendre en France voisine avec eux. Nous avons donc décidé simplement de nous marier trois mois plus tard à la mairie, en deux temps trois mouvements sans tralala et sans invités, à part ce que l'on appelle la stricte intimité. Nous avions convié mes parents à la maison un soir, pour leur annoncer le programme, et notre fille de six ans avait amené une bouteille de champagne en disant : « Papa et maman vont se marier. » Et autant on nous avait beaucoup demandé si on allait officialiser notre union lorsque j'ai été enceinte la première fois, autant ce fut accueilli ce soir-là par un silence glacial. Et prolongé.

– Mais pourquoi ? (Ma mère)

– Parce que nous l'avons décidé. Allez, on fête ça, santé !

Nous avons trinqué dans une ambiance pesante que je ne m'expliquais pas vraiment. Et puis, j'ai compris.

– Alors les enfants ne vont plus s'appeler comme nous ?

– Non, ils vont prendre le nom de famille de leur père.

– Mais pourquoi ?

– Parce que c'est la loi. Et accessoirement, parce que c'est leur père. En latin on dit *mater certa est*, on sait qui est la mère, mais le père on n'est pas sûr, alors transmettre le nom, c'est lui donner sa place de père, en psychanalyse cela fait sens.

– Les psys disent n'importe quoi, c'était très bien comme ça.

– Pardon mais nous, tes enfants, ma sœur et moi, on s'appelle comment ? On porte bien le nom de notre père, non ?

Même s'il veut dire «erreur» en tchèque haha. Alors que ton nom de jeune fille à toi est celui d'un célèbre compositeur allemand, c'est quand même celui du père que vous avez choisi. Donc nos enfants porteront le nom de leur père aussi, c'est tout.

– Si tu penses que c'est bien.

En tant que personne à fêlure narcissique béante (un gouffre), elle ne concevait le monde qu'en fonction de ses émotions, ainsi que du bénéfice psychique immédiat qu'elle pouvait retirer des événements. Elle ne pouvait comprendre que l'on puisse valoriser ceux qu'elle appelait élégamment «les pièces rapportées» à savoir nos mecs, qui évidemment, cela va sans dire, ne convenaient jamais. Elle ne pouvait que reporter sur des tiers des états de mal-être auxquels elle ne pouvait faire face, elle déménageait ses problèmes, elle les *exportait* pour s'en libérer. C'est très difficile à vivre (voire impossible) pour les personnes qui réceptionnent ce poids. Je n'ai compris que très (trop) tard qu'elle était enfermée dans ce schéma sans trouver de porte de sortie, et que le bourreau peut aussi, dans une certaine mesure, être une victime.

Quelque temps après, un copain psy, très psy, très freudien, m'avait jeté à la figure un truc vertigineux.

– Toi tu portes le nom de ton père non?

– Oui.

– Et pour le moment tes enfants portent aussi ce nom-là, c'est juste?

– Oui.

– Donc si tu traces une ligne en te basant strictement sur le nom, leur père biologique n'existe nulle part.

– Effectivement.

– Et symboliquement, tes enfants sont donc…

– Aaaargh! Les enfants de mon père. C'est tordu ta manière de voir les choses.

– Peut-être. Mais remettre tout ce petit monde à sa place te permettra éventuellement à toi de régler un vieux bout d'Œdipe qui traîne, tu vois ?

Je vois, je vois. À défaut d'entendre, je vois encore vaguement.

Et je vois justement que quelqu'un m'appelle. Je me soulève avec difficulté du sol poussiéreux de l'hôpital Lariboisière et un jeune ORL survolté, sans me regarder une seconde, me demande ce que j'ai. J'essaie de lui brosser succinctement le tableau clinique compliqué, j'ai l'impression qu'il n'écoute pas, « on va regarder ». Il constate qu'il y a une otite, bon ça, moi aussi, même avec une licence ès lettres, je peux constater. Il me met une caméra dans le nez. Ce qui ne me convient pas du tout, mais vraiment pas du tout ; les écouvillons du Covid à côté, c'est une caresse sur une zone érogène, voyez. Il finit par enlever cette quincaillerie de mon sinus, et j'ai envie de le frapper. Mais je n'en ai hélas plus la force. « Sans scanner, je ne peux rien faire d'autre que de tenter d'autres médicaments, mais vous devriez en faire un. Vous avez entendu parler de l'os mastoïde ? Parfois l'infection se propage au crâne et il faut opérer. » J'avoue que malgré mon immense prétention à posséder une culture générale à peu près correcte, je n'ai jamais été confrontée à ce mot, même au scrabble. Ordonnance, merci au revoir, huit minutes montre en main, suivant.

Je rentre illico à Genève, plantant l'homme des marches du Sacré-Cœur sans avoir vraiment décidé de quoi notre avenir serait fait, ni quel type de couple nous étions.

Je me dis que j'y penserai plus tard, une merde après l'autre. Phrase qui me paraît être une quintessence de l'esprit helvétique, le plus pragmatique du monde, et emblématique de notre fameux « bon sens », qu'un député vaudois a même voulu inscrire au patrimoine immatériel de l'UNESCO.

Mon oto-rhino-laryngologue admet son impuissance à me soigner désormais, les drains ne tiennent pas, les médicaments ne font pas effet: «Il vous faut un chirurgien, il y en a un dans un hôpital vaudois pas très loin et il est aussi spécialiste des drains permanents ou longue durée.» À ce stade, j'aurais accepté une consultation chez le Dr Mengele, je crois. Max avait posé une bonne question à sa manière: «Tu ne peux pas faire couler du béton dans cette putain d'oreille et la sacrifier complètement? Au moins tu n'aurais plus mal?» Eh bien même pas mon cher, les médecins sont très conservateurs avec les oreilles, dès que tu touches quelque chose, cela perturbe tout l'équilibre de la zone ORL et c'est un enfer, regarde les acouphènes, les vertiges, il n'y a pas grand-chose à faire. Et ils veulent préserver un maximum d'audition.

J'avais tout de même eu la force de lui demander au passage comment il allait, lui. Il avait répondu par une pirouette: «J'aimerais faire couler du béton dans mon putain de cerveau, au moins je n'aurais plus mal non plus.» J'avais idiotement souri et j'étais trop préoccupée de moi pour mesurer le degré d'attention dont il avait besoin; il aurait fallu une soirée rouge à ce moment-là, viande rouge, tomates rouges, vin rouge, fraises rouges. On finissait les joues rouges et on allait mieux. À quoi ressemble le monde si on n'a plus de temps et d'énergie à consacrer à ses amis? S'il faut booker ses bouffes dans Outlook des semaines à l'avance? Si on passe son temps à répondre je ne peux pas je suis en séance je sors de séance j'entre en séance j'ai un créneau dans deux mois on met une option plutôt un café vite fait parce qu'à midi j'enchaîne? Si on doit caser ses amitiés voire ses amours dans un planning au chausse-pied, prévoir les mots de réconfort et les moments de baise, inscrire les pauses sur sa *to do list*, en arriver comme c'était mon cas dans mon poste de management à avoir une assistante géniale qui calait des RAM dans mon agenda où elle pouvait, et quand au début, je lui ai demandé ce que c'était les RAM, elle m'avait répondu: «Rendez-vous Avec Moi-même». Et en arriver évidemment à bousiller les RAM pour insérer les urgences. Je me débattais dans la roue du hamster avec l'impression qu'elle tournait de plus en plus vite, et je me disais comme Jane Birkin dans une chanson: « J'aimerais que la Terre s'arrête pour descendre ».

Le lendemain de mon retour en Suisse, j'ai rendez-vous pour un scanner, dans la clinique du quartier chic où je m'étais fait refaire les paupières (les années se suivent et ne se ressemblent manifestement pas) et ensuite directement dans l'hôpital vaudois, à trente minutes en voiture de Genève, avec le médecin spécialiste. Je me disais qu'il y a un an et demi, j'avais rendez-vous sur les marches du Sacré-Cœur pour un plan cul et que mon gros souci, c'était l'épilation du sillon interfessier à la cire (« on va changer de position, fini la grenouille, on remonte ses genoux sur sa poitrine et on les prend dans les bras, voilà attention j'y vais »), on a l'impression de se faire arracher un bout d'anus mais on y va de son plein gré et même on paie pour cela. Là, j'étais dans un scanner de crâne côté gauche, cela tapait boum boum dehors et boum boum dedans, et j'étais prête à payer n'importe quoi pour que s'arrêtent ces douleurs mille fois pires que celles du sillon interfessier ou toute autre épilation. Je suis repartie avec mon imagerie, que le radiologue avait sommairement analysée: « Oui alors non c'est bien bouché mais ce n'est peut-être pas si grave je ne sais pas il faut voir avec votre médecin. » Ouais, on va faire ça.

Arrivée au cabinet, je suis gênée, car d'après ce que j'ai compris, pour le docteur c'est une journée d'administration, calme, et il accepte de me prendre en urgence et sur sa pause de midi. Je ne peux me départir de cette culpabilité qui consiste à avoir tout le temps l'impression de déranger; il y a des gens qui se trouvent légitimes partout, moi quasiment jamais, et j'imaginais bien le toubib se dire: « Mais pourquoi j'ai accepté cette consultation, alors que je pourrais aller m'éclater au self du centre commercial d'à côté, bâtiment rescapé des années 80, avec une salade et un Coca pour 15 francs et éventuellement un *carac*, cette pâtisserie immonde très prisée chez nous, composée d'une tartelette garnie de ganache au chocolat et achevée par un glaçage vert clair épais et une petite pastille de chocolat dessus, très important la petite pastille de chocolat dessus sinon ce n'est pas un vrai carac, et au lieu de cela j'ai cette femme à examiner je vais te la liquider vite fait, un nouvel antibio, un drain permanent et hop retour à l'expéditeur.» Dans la salle d'attente, j'ai mon sac sur les genoux, comme une mamie dans le bus, je souffre trop pour lire, pour regarder mon téléphone et même pour penser. Alors je subis et j'attends.

La porte s'ouvre et il arrive, souriant, affable, pas du tout le style vexé de ne pas pouvoir aller au self. Je redébite une énième fois toute l'histoire en espérant plus que vivement échapper à la caméra dans le nez. Mais non, il regarde très doucement dans le conduit: «Il y a une infection.» Certes. Il me demande si j'ai avec moi le dernier rapport d'audition, et je ne l'ai pas, donc il refait l'examen. Il faut appuyer sur un bouton si on entend quelque chose et ça se transpose en courbes sur un ordinateur. Le résultat est «mauvais». Cela ne m'étonne pas, je n'entends quasiment rien de ce côté. Il examine ensuite les images du scanner et ne dit rien. Je subis et j'attends. «Vous voyez, là c'est le côté droit, il y a ces taches de couleur, l'os mastoïde derrière l'oreille est composé d'alvéoles qui contribuent au drainage de l'oreille moyenne, il doit y avoir une circulation, là c'est le côté gauche, tout est bouché.» Et donc? J'attends et je subis. Il me dit qu'à son avis il faut intervenir, si on veut pouvoir sauver un minimum d'audition, «nettoyer tout ça» et installer un drain plus gros, destiné à être permanent. Dans le mot «intervenir» je comprends évidemment «opérer».

Très bien, cool, faisons ça alors, si c'est la seule solution, et je commence péniblement à me remémorer mentalement mon agenda, dans lequel il y a des enregistrements studio dans une semaine, il va falloir faire ça après, et caser cette « intervention » avant le montage. « Je vous laisse retourner dans la salle d'attente, je vais passer quelques coups de fil et voir si on peut avoir un bloc. » Alors je n'entends certes pas bien, mais pardon ? Là, maintenant ? Tout de suite ? Sérieusement ? Un bloc. J'ai le sac à main dans lequel il y a un porte-monnaie et un téléphone en fin de batterie, chez moi j'ai tout laissé en plan, l'ordinateur allumé sur le bureau, je me dis ouch, je vais passer sur la table MAINTENANT. C'est une urgence, donc. Heureusement que je dois économiser la batterie de mon portable, cela m'évite de chercher le mot « mastoïdectomie » et de regarder Google Images. Parce que j'ai regardé plus tard, après l'opération, c'est du solide. Ils vous percent le crâne derrière l'oreille et font un gros trou (sur les photos, il est vraiment gros) pour aller nettoyer l'infection, le tout bien gore et comme j'allais le comprendre, bien délicat.

Il me rappelle et me dit qu'il y a un bloc et un anesthésiste disponibles. À partir de là, je glisse dans un vortex, je n'attends plus, je subis uniquement. Il m'explique ce qu'il va faire sur une énorme oreille en plastique et me soumet un consentement éclairé à signer en me précisant deux choses :

1. On va passer près du nerf du goût, il y a un petit risque.
2. On va passer près du nerf facial, il y a un petit risque.

De ?

De paralysie faciale en fait. Mais j'aurai des électrodes sur le visage pour diminuer ce risque au maximum. Tu veux faire quoi quand on te dit ça ? Tu ne vas pas te barrer, de toute façon. Tu es tétanisée sur ta chaise et tu signes tout ce qu'on te demande. « Je vous laisse aller aux admissions, on se retrouve au bloc. » Je ne peux m'empêcher de penser que sa journée est pratiquement aussi éventrée que la mienne, il devait faire un petit 9 heures-17 heures tranquille, et va se trouver à slalomer entre un nerf facial et un nerf du goût avec son scalpel en essayant de me rendre ni sourde, ni paralysée, ni agueusique (ça ne se dit pas, mais ça pourrait). Je me retrouve aux admissions, vous avez votre carte d'assurance, vous êtes sûre que vous avez une complémentaire, pour la voiture vous pouvez la laisser sur le parking, on va vous conduire à votre chambre. De là, je téléphone rapidement au producteur de mon émission pour expliquer que ça va être compliqué pour le studio, avec un nouveau petit shoot de culpabilité, car c'est la planification de toute une équipe qui saute, l'émission aura des pénalités financières pour annulation tardive par ma faute, mais pourquoi on se dit des trucs pareils alors qu'on devrait s'en foutre, car tout se résout, et penser à soi parce que la seule chose qui ne se résout pas c'est si on meurt, non ? Ensuite, j'appelle mes enfants, ils sont magnifiques, ils viendront récupérer la voiture et voir ce qu'il reste de leur mère après l'opération.

Il me reste un minipourcent de batterie pour l'homme des marches du Sacré-Cœur. Je lui dis que je me fais opérer tout de suite.

– Ah bon ? Ils vont faire quoi ?

– Nettoyer ?

– Nettoyer quoi ?

– Ben, l'os mastoïde et l'oreille.

– C'est quoi l'os mastoïde ?

– Un os derrière l'oreille.

– Tu es à l'hôpital de Genève ?

– Non.

Un charmant jeune homme entre en coup de vent dans la chambre, bonjour je suis l'anesthésiste, on va faire ci et ça, tout va bien se passer. Je tente un : « Euh monsieur, j'aimerais signaler que j'ai de l'hypertension », mais il balaie, ne vous inquiétez pas vous êtes jeune et en bonne santé, on a fait beaucoup de progrès, à tout à l'heure. Je retente un « euh monsieur, c'est à quelle heure l'opération ? »

Dans vingt minutes.

Je reprends mon amoureux.

– Tu es où alors ? Pourquoi tu n'es pas à Genève ?

– Parce que le chirurgien spécialisé travaille dans le canton de Vaud.

– C'est où le canton de Vaud ?

– C'est à côté de Genève.

– Et c'est quoi le nom du médecin ?

– Ne t'inquiète pas les enfants ont tout, je dois me préparer et je n'ai plus de batterie, si jamais je veux être incinérée avec mes posters d'Egon Schiele, tu promets ?

– T'es con.

Voilà les derniers mots de mon amoureux avant le couloir de la mort. Je me rends au bloc numéro 5 en marchant gracieusement dans ma blouse bleue fendue à l'arrière ; sur les marches du Sacré-Cœur je n'avais pas de culotte, ici non plus en fait, et je n'ai pas eu le temps de m'occuper du sillon interfessier. On me demande deux fois « Madame, vous savez ce qu'on va vous faire ? » Je réponds à deux reprises « oui » alors que je ne sais pas trop, non. J'espère que mon médecin a bien dormi hier soir, qu'il ne s'est pas déchiré avec des potes, qu'il ne loupe pas un spectacle de son enfant à cause de moi, qu'il a bien lu *La mastoïdectomie pour les nuls*. Voilà, je suis couchée, on me demande si on y va et je dis que oui, on y va.

Forcément, forcément, il y a cette milliseconde obligatoire durant laquelle on se dit qu'on ne se réveillera peut-être pas. Et que l'on n'est pas prêt pour ça. Ma dernière pensée est que mon chat est seul et que je n'ai même pas rangé la vaisselle.

Edvard Munch, *Le Cri*, 1910
Tempera sur carton, 83,2 x 66 cm, Musée Munch, Oslo

Consultation n°3

– Chère Madame, vous avez l'air fatigué.

D'habitude, quand on me dit que j'ai *l'air* fatigué, cela signifie que j'ai une sale gueule, que j'ai vieilli depuis la dernière fois que la personne m'a vue, que je sors des radars de la meuf « bien dans ses baskets », expression épouvantablement niaise que l'on utilisait beaucoup pour parler de moi lorsque j'étais jeune journaliste et que je me permettais de présenter une émission d'information en prime time avec des Converse, expression qui était généralement adjointe quelques lignes plus loin d'une autre non moins épouvantablement niaise, qui précisait que bien entendu je « fourmillais de projets ». *Help*.

Je me trouve face à mon psy adoré David Maunoir, qui n'a pas l'air fatigué du tout, lui, mais on en reparle dans une quinzaine d'années, *cher Monsieur*.

– Je sors de dix jours d'arrêt maladie.

– Ah bon ? Vous m'en voyez désolé, que vous est-il arrivé ?

– On m'a foré un gros trou dans le crâne derrière l'oreille et, pendant trois heures, un charmant chirurgien a passé la serpillière, le désinfectant, le bicarbonate de soude et le vinaigre blanc pour nettoyer une infection de l'os mastoïde et de l'oreille moyenne. Il a aussi posé un drain en or qui est censé rester de manière permanente dans mon tympan. Cela signifie que le conduit est désormais ouvert sur l'extérieur pour le reste de mes jours et que je ne pourrai plus jamais mettre la tête sous l'eau, même si je me rends à Hawaï chez ma sœur, et qu'il y a des tortues de mer à cinquante centimètres de profondeur, ni même dans ma baignoire lorsque je me lave les cheveux. Je dors actuellement avec un filet sur la tête, qui maintient un rond de coton sur lequel il y a du sang le matin, et chaque fois que je tourne le visage du côté gauche dans mon lit, j'ai mal. J'ai recommencé à travailler cette semaine, et dans trois mois, je dois faire un point de situation sur l'audition, car le dernier test était à moins 80% sur l'oreille malade, et on espère que je vais en récupérer une partie, voilà. Ah oui, faites-moi penser de dire à mes enfants en rentrant de récupérer le drain si je meurs, le cours de l'or est assez haut, je crois.

Il écoute, il est calme et prévenant. Tiens, il s'est coupé les cheveux, il n'a plus le chignon de viking intello, il a l'air plus, je ne sais pas… plus mâle peut-être. Est-ce que l'adage: changement de coupe = changement de vie, si vérifiable chez les femmes, est également valable chez les hommes? Bon concentre-toi bordel, je te rappelle que tu paies très cher cette consultation non remboursée par la caisse maladie, qui préférerait, elle, que je me prenne des caddies de supermarché pleins de Xanax (je dis Xanax pour changer du Valium et ne pas faire de la publicité qu'à une seule de ces saloperies). Avec cette opération et ses suites, au moins, je me venge un peu, ils vont devoir payer. Hinhin. Mais en fait pas tant hinhin que ça, je m'en rendrai compte plus tard…

Mon psy s'inquiète du niveau de la douleur, et demande si je ressens tout de même un certain soulagement que quelque chose ait été entrepris. Ce qui est le cas, clairement, même si mes jours et mes nuits ne sont pas une partie de plaisir. Lorsqu'ils m'ont ramenée dans ma chambre au sortir du bloc opératoire numéro 5, le médecin m'a précisé que cela s'était bien passé, et que le pansement « comprimait un peu »; effectivement j'avais l'impression d'avoir le crâne dans un étau. Mes enfants étaient là, et nous avons pris des photos souvenir, car j'avais la tête emballée comme un œuf de Pâques, avec des petits hématomes sur la face, à cause des électrodes. Le lendemain, je suis descendue acheter un journal au kiosque de l'hôpital, car je n'avais rien à lire et j'étais perdue comme un coq sans tête; j'ai trouvé le magazine *Gala* et une boisson fermentée au gingembre, que j'ai dégustée sur la terrasse sous un soleil d'hiver avec une réceptionniste très sympa qui prenait sa pause et qui m'avait reconnue. Je lui racontais en riant que les gens me regardaient dans les couloirs avec mon œuf de Pâques, et je voyais dans leurs yeux qu'ils se demandaient si la fille de la TV avait fait un lifting. J'avais bien essayé de demander au chirurgien, qui est un spécialiste du domaine «cervico-facial», s'il ne pouvait pas, en passant, en profiter pour tirer un petit peu la peau sur les côtés tant qu'on y était, mais il m'a expliqué sérieusement que non, ce n'était pas possible. Chier, on voit qu'ils n'ont pas suivi nos cours de management. Tout le monde sait que pour limiter les coûts, il faut apprendre à mutualiser un minimum.

Mais le Dr Maunoir ne perd pas le nord, il redirige la conversation sur le sujet qui l'intéresse vraiment.

– Et avez-vous pu, pardon pour ce mot inélégant, «débriefer» l'épisode du téléphone avec votre compagnon?

– Vous voulez des nouvelles du courrier du cœur c'est ça?

– … (Sourire)

– Eh bien, nous en avons vaguement parlé mais sans plus, comme si c'était un épisode passé. Je continue à être tourmentée par le fait d'avoir osé regarder dans son téléphone, je croyais être débarrassée du sentiment de honte que l'on m'a inculqué toute ma vie; j'ai souvent été désignée comme «honte de la famille» à cause de ce que je disais ou que j'écrivais, ou même une fois lorsque je n'avais pas obtenu de bons résultats à un test sportif à l'âge de douze ans. Je crois que ce geste a réactivé cette honte, même si mes amis me disent: «Tu t'en fous, tout le monde le fait.» Mais ce n'est pas parce que tout le monde le fait que c'est acceptable. Et je ne veux plus être jalouse non plus, j'espère en profiter pour me débarrasser de ça. L'homme des marches du Sacré-Cœur m'a d'ailleurs bien fait comprendre que je voulais tout et son contraire.

– Il n'a pas tort.

– Vous êtes dans mon équipe ou dans la sienne ?

– Définitivement dans la vôtre, chère Madame, vous le savez bien. Mais mon travail consiste à vous mettre en face de vous-même. Vous allez devoir vivre avec ce que vous avez fait, et cela restera un épisode de votre aventure commune. Cela vous forcera de surcroît à surmonter votre « jalousie » comme vous dites, car vous allez devoir vous empêcher de recommencer et accepter qu'il ait eu une vie, et qu'il en ait toujours une. Vous ne voudriez pas d'un calendrier partagé n'est-ce pas, comme le pratiquent certains de mes patients, ou une géolocalisation permanente de chacun de vous deux ?

– Mais bien sûr que non quelle horreur ! C'est complètement facho d'avoir un conjoint qui sait en temps et en heure où vous êtes, non ?

– C'est un mode de vie contemporain que l'on peut apprécier ou pas.

– La version 3.0 des liens sacrés du mariage, ou 4, ou 5. Berk.

– Toujours est-il que vous allez devoir faire confiance. Lâcher prise. C'est difficile pour vous. (Il se permet un sourire un mini peu sardonique.)

C'est vrai.

Une psychothérapie n'a pas à être complaisante et à vous conforter dans votre statut de victime du monde cruel qui vous entoure, ni à vous prescrire des pilules pour vous sentir mieux et éviter toute confrontation, elle sert à vous donner des outils. Et après, ces outils, comme c'est le cas pour tous les outils, c'est à nous de bosser avec. Exactement comme quand on fait une rééducation après une fracture. Évidemment, ce n'est pas très confortable, on préférerait quelqu'un qui tend les mouchoirs et vous dit que les gens sont des salauds et des ingrats et que vous êtes une personne tellement géniale et incomprise.

J'allais devoir, encore une fois, affronter un tableau pour sauver ma *life*.

– Je vous en prie, évitez-moi l'oreille coupée de Van Gogh.

– *Autoportrait à l'oreille coupée et à la pipe*. Non effectivement, vous n'irez pas voir cette toile. Elle est splendide, mais vous n'y trouverez pas le message dont vous avez besoin. Je vous propose autre chose. Un totem, le tableau probablement le plus célèbre et le plus reproduit du monde.

– Hem… Joconde, Guernica, un truc comme ça ?

– Non, une émotion tellement universelle qu'elle est devenue… un emoji.

– Le cri !

– Exact, *Le Cri* d'Edvard Munch. Je vous recommande la version de 1910, elle se trouve dans le nouveau musée Munch à Oslo, cela vous permettra de visiter ce bâtiment étonnant. Et pas la première version de 1893 qui se trouve à la Galerie Nationale. Ayez à l'esprit que le cri n'est pas celui que l'on croit, et qu'il ne s'agit pas d'un tableau sur la voix, mais sur l'ouïe. Vous n'aurez même pas besoin de chercher la force qu'il peut vous donner.

Lorsque je passe la porte, il me lance encore « Kanelboller ! Et prenez votre maillot ! »

***

Dès l'instant où je mets une Doc Martens hors de l'avion Scandinavian Airlines à l'aéroport d'Oslo, je saisis que je suis dans une sorte de copie de mon propre pays, avec un fond d'air plus frais et un fond de mentalité encore un peu plus protestant. J'ai voyagé dans le monde entier, et il est rare en effet, mille pardons pour le cliché, mais dans un cliché il y a toujours un fond de vérité, que je puisse me dire que les choses sont plus propres et fonctionnent mieux qu'en Suisse. Par ailleurs, la Norvège ne fait pas non plus partie de l'Europe, et possède sa propre monnaie, comme nous. Enfin, le sommet de l'exotisme pour moi consiste à découvrir un coin de cette planète où les prix sont plus élevés qu'à Genève. Après ma première salade miniature + eau minérale gazeuse à 500 couronnes, j'ai compris que j'allais me concentrer sur les nourritures spirituelles, plutôt.

Cela dit, j'adore.

Il y a cette placidité nordique, ce calme un peu flou, comme la brève lumière du jour, cette manière non hystérique d'exister simplement au milieu des éléments, de faire en sorte que cela marche, et parfois d'arrêter le temps une seconde juste pour respirer. Disons que ça change de Paris.

Architecturalement, ils ont un courage que nos calvinistes n'ont définitivement pas ; les bâtiments de l'Opéra et du Musée Munch sont immenses, audacieux, trônent au bord de la mer comme des œuvres d'art gigantesques et extravagantes, immédiatement identifiables et iconiques, quand il faut trente ans et douze référendums populaires chez nous pour finir par refuser l'extension d'une verrière.

Il y a treize étages consacrés au peintre Edvard Munch, enfant du pays, tourmenté et hanté par la mort et la maladie, souffrant de dépression nerveuse et d'hallucinations. Devant *Le Cri* version 1910, qui n'est pas une huile mais une *tempera*, donc des pigments dissous dans l'eau, je n'ai effectivement pas besoin de me poser la question rituelle :

Comment ce que je vois là peut-il me donner de la force ?

Car je suis hypnotisée par ce petit tableau.

Bien sûr, je l'ai vu mille fois. En reproduction, en version numérique, en masque d'Halloween, sérigraphié par Andy

Warhol, en BD, en couverture de livre, en émoticône tous les jours sur mon portable. Cette tête de mort, c'en est une, car Munch s'est inspiré d'une momie péruvienne pour la réaliser, est devenue un monument de la pop culture, car elle exprime le sentiment le plus partagé au monde : la peur. Ou plutôt l'angoisse, qui est l'anticipation mentale d'une menace potentielle ou d'un danger à venir. C'est une spécificité humaine (enfin je crois, les animaux connaissent la peur, mais connaissent-ils l'angoisse ?), ce qui fait de nous des homo *sapiens sapiens*, des êtres qui savent qu'ils savent. Et qui savent qu'ils savent quoi ?

Qu'en recevant la vie, ils reçoivent aussi la mort.

Cette prise de conscience nous occupe à chaque instant et nous luttons avec toute notre énergie au quotidien pour tenir à distance cette terreur. En face du *Cri*, je suis en face de moi-même, telle que je me vois durant mes insomnies. « Tu refuses de dormir, car tu as peur de ne pas te réveiller » m'avait dit Sixtine dans un énième blabla de développement personnel sorti tout droit de son magazine psy, qui lui ressemble si peu mais dont elle ne peut se passer. Mais elle n'avait peut-être pas tort.

« Ayez à l'esprit que le cri n'est pas celui que l'on croit, et que ce n'est pas une peinture sur la voix, mais sur l'ouïe » avait dit le vrai psy, le seul, le mien, que je verrais bien débarquer ici torse nu sur un drakkar. Qu'est-ce qu'on peut stupidement frétiller des ovaires parfois, non enfin c'est une bonne nouvelle que ce genre de réflexe soit toujours actif même quand les ovaires ne le sont plus, mais concentre-toi sur la toile, tu es dans un musée et pas dans une soirée de Chippendales, s'il te plaît.

Le personnage se trouve sur une sorte de balustrade devant un fjord et, sous un ciel couleur d'éruption volcanique, tout semble *fondu* y compris lui (ou elle, c'est peut-être une femme après tout), mais les deux figures à l'arrière se promènent comme si de rien n'était, ce qui fait ressortir la puissance perturbante du visage central. Il a la bouche ouverte et il crie. Ou pas, en fait. Il se peut que sa bouche soit juste ouverte d'effroi. Et qu'il se bouche les oreilles pour ne pas entendre. Pour ne pas entendre quoi ? Le cri de quelqu'un d'autre ! Mais oui !! Le cri n'est pas *son* cri, ce n'est pas forcément l'expression de son mal-être comme on l'a beaucoup analysé, il se protège probablement d'un hurlement *de l'extérieur*. Qui lui fait peur.

Très paradoxalement, cette vision et cette interprétation procurent un apaisement ; nous avons tous peur, nous sommes tous ce personnage, nous traversons tous ces instants où nous entendons des cris terrifiants, mais nous pouvons les maîtriser, les dominer, les gérer (encore un horrible mot issu du monde économique), ou disons plutôt vivre avec, et (re)devenir un peu plus tard ces deux personnes qui se baladent au même endroit sans crainte.

Après mon état de sidération devant cette toile (depuis combien de temps suis-je là, vingt-cinq, trente minutes ?), je lis la fameuse citation du peintre, expliquant ce qui lui a inspiré la première version de cette peinture en 1883 :

> « Je me promenais sur un sentier avec deux amis – le soleil se couchait, tout d'un coup le ciel devint jaune et rouge sang ; je m'arrêtai, fatigué, et m'appuyai sur une clôture – il y avait du sang et des langues de feu qui éclaboussaient le sentier ; mes amis continuèrent et je restai tremblant d'anxiété ; j'ai senti monter en moi un grand cri et j'ai entendu ce cri infini qui passait à travers l'univers et qui déchirait la nature… »

Je n'entendrai peut-être plus jamais de l'oreille gauche, je serai la vieille qui a lâché la conversation et qui hoche la tête comme un petit chien en plastique sur la plage arrière d'une voiture dans les années 80, en faisant semblant de comprendre. C'est un peu tôt pour ça, mais on s'en fout, non ? J'entendrai avec la droite et surtout, je continuerai à voir, à lire des livres, à regarder des œuvres d'art. Ils avaient raison les crétins qui me disaient qu'il y a des choses que je ne veux plus entendre, je ne ferai plus semblant, ou moins, je pratiquerai l'écoute sélective, et quand surviendront des épisodes de *cri* dans ma vie, je me boucherai les deux oreilles un moment et j'attendrai simplement que ça passe.

Mais ce ne sera pas facile.

Il me reste à appliquer la deuxième partie de mon ordonnance. Je suis bonne élève et j'ai emporté mon maillot de bain ; il ne sera pas dit que je ne me baignerai pas dans la mer du Nord, même si elle est à combien en cette fin d'hiver, euh, il faut que je regarde sur mon téléphone, merde, cinq degrés ce n'est pas beaucoup, quand même. Une minute de trempage par degré pas plus, je crois que c'est la règle. Je me rends aux bains de Langkaia tout près, l'avantage c'est qu'il y a un sauna, et je sens que je vais faire les choses à l'envers, pas comme il faut, d'abord le froid et ensuite le chaud. Il faut mettre un bonnet, car la chaleur s'évacue par la tête, va donc pour le bonnet de laine ; de toute façon je dois laisser la tête hors de l'eau et j'ai mon bouchon d'oreille gauche. Ce n'est pas vraiment une plage de sable blanc qui permet une entrée dans l'eau progressive centimètre par centimètre avec le délicat passage du ventre, non, c'est une installation en bois avec une mini-échelle et hop, il faut y aller d'un coup. J'ai un peu peur, mais non, attends, j'ai précisément décidé de ne plus avoir peur ; il y a des êtres humains dans cette eau, je suis un être humain à ma connaissance, donc 3, 2, 1, j'y suis.

Indéniablement… c'est un choc. Il faut crier paraît-il, ironie suprême n'est-ce pas ?

Le cœur s'emballe mais ne s'arrête pas, c'est déjà ça. Le froid pique d'abord et ensuite, il mord (c'est exactement le mot, il mord). J'essaie de contrôler ma respiration, mais si je reste comme ça, figée, je vais geler sur place, il s'agirait de faire quelques brasses. J'en effectue, on va dire généreusement cinq dans un sens, et cinq dans l'autre. C'est une sensation violente et une paix complètement hors du temps, je suis dans l'eau glacée et je suis en vie. Mais pas pour très longtemps si je ne sors pas tout de suite.

Je suis maintenant assise sur un banc en face de la mer du Nord, il n'y a pas d'icebergs, d'ours polaires, de morses, mais des chantiers, des ferrys. Je prends conscience que la mer ici est une source de pétrole plus que de poésie arctique. Je décide que *fuck* les nourritures spirituelles, et que vive la consolation par le sucre et le gras; je prends dans la main droite un latte matcha que j'ai acheté à emporter, et dans la main gauche le *Kanelboller* recommandé par mon thérapeute, autrement dit le roulé à la cannelle du coin, emballé dans un papier graisseux. Ils parviennent à faire des roulés à la cannelle si moelleux, si sucrés, si pleins de cannelle et qui se marient si bien avec le goût bobo brûlant du lait d'avoine matcha qu'ici, pendant ces quelques minutes, seule aux confins du continent, je pourrais crier de bonheur.

La baignoire de Cascais

Nous sommes dans un petit bar avec Sixtine ; tous les jours à midi, ils servent du *phở*, la soupe vietnamienne parfumée à la coriandre, avec nouilles, piments rouges, citrons verts et à choix : tofu, bœuf ou crevettes. Nous buvons de la tisane de gingembre avec, et cela représente un grand volume de liquide chaud versé dans le corps en peu de temps. La vessie hyperactive nous le fera payer plus tard, mais sur le moment, c'est réconfortant. Tout comme de mettre à jour (expression atroce issue de l'informatique) régulièrement le récit des aventures fascinantes de nos existences respectives. Sixtine demande un débriefing (expression atroce issue du management) de la Norvège.

– Alors, Oslo ?

– J'ai adoré m'exfiltrer de ma propre vie. Je crois qu'être loin et regarder loin aide à avoir moins peur de tout. Je sais que mes angoisses ne vont pas disparaître, mais elles seront moins fortes. Enfin j'espère.

– Tu fais quoi avec ton amoureux compliqué, alors ?

– J'accepte le fait que c'est compliqué, je crois. Moins d'attentes, moins de déceptions. C'est vraiment nul ce que je suis en train de dire…

– Oui, au secours, on dirait une interview dans mon magazine psy. Ça commence à être chiant ton histoire, moi je veux du sexe sauvage, de l'action ! Je n'en ai aucune dans ma vie, alors il faut au moins que je puisse en vivre par procuration via la tienne !

– Mais arrête ! Bien sûr que je veux m'amuser, que ce soit intense, encore quelque temps au moins ! Mais ce n'est pas toujours évident. L'autre jour, l'homme des marches du Sacré-Cœur me demande si je suis d'accord de mettre un porte-jarretelles pour une soirée « adulte », à savoir sortir en club et faire l'amour après. Tu me connais, j'attaque directement le refrain connu du : ah bon, pourquoi il faut absolument se déguiser en pute pour être sexy, les codes éculés du regard masculin, gros nichons, talons aiguilles, taille fine, toute la panoplie de la torture habituelle, et je termine, comme de bien entendu, par le refrain non moins connu du : « Tu as déjà mis un porte-jarretelles avec des bas toi ? » Ce à quoi il répond « non » et je rétorque : « Ben quand tu l'auras fait on en recause. » Et juste après, dans *Elle*, je tombe sur un article parlant du soi-disant retour du porte-jarretelles. Il y avait une tribune pour et une tribune contre. Donc là, pour lui prouver que je ne suis pas seule à penser comme je pense, je lui mets l'article sous le nez, avec l'avis de la journaliste qui est contre… attends, j'ai une capture sur mon portable, je te lis : « Pour moi, le porte-jarretelles est au collant ce que la lavandière était à la machine à laver : pourquoi se faire tant de mal et se compliquer la vie ? Qui parmi vous a déjà porté ce truc parce que c'est joli, sans autre objectif que de se sentir désirable dans les yeux d'un boomer hétéronormé et de surcroît attiré par l'inconfort des femmes ? Ce machin ne m'évoque rien d'autre qu'un porno faussement chic, un cadeau à deux balles que t'offre un mec qui n'a rien compris. »[1]

– Haha. Et il réagit comment ?

– Il se marre, mais tu sens qu'il ne saisit pas complètement le problème, parce qu'il trouve agréable le jeu de la séduction, sans percuter que lui pour séduire, il s'habille comme pour aller au bureau ou au cinéma, alors que nous pour séduire, on est censées se harnacher comme des montures ou s'emballer de ficelles comme un paquet-cadeau.

– Bon mais finalement, tu en as mis ?

– (Soupir). Je lui apprends péniblement l'art du compromis helvétique, concept totalement étranger à toute personne de nationalité française. J'ai acheté des Dim Up, et je lui ai demandé de mettre un marcel blanc, parce que j'adore les mecs en marcel blanc moulant.

– Et ?

– Il est maigre, donc ce n'était pas vraiment moulant. Mais on a bien baisé !

Sixtine rigole en regardant autour d'elle pour voir si des gens qui s'ennuient à table écoutent et sont choqués. Elle adore ça.

– Dis donc, ce n'est pas la fille de Max qui est derrière le bar là-bas ?

Si.

C'est la fille de Max.

Il m'a vaguement parlé du fait qu'elle travaillait dans un restaurant pour financer ses études. Elle arbore un crâne presque rasé, un anneau dans le nez, un *crop top* très *top* et très *crop*, autrement dit microscopique, c'est hyper pratique car cela ne prend pas de place dans l'armoire mais c'est hyper pas pratique à enfiler j'imagine, pour tout rentrer là-dedans,

1. *Elle*, 21 novembre 2024.

peut-être qu'ils le vendent avec un chausse-pied ou un produit lubrifiant pour que ça glisse mieux, et un pantalon *oversize*, bref l'uniforme de la génération dite Z qui surexpose le haut et surplanque le bas. (C'est marrant à la plage ou à la piscine c'est l'inverse, les femmes plus âgées sont facilement seins nus même si leur poitrine a déposé le bilan, exposant leur bronzage précancéreux obtenu à grands coups de graisse à traire dans les années 80, alors que les plus jeunes exposent les fesses, rebondies cela va de soi, dans des nano-slips qui laissent peu de place à l'imagination. Personnellement, je pratique avec plaisir l'exhibitionnisme narcissique dans l'écriture mais dans la vraie vie, en plein air, je prends bien soin de cacher le haut et le bas, fin de la parenthèse.) Détails importants : elle a des touffes de poils noirs sous les aisselles et ne porte pas de soutien-gorge. Oui, le Covid, les réunions en visioconférence et la lutte contre le patriarcat auront eu raison de cet accessoire vestimentaire qui véhicule (ou véhiculait, faut-il en parler au passé ?) tous les fantasmes et toutes les contraintes. Les féministes les avaient brûlés dans les années 70, pour manifester qu'elles ne voulaient pas être réduites à la condition féminine. Dans les années 80, la pub *Wonderbra* nous promettait des décolletés pigeonnants et nous disait : « Regardez-moi dans les yeux ». Aujourd'hui, on regarde dans les yeux effectivement, parce que l'on n'ose plus regarder ailleurs, et la tendance de la poitrine libérée est un immense *bra* d'honneur (non, il n'y a pas de faute d'orthographe, *bra* veut dire soutif en anglais) aux conventions esthétiques et aux servitudes que cela suppose. Je peux très bien le concevoir. Cela dit, quand ma collègue du 7e étage qui a largement dépassé la cinquantaine ne met pas de soutien-gorge, peut-être que lors d'une visioconférence on ne remarque pas la différence, mais quand elle est dans une salle de réunion en blousette sans manches qui baille sous les bras avec les seins en pleine ptose mammaire qui valdinguent dessous, je ne sais pas s'il faut trouver ça *supercool* ou si on est autorisé à penser que c'est assez moche. Parce que malheureusement, quand on a 20 ans ça tient droit tout seul, quand on a deux fois 20 ans + un petit quelque chose, ça tombe comme la putain de pomme de Newton.

Pour en revenir à la fille de Max, je me fais également la remarque que les poils sous les bras et juste au-dessus des cocktails et des plats qu'elle sert ensuite aux gens, ce n'est peut-être pas foufou non plus. Je ne devrais pas juger, je sais, merci. Disons que je m'interroge. Nous sommes la première génération de femmes à avoir passé toute une vie à s'épiler, de la puberté à la ménopause, et nous regardons avec affolement les filles en shorts avec les mollets de Hobbits et les buissons sous les aisselles, qui nous rappellent les playmates exposées nues et poilues dans les magazines *Playboy*, *Lui* ou *New Look* planqués dans la serviette de notre prof de 6e primaire, oui, celui qui fumait sa pipe en classe et qui entrait dans nos vestiaires à la piscine, se calait devant nous mains dans les poches et disait : « Allons mesdemoiselles on se dépêche ! » On s'insurgeait « Mais monsieur c'est dégueulasse de nous regarder nous déshabiller ! », mais à ma connaissance jamais aucun parent n'a été prévenu. Nous, les désormais vieilles peaux (glabres), on se dit que « touffe fout le camp », pour reprendre un jeu de mots que nous avions utilisé une fois comme titre de reportage. Et lorsque l'on ajoute à cela les nibards en liberté, on est à la fois dérangées par cette bestialité, et envieuses de cette hardiesse.

Sanglée (et épilée de près cela va de soi) dans son tailleur-pantalon gris à fines rayures blanches, Sixtine suçote une tranche de citron vert.

– Elles ont remplacé d'anciens codes contraignants par de nouveaux diktats, certes plus confortables, mais qui n'en sont pas moins des uniformes, regarde-les, elles sont toutes pareilles. Tu te rappelles, il y a vingt ans, comment on appelait les meufs friquées qui allaient en boîte au Baroque, ultra apprêtées et maquillées comme des canards laqués ? Des clonasses. J'en étais une, et de compétition. Ben c'en est aussi. Dans un autre genre.

– Haha.

– Quoi ?

– « Dans un autre genre ». C'est drôle.

– Jolie remarque, c'est pas faux. Il n'en demeure pas moins que nous sommes des vestiges du siècle dernier dans ce bistrot, des objets à exposer au musée, et un jour, il y a un psy qui enverra ses patients nous regarder pour leur remonter le moral.

– Alors je vais te dire, moi, avec mon opulent décolleté 75 B, je vais continuer à mettre des soutiens-gorges, et je les prendrai jolis, à dentelles et à coques, avec des blouses transparentes pour qu'on les voie bien.

– Ouais. Contre manif ! Pas de *bra* pas de chocolat !

Nous partons dans un rire idiot de femmes chatouillées, avant de sortir dignement, tête haute et poitrine aussi.

Je fais un petit signe à la fille de Max et lui demande comment va son père, et où il est ; elle me répond : « Quelque part dans les années 80 j'imagine », ce qui prouve qu'elle a du retour, et ajoute : « Tu connais papa, il est malheureux et il adore ça. Je ne le vois pas beaucoup, mais j'imagine qu'il ne va pas si mal. D'ailleurs je crois qu'il a une nouvelle meuf. »

Alors ça.

Donc, qu'on se résume. Je l'accompagne chez l'urologue parce qu'il est terrifié à l'idée d'y aller seul, il m'appelle jour et nuit car il est terrorisé d'avoir un cancer, on passe des heures à parler de sa prostate, de sa bite et de tout le commerce qui se trouve dans la zone, et dès qu'il est rassuré et que ça va mieux, pouf. Ou plutôt pouffe, probablement.

Je range ça dans le tiroir de choses « à régler » dans ma tête, j'embrasse Sixtine, je sors un carré de chocolat noir à 90% de mon sac pour me calmer, et je file faire ma valise cabine, car je pars à Lisbonne avec mon amoureux, et que tout le monde aille se faire cuire un œuf, mais prenez le bio par pitié sinon c'est une infection, croyez-moi j'ai travaillé dans un magazine de consommation, je sais de quoi je parle.

Avec mon amoureux, nous aimons faire les choses dans le désordre.

D'habitude, lors d'un week-end romantique, les êtres humains se rendent dans ce que l'on appelle un restaurant, commencent par le plat principal, puis dégustent un dessert pour la petite note de sucré, effectuent une promenade digestive au bord de la mer ou sur des pavés dans une vieille ville avec des monuments éclairés, ce qui leur permet ensuite de passer en douceur des délices de la chère aux délices de la chair dans une chambre d'hôtel impersonnelle aux draps qui crissent.

Sur ce coup-là, nous on a fait d'abord dessert, puis jambes en l'air, puis plat principal. Puis engueulade, ce qui ne figure en principe pas au programme de ce genre d'expédition.

Nous sommes dans le quartier de Belém, quelques kilomètres à l'ouest de Lisbonne, et nous visitons le monastère des Hiéronymites, une des plus belles réalisations sculpturales que j'aie pu voir. Lorsque l'on parle de dentelle de pierre, c'est un cliché ; eh bien là, c'est exactement cela, de la dentelle de pierre. Quel invraisemblable mystère d'avoir bâti une telle splendeur pour y caser des personnes consacrant leur existence à une *fake news*, à savoir Dieu. Et qui se fichent de l'extrême sensualité de ces ondulations marmoréennes. Ma spiritualité à moi adorerait s'envoyer en l'air ici, dans un recoin de chapelle, au milieu des tombeaux, dans un calme sépulcral, forcée de retenir mes gémissements.

Je suis soudain happée par une main puissante et sentant la cigarette, surgie de derrière un poteau. L'autre main se plaque contre ma bouche. Nous nous regardons longuement, en nous demandant si on le fait ou pas. Je m'assieds sur une dalle glacée et écarte les jambes et j'attends sa queue dure comme du granit. N'y tenant plus, je passe ma main sur son pantalon et je sens son membre parfaitement gonflé ; nous savons que nous n'avons pas le temps, et nous n'en avons pas besoin. Le risque d'être surpris nous excite. Je défais sa braguette, son sexe est chaud et sec et doux et dur, je suis prête, culotte en bas, fesses sur le marbre gelé et clitoris en feu. Il entre en moi en un coup sec, je me sens tellement bien que j'ai envie de hurler, mais je me contente de lui mordre le cou. J'entoure sa taille de mes jambes et il entame le fameux va-et-vient hétéro tant remis en question, mais difficile à égaler quand il est divin, je veux à la fois que cela ne s'arrête jamais et en même temps le sentir venir en moi, tout au fond. Lorsque cela arrive, il prend ma tête dans ses mains et nous explosons ensemble dans un râle contenu. J'aurais voulu qu'il reste dans mon corps toute la vie. Mais il se retire, dépose un baiser excessivement délicat sur mes lèvres et disparaît comme un fantôme. Je reste seule alors que des touristes arrivent car ils cherchent le tombeau de Vasco de Gama. Je souris, car je sais que dans ce lieu sacré, je suis la seule à avoir atteint, non pas le paradis qui n'existe pas, mais le septième ciel qui éventuellement existe.

Avons-nous réellement fait cela ?

Bien sûr

Que

Non

Premièrement parce que ce n'est pas possible du point de vue on va dire social, légal et civilisationnel. Et deuxièmement pour une autre raison, dont je me rendrai compte un peu plus tard.

Comme tout le monde, nous visitons, nous prenons des photos, puis nous allons déguster un *pastel de nata* et un espresso sur une terrasse, mais pas dans la fameuse pâtisserie qui figure dans tous les guides, parce que ça nous soûle d'attendre des heures pour un minidessert de toute façon trop sucré et dont nous ne sommes pas nécessairement fans, mais quand on est quelque part on goûte n'est-ce pas, alors on goûte. Entre ça et le café que je n'aurais pas dû boire, je sais déjà que je ne vais pas dormir pendant deux jours. Je succombe à chaque fois je le regrette, ce qui ne m'empêche pas de recommencer. Je soupçonne le café d'être un pervers narcissique, et je suis sous son emprise. Qu'à cela ne tienne, nous ne sommes pas là pour dormir ; nous le savons tous les deux et nous retournons à l'hôtel pour baptiser la chambre, c'est moins gothique et transgressif que le cloître, certes, mais plus confortable, on ne va pas se raconter d'histoires.

Je viens de voir une étude sur le fait que l'amour est de meilleure qualité à l'hôtel que chez soi dans son lit. J'adorerais, moi, être payée pour participer à une étude de ce type. « Chéri, nous allons aider la recherche scientifique : ce soir nous faisons l'amour à la maison et demain à l'hôtel, ensuite on remplit un tableau Excel pour comparer les orgasmes. » Le tout financé par le Fonds National de la Recherche Scientifique. En fait, il n'y a nul besoin d'étude, car même sans le tableau Excel, je peux affirmer que c'est mieux. Pourquoi ? Parce que :

– C'est différent. Pardon pour la lapalissade : à l'hôtel on n'est pas chez soi, il y a donc de toute façon un petit frisson d'inconnu. Même si ce n'est pas un inconnu que vous avez dans le lit *king size*, mais votre cher et tendre dont vous connaissez tous les recoins par cœur, il n'aura pas ses repères, ni ses pantoufles, vous le redécouvrirez.

– C'est propre. Il n'y a en principe pas de poils de chat sur les draps, ni de poils d'autre chose, une odeur de verveine et pas de la fondue de la veille, une literie repassée et des oreillers bien gonflés. Et pas besoin de ranger.

– C'est neutre. Le territoire est vierge, si l'on ose dire. Ce n'est pas un lit dans lequel vous vous êtes disputés, dans lequel vous avez épongé le Covid ou la gastro ou les deux, dans lequel vous avez dormi avec les enfants, éventuellement accouché (sortez cette image de ma tête), à côté duquel il y a tous les tue-l'amour possibles: photos de mariage ou pire de vos parents, dessins d'enfants, boules Quies, médicaments, crèmes, vêtements sales en boule, cahier de sudoku.

– C'est tranquille. Vous ne risquez pas d'intrusion d'enfant genre «Maman j'ai peur» ou, suivant l'âge: «Maman j'ai besoin de la voiture maintenant tout de suite elles sont où les clés» (la version avec la carte de crédit ou le document à signer de toute urgence fonctionne également). Vous pouvez faire du bruit, et mettre cette tenue vinyle que vous n'osez pas mettre chez vous. Essayez de ne pas l'oublier sous le lit en partant (ça m'est arrivé et j'ai eu une pensée pour la femme de chambre).

– C'est excitant. On se projette en couple infidèle de 5 à 7. J'aime toujours les interrogations dans les yeux de la personne à l'accueil, qui se demande si vous êtes un couple adultérin ou pas. Parfois, avec l'homme des marches du Sacré-Cœur, nous arrivons séparément dans les hôtels, et ma réputation est faite, je passe pour une traînée qui «reçoit» dans sa chambre, j'adore.

Bref, nous profitons de tous les bienfaits érotiques de l'endroit, sans oublier le minibar.

Ah non, il se produit un petit… incident. Oui, pardon pour les détails triviaux, mais il paraît qu'il faut aborder frontalement les réjouissances féminines concernant les règles, l'accouchement, la ménopause, alors voilà. Pour jouer à l'échange de fluides, nous nous aidons parfois, souvent, d'un gel lubrifiant sans produits toxiques, sans parfum, sans goût (j'ai essayé une fois d'acheter un truc poire chocolat c'était non seulement collant, mais écœurant, une horreur). Donc, dans le feu de l'action, il prend le tube de gel sur la table de nuit et me hem… badigeonne. Au bout de quelques secondes, je me dis: tiens je ne me souviens pas qu'on ait acheté un produit chauffant, parce que cela crée des sensations bizarres. Je ne dis rien pour ne pas casser l'ambiance, mais ce n'est pas confortable. À la fin de l'exercice, nous restons un moment comme deux chats étalés sur le lit, puis il se lève et je vois une bouteille de spray sur le drap. Je change de couleur.

Voici très exactement rapporté le dialogue qui suit:

– C'est ça le produit que tu m'as mis?

– Oui.

– Mais tu te rends compte?

– Non, quoi?

– C'est du spray antimoustique!!!

Il ne dit rien.

– Mais tu te rends compte, il y a des huiles essentielles et sûrement plein de produits toxiques! Je comprends pourquoi ça brûle!

– Ah ça brûle? Je suis désolé, je n'avais pas mes lunettes.

Par chance, il y a dans ces hôtels un peu ex-chics décatis ce que l'on appelle des bidets, et pour une fois, j'ai une bonne occasion de m'en servir. Mais j'avoue que l'épisode de la lotion antimoustique, je n'aurais jamais osé l'inventer, même pour une de mes chroniques. Bon, au moins je ne serai pas piquée à cet endroit-là.

À ce stade, nous avons donc consommé un dessert, ensuite le rapprochement des corps, très chaud dans tous les sens du terme, et nous allons dîner *après*. Cela se révèle finalement très opportun, car nous dénichons une petite table bringuebalante sur une placette, un boui-boui qui sert des sardines et des bouts de poulpe que l'on grille soi-même sur un petit barbecue de table, avec une huile d'olive démente, du gros sel, un bout de pain, quelques olives et du vin de je ne sais plus quelle couleur, c'est incroyablement détendu et agréable, un moment suspendu dont on se souviendra, mais c'est mieux de s'être embrassés avec la langue avant.

Nous logeons à Cascais, la villégiature huppée de Lisbonne, dans une chambre avec petite terrasse car Monsieur doit pouvoir fumer toutes les dix minutes environ. Donc, lorsque je cherche un hôtel sur une plateforme, le premier filtre, même avant « annulation sans frais » ou « petit-déjeuner compris » est « balcon ». Oui c'est une tyrannie. Oui c'est casse-bonbons. Oui nous ne dînons que dans des restaurants en terrasse même en plein hiver avec nos doudounes (nous avons d'ailleurs un problème depuis que tout système de chauffage est interdit en extérieur en France). Oui ça pue chez lui. Oui ça pue dans sa voiture. Oui c'est compliqué de prendre le train ou l'avion et de rester de bonne humeur au-delà de trente minutes (il est d'ailleurs descendu du train une fois pour griller sa clope sur le quai et n'a pas entendu la sonnerie de départ, donc je suis repartie sans lui). Oui c'est vraiment de la merde de fumer depuis l'âge de 18 ans non-stop, d'avoir une maladie pulmonaire invalidante, et de ne pas réussir à s'arrêter. Eh oui en plus c'est cher, si on additionne tout l'argent qui est parti en fumée, je préfère ne pas y penser.

Mais c'est ainsi.

Des gens super bien intentionnés et qui feraient mieux de s'occuper de leurs problèmes intimes me disent : « Mais pourquoi tu acceptes ça ? Pourquoi tu n'exiges pas qu'il arrête de fumer ? Pourquoi ? Pourquoi ? Pourquoi ? » Mais parce que je l'ai rencontré fumeur, et que je l'ai aimé comme ça. Parce que je ne suis pas sa mère et que je n'ai pas à lui dire comment il doit se comporter. Parce que c'est un choix de vie qu'il fait. Ou un non-choix. Parce qu'il souffre d'addiction et que lui dire d'arrêter de fumer c'est comme demander à un dépressif d'aller mieux. Parce que j'ai été culpabilisée une grande partie de ma vie et que je ne veux pas faire subir ça aux autres. Parce que si je lui dis « pense à tes enfants », je sais que cela n'aura aucun effet autre que de le raidir. Parce que de toute façon, ça ne marche pas. Parce qu'il n'y a qu'une seule personne qui peut agir, c'est lui-même. Parce que je m'en fous un peu aussi, j'admets ; je n'aurais jamais fondé une famille avec lui et élevé des enfants dans cette hygiène de vie, mais à 50 ans pfuit, on ne va pas perdre du temps et mettre toute son énergie à changer les gens ; que voulez-vous répondre à un être humain qui vous dit : « Quand je ne fume pas, j'ai de la peine à respirer » ? Ça lui fait du mal, mais ça lui fait aussi du bien. Je me souviens d'un collègue, alcoolique assumé, qui me disait : « Vous les sportifs, vous êtes des personnes en bonne santé qui vous rendez malades, en fait il n'y a aucune raison de vous rembourser les soins pour vos blessures, vous coûtez à la société et cela fait grimper les primes d'assurance maladie pour tout le monde. » C'est « la merde qui se fout du pot », comme on dit dans certains coins de chez nous, au lieu du fameux « c'est l'hôpital qui se fout de la charité ». J'ai peiné à expliquer qu'il valait mieux quelques séances de physiothérapie qu'une vie sous antidépresseurs par exemple, mais la cause était perdue et j'ai renoncé à attaquer la liste infinie des problèmes sanitaires liés à l'alcool, pendant que lui attaquait son troisième décilitre de blanc. Depuis notre rencontre, j'avais réussi à faire courir l'homme des marches du Sacré-Cœur à son rythme, lentement, en partant de séances d'une minute, puis deux, puis cinq et au bout de six mois, il s'était inscrit pour un cinq kilomètres à Vincennes. Au départ, c'était quand même le seul mec qui s'en grillait une en attendant le coup de pistolet, et qui courait avec son paquet et son briquet dans sa poche, pour être certain d'avoir ce qu'il fallait à l'arrivée. Et il est arrivé. Il a reçu sa médaille, toussé une dizaine de minutes et allumé sa cigarette-récompense avec la satisfaction du devoir accompli.

Je confesse que j'ai tout de même fait quelques tentatives. J'ai évoqué une fois le fait d'être esclave de quelque chose, d'être complètement dépendant, d'avoir perdu son libre arbitre au point de laisser un produit gouverner sa vie. Il a répondu que c'était ce qui le dérangeait le plus, effectivement. Avant d'en allumer une et de passer à autre chose. J'ai également tenté la métaphore chamanico-naturopatho-développement personnel: «Notre corps c'est notre maison, on y habite et on ne pourra jamais déménager. Personne n'imagine vider des poubelles ou déverser des produits toxiques sur son lit ou au milieu de son logement non, alors pourquoi le ferait-on dans son organisme? Pourquoi prendrait-on plus soin de son intérieur version immobilier que de son intérieur version enveloppe corporelle?» Il a hoché la tête en relevant que c'était une super comparaison, très efficace «d'ailleurs tu devrais faire un post sur LinkedIn». Avant d'en allumer une et de passer à autre chose (bis repetita).

L'homme des marches est dans son bain avec son verre de vin et moi en peignoir sur le balcon de notre hôtel à Cascais; je regarde la mer en me disant que finalement je suis fière de moi, de ma capacité à prendre du recul, d'accepter mon amoureux comme il est, de vivre le moment présent, d'avoir passé une super journée et blablabla. Je ne le sais pas encore, mais il me reste exactement quarante-cinq secondes avant de déchanter.

Je retourne dans la chambre et je le sens tout de suite. Il n'a pas fait ça ? !

Je débarque dans la salle de bain : « Dis-moi que tu n'as pas fumé dans la baignoire ? » Il répond que non. Je vois le briquet Bic bleu, je sens l'odeur de la clope, c'est impossible.

– Tu te fous de ma gueule ? Bien sûr que tu as fumé !

– Oui bon ça va…

– Mais non ça ne va pas ! C'est une chambre non fumeur ! Je réserve exprès dans des établissements avec terrasse pour que tu puisses fumer sans avoir besoin de descendre, bordel !

– J'étais bien, détendu, et le verre de vin appelle la cigarette, voilà c'est tout. Juste une.

– Mais ça sent, c'est dégueulasse, c'est aussi MA salle de bain, c'est irrespectueux pour moi et mes poumons. Et si ça sonne ? La chambre est à mon nom, ce sera à moi de ramasser les morceaux, tout ça parce que tu peux pas te déplacer de cinq mètres pour aller sur la terrasse ?

– Calme-toi, pas besoin d'en faire un drame pareil, j'ai fumé UNE clope, on va aérer et puis c'est fini, le dossier est clos.

– Pas du tout ! C'est une question de principe, je m'adapte à ton addiction en permanence, j'en ai marre de vivre avec un toxico, tu es prêt à te marier cinquante fois mais le seul amour de ta vie en fait c'est ça, la cigarette ! Tu lui obéis, tu lui sacrifies tout, y compris toi-même, alors tu sais quoi ? Dors avec elle, puisque ça passe avant tout !

Je sors en claquant la porte.

Ce n'est qu'une fois dans l'immense lobby marmoréen, où un monsieur en smoking joue sur un piano à queue noir verni devant des personnes qui boivent de coûteux cocktails, que je réalise que je suis nue sous un peignoir, avec les pantoufles assorties dix fois trop grandes. Et que je n'ai ni la carte de la chambre, ni mon téléphone.

Je vais m'asseoir sur un muret face à la mer. Il fait frais. J'essaie de respirer. Au moment où je me félicite d'avoir réussi à *déhystériser* ma vie (ce mot ne doit pas exister, c'est dommage), je retombe en deux secondes dans la pulsion névrotique qui m'envoie contre le mur et me gâche la vie, et celle des autres. Il ne s'agit bien entendu pas de tout accepter et d'être la conne qui tend l'autre joue, inutile de dire que j'ai toujours haï ces préceptes bibliques pseudo-pacifistes, mais de ne pas se laisser atteindre et décentrer par des choses qui n'en valent pas la peine.

Dans le cas présent, il aurait fallu dire les choses calmement, dans les yeux, et demander ou exiger quelque chose, au lieu de quitter théâtralement et ridiculement la scène. J'aimerais que tu t'excuses et que tu t'engages à ne pas recommencer. Pardon ma chérie j'ai eu tort je suis désolé. On se serre la main par-dessus le filet (*shake hands* me disait toujours mon entraîneur américain dans une autre vie, lorsque je jouais au tennis au niveau national et que parfois, déçue et/ou frustrée et/ou furieuse d'une défaite, j'étais tentée de passer tout droit sans saluer l'adversaire à la fin), je lui tends une serviette pour qu'il s'emballe dedans, on fait la gueule cinq minutes, on s'embrasse, on ouvre le minibar et on clôture l'affaire en fumant une clope sur le balcon pour lui et en mangeant un carré de chocolat noir à 90% pour moi.

Mais non.

Cela ne fonctionne pas comme ça. Nous sommes tous emprisonnés dans des schémas dont nous ne parvenons pas à nous extraire et nous nous autosabotons consciencieusement avec une ardeur que nous gagnerions à investir dans les moments de bonheur. Lui ne peut s'empêcher de fumer UNE cigarette de trop, sachant qu'il risque de provoquer un incendie et pensant stupidement comme un enfant de 4 ans que personne n'y verra que du feu (pardon pour les jeux de mots, c'est nerveux). Et moi sortant de mes boîtes pour UNE cigarette de trop, alors que le monde brûle et qu'on s'en fout de cette clope. Résultat : deux personnes qui s'aiment sont en train de se consumer de rancœur chacune de son côté, au lieu de se tenir chaud ; si l'homo était si sapiens que ça, cela se saurait, franchement.

Je me dis que quelque chose est de coin. Pas droit. Mes parents en ont bavé dans leur jeunesse, ils ont vécu une guerre, puis quitté leur pays avec un enfant de 3 ans sous le bras alors qu'ils n'avaient pas 30 ans. Mais, plus tard, à notre âge actuel, leur vie était calée, rectiligne, sans questionnements existentiels, l'horizon était clair. Après les cahots de trente-cinq ans de mariage, ils savaient qu'ils finiraient leurs jours ensemble, leurs enfants étaient loin du nid et financièrement autonomes depuis longtemps, ils avaient pu acheter un appartement pour leurs vieux jours et une petite résidence secondaire à la montagne, ils se dirigeaient vers une retraite assurée, ils savaient qu'ils auraient une rente très correcte, ils pourraient voyager, prendre soin l'un de l'autre, voir leurs amis encore jeunes et en bonne santé, apprendre à skier à leurs petits-enfants ; c'est drôle je me souviens des 50 ans de mon père, il avait reçu un vélo et j'avais fait des choux à la crème pour vingt personnes, mais je ne me souviens pas de l'anniversaire de ma mère, elle n'aimait pas les grandes célébrations qui lui provoquaient un stress ingérable. Aujourd'hui, tout est différent. Nous, les quinquas, sommes une génération précaire qui a pu s'éclater pendant les années 80 sur des bouses musicales au synthé en T-shirt Mickey avec un nœud sur le côté et une coupe mulet décolorée, qui a connu l'amour pendant le SIDA et des copains accros à l'héroïne, qui a bossé à 100% en croyant naïvement au système de prévoyance sociale et à la croissance, qui a divorcé une fois ou deux, qui a commis des enfants plus tard, qui n'a pas eu les moyens d'acheter un logement, qui a joué la carte de l'épanouissement personnel et a voulu tout avoir. Une génération qui se retrouve souvent à la ménopause ou andropause en solo, avec des adolescents ou jeunes adultes à charge, des parents vieillissants, une situation précaire au boulot où l'on fait comprendre aux employés à partir de 45 ans qu'ils sont bons pour la casse, avant de les y envoyer réellement à 50, et de les y laisser rouiller à 60, avec une digitalisation de la société trop rapide et qui la dépasse, des jeunes qui la bousculent voire la rendent responsable de l'armageddon à venir, des perspectives de retraite objectivement pas terribles, des copains qui crèvent de solitude ou de cancers précoces et cette impression d'aller de six mois en six mois en ne sachant jamais si on aura toujours un mec, un job, un gros côlon sans tumeur, de quoi aider les enfants parce que ce sera encore pire après, de quoi finir le mois, de quoi finir le moi.

Pourquoi est-ce si compliqué ?

L'homme des marches du Sacré-Cœur arrive vers le muret. Il s'est habillé, lui. J'espère qu'il a pris la carte de la chambre. Il tient deux verres de blanc et m'en tend un. Il ne s'excuse pas et moi non plus ; il s'assied et nous buvons en silence. La paix par l'alcool, c'est sa solution diplomatique, et ma foi, elle en vaut une autre. Je brise le silence et j'y vais en mode (encore un mot informatique abominable) frontal.

– Je t'aime. Je ne sais pas pourquoi mais je t'aime.

– Parce que je te considère comme une femme et pas juste comme une mère pour tes enfants, et pour moi. Et parce que j'aime les femmes de mon âge et que c'est une rareté, tu le dis toi-même. Je te trouve très belle à poil.

Il arrache ma robe de chambre et s'en va en courant dans le sable. Heureusement qu'il fait nuit. Je rigole et je ne panique pas car je cours des marathons et lui n'a qu'un seul poumon. Je le rattraperai vite. Je le rattraperai toujours. D'ailleurs ça y est, je le rattrape. Je me colle sur lui et tente de récupérer mon peignoir. Je passe mes mains derrière son cou et lui souffle :

– Je crois que c'est le moment. Je vais me refaire un gros tatouage sur l'avant-bras.

Je ne mets jamais de bijoux à part des boucles d'oreilles. Je n'ai même jamais porté d'alliance durant mon mariage. Mais j'ai toujours aimé l'idée de l'ornement permanent qu'est le tatouage. À chaque changement important dans ma vie, j'active certaines ressources : relire une énième fois l'intégrale des vingt tomes des *Rougon-Macquart* de Zola, revisionner une énième fois la version longue du *Seigneur des Anneaux* de Peter Jackson (Aragorn veux-tu m'épouser, désormais il n'y a qu'à toi que je dirai oui), tenter un marathon de plus alors que je viens d'acheter un matelas à l'américaine très haut pour pouvoir sortir plus facilement du lit à cause de mon arthrose, aller voir mon psychiatre-neurologue adoré pour me plaindre et le forcer à se débarrasser de moi en m'envoyant dans un musée connu.

Ou alors me faire un tatouage.

Le premier fait à 29 ans, sur l'épaule, après une histoire d'amour qui s'est terminée à 2 heures du matin avec un sac d'affaires jeté par le balcon, afin de marquer une nouvelle vie, un nouvel appartement, un nouveau mec, un nouveau chat. Je l'avais fait réaliser par un copain orthodontiste, ce n'était pas très professionnel, mais au moins c'était propre. Il s'agit d'un colibri, et c'était bien avant que le conte amérindien autour de cet oiseau ne soit popularisé par le mouvement du philosophe écologiste Pierre Rabhi. Il existe des tas de versions de l'histoire, moi j'avais lu quelque chose que je réécris de mémoire :

> Dans l'immense forêt d'Amazonie vit une foule d'animaux, insectes, mammifères et oiseaux. Un peu à l'écart, il y a le colibri. Toute la journée, suspendu dans de longs

vols immobiles, il est occupé à prendre avec son long bec le suc que lui offrent les plus belles fleurs. Il est si petit et semble si agité que parfois les autres animaux se moquent de lui. Mais dans le ciel, un terrible orage se prépare et soudain, un éclair plus gros que tous les autres s'abat sur un arbre mort qui prend feu aussitôt. Les flammes se répandent aux autres arbres, provoquant un gigantesque incendie. Tous les animaux terrifiés quittent la forêt. Tous, sauf le colibri ! Avec son bec, il prend quelques gouttes d'eau dans une rivière et retourne les verser dans les flammes. Puis, il revient, reprend de l'eau et repart encore et encore faisant des allers-retours aussi vite qu'il peut. Les animaux lui disent : « Tu es fou ? Tu crois que c'est avec ces quelques gouttes d'eau que tu vas éteindre le feu ? » Le petit oiseau suspend son vol et répond : « Je sais bien que je n'y arriverai pas tout seul, mais je fais ma part. » Les animaux se regardent, et finalement, prenant un peu d'eau dans leurs becs, dans leurs museaux, dans leurs pattes, ils s'élancent vers l'incendie. Et ces millions de gouttes d'eau forment une pluie si dense que le feu finit par s'éteindre.

J'ai toujours été fascinée par la puissance du collectif.

Je pleure chaque fois lorsque, dans le film *Le Seigneur des Anneaux*, le roi Théoden harangue ses cavaliers avant la bataille décisive devant la ville de Minas Tirith, et que des milliers de combattants se lancent à l'assaut des forces du mal.

« Debout, debout cavaliers de Théoden !
Les lances seront secouées
Les boucliers voleront en éclats
Une journée de l'épée
Une journée rouge !
Avant que le soleil ne se lève

Au galop !
Courez, courez à la ruine
Et à la fin du monde
À mort ! À mort ! »

Mais j'ai toujours été incapable de traduire cela concrètement dans ma vie.

Totalement réfractaire depuis l'enfance aux sports d'équipe et aux jeux de société. Systématiquement en délicatesse avec moi-même dans les situations de management. Même lorsque cela se passe plutôt bien, j'ai l'impression d'être incapable de gérer le fait de travailler en équipe, et j'ai envie d'aller me recroqueviller dans une grotte en position fœtale. Au travail, on m'a parfois appelée « la cheftaine scoute » (mais au secours) alors que rien n'est plus éloigné de moi que cette définition.

Le deuxième tatouage, je l'ai fait sur l'avant-bras droit, pour fêter ma ménopause et mon divorce (vous aurez remarqué que c'est souvent concomitant). C'était comme un rite initiatique, d'inscrire ce nouveau départ dans ma chair, avec une grande rose rouge et des perles, le message que je souhaitais véhiculer et afficher était clair : *Punk is not dead.* On vieillit, mais on bouge encore.

Je constate depuis quelque temps déjà que j'ai des taches de soleil étendues sur l'avant-bras gauche, une sorte de mélasma, merci le sport de haut niveau et les vacances à la mer de ma jeunesse sous le cagnard sans jamais mettre de crème. Je viens de refuser une demande en mariage, je viens de démissionner d'un poste important et je sais qu'il n'y en aura plus d'autre, je ne serai plus jamais cheffe de rien, déjà de moi-même c'est difficile. Je fais le tri, comme le préconisait la chamane du bain de forêt. Donc couvrir les taches + me donner un petit coup de pied aux fesses (jamais de tatouage sur les fesses par contre il paraît que ça fait horriblement mal) = *win win.*

Je retrouve donc Carlos, mon tatoueur. Le tatoueur, c'est comme le coiffeur, quand on en a un qui ne vous a jamais ratée, on le garde jusqu'à la mort. Carlos est sud-américain et ne parle quasiment pas le français. Une fois, j'ai prononcé le mot « latino », il a levé son aiguille (heureusement), il m'a regardée dans les yeux et a dit « latino c'est Italia, nos pas parler latin, nos hispano-américains ». Ce en quoi il a parfaitement raison, et je le lui ai dit, afin qu'il puisse poursuivre sereinement son travail sans faire un gros pâté sur ma peau. Mes critères sont simples, c'est l'hygiène et la rapidité du travail. Et que ce soit un minimum joli, on est bien d'accord. Alors oui, la chose se passe dans un entresol noir avec des têtes de morts partout, fréquenté par des gens très tatoués, même dans le blanc des yeux pour l'un d'entre eux, et très, mais vraiment très percés de partout ; il faut certes apprécier cette atmosphère, mais le boulot est impeccable et ils traitent les pré-mamies qui veulent encore se sentir vivantes aussi bien que leurs potes.

Première étape : le choix de la partie du corps. Je ne saurais trop recommander les endroits où les chairs vont s'affaisser le moins possible, donc pas sur les hanches, le ventre, le haut des bras, les seins ou les fesses, pour situer. Il reste donc les avant-bras, les chevilles, le dos, en gros, si on veut que la peau reste tendue jusqu'à l'EMS, et que cela fasse un sujet de conversation avec les soignants qui poseront les cathéters et changeront les couches. Deuxième étape : le motif. J'assume pleinement ma ringardise, je veux une fleur, avec des feuilles et des pétales de couleurs vives, quelque chose de réaliste et mignon qui, comme moi je l'espère, ne vieillira pas trop mal. Carlos me dit que c'est *old school* mais que ce sera bien, et me propose des roses du Japon. J'hésite avec des marguerites ; il m'imprime les deux dessins et j'ai une semaine pour réfléchir. Sixtine, Max, l'homme des marches du Sacré-Cœur et mes enfants me renvoient tous la même réponse : les roses. Va pour les roses, cela se mariera bien avec le bras droit.

Le jour fixé pour la séance de torture, j'hésite à mettre de la crème anesthésiante, mais j'ai peur que cela ne perturbe le travail de l'artiste, alors j'y vais à la sauvage, tu vas serrer les dents cocotte (mais pourquoi je dis encore *cocotte* ?), tu as accouché deux fois, dont un enfant de 4,5 kilos par voie basse, tu supporteras ça, sans péridurale, cette fois. Il pose un calque avec le dessin sur l'entier de mon avant-bras, sort ses encres, rouge, vert, jaune, blanc, noir et me dit « tou faire la confiance, on y va » ? Comme pour l'opération de l'oreille (toutes proportions gardées), je ne vais pas me barrer maintenant, j'ai ma fierté que diable. « Oui, on y va. » Alors, on ne va pas se raconter des poèmes, techniquement, ce qu'il est en train de faire, c'est d'inciser ma chair saine et d'injecter de l'encre dans la blessure. Est-ce que ça fait mal ? Ben oui. Est-ce qu'on se demande si on a bien fait de venir ? Ben oui. Est-ce qu'on ne se trouve pas un peu cinglée de payer pour souffrir et pour avoir sur sa peau un dessin que l'on ne pourra plus jamais enlever, et que l'on aura sous ses yeux tout le reste de sa vie ? Ben oui. Mais j'ai choisi. Alors je serre les dents et les fesses, mais pas les coudes, parce que mon bras est immobilisé.

Le pourtour est terminé, on fait une pause bienvenue avec un petit thé. Ça chauffe. Pas seulement le thé, la peau, surtout. Il faut essuyer un peu de sang avec du papier-ménage et se préparer mentalement à la pose de la couleur ; on va du plus foncé au plus clair, et on finit avec le blanc qui donne au tatouage tout son relief. Lorsque Carlos remplit le dernier pétale et que je souffle ouf ouf comme la respiration du chien à l'accouchement (j'exagère un peu), je suis contente que la séance se termine. Une heure et quart ce n'est pas long mais vers la fin si, en fait. Le bras est ensuite emballé dans du film plastique comme un reste de rôti que l'on met au frigo. « Tou laisses deux heures et ensuite, crème Bépanthène cinq fois par jour. » Gracias frère. Il est pas cher en plus.

Je sors et… je me sens comme si ce tatouage avait toujours été là. C'est exactement ce que je voulais. Alors certes, ça tire pas mal le lendemain, ensuite ça croûte un peu, et après, il y a des gens qui aiment et des gens qui n'aiment pas. Moi je m'en fous éperdument. Aujourd'hui, même quand je porte une chemise ou une veste, j'ai une petite fleur qui dépasse sur mon poignet et elle me met en joie ; moi je me fanerai peut-être, mais elle, jamais.

Quelques jours plus tard, l'homme des marches du Sacré-Cœur débarque de Paris. Lorsque je lui avais annoncé durant notre folle nuit de Cascais mon souhait de nouveau tatouage, il avait juste dit ce qu'il dit souvent : « Ça tombe comme un cheveu sur la soupe. » Ce qui n'était pas tout à fait faux. Et puis c'est tout, il me laisse vivre ma vie.

Il voit mon bras saucissonné dans le plastique. Son éducation vendéenne ultra-traditionnelle et ultra-catholique préconise de rencontrer une jeune femme à particule dans un rallye, de l'épouser à l'église et de lui faire dix-huit enfants portant des prénoms qui ne se donnent plus depuis Charles Martel. Dans cette bonne société, ou en tout cas qui s'autodésigne en tant que telle et fait semblant d'y croire, j'imagine que le tatouage doit être considéré comme une mutilation de prostituée ou de repris de justice, de marin, de gang salvadorien ou de sauvage polynésien, enfin rien de comme il faut, mon Dieu quelle horreur. Mais le numéro quatre de la fratrie n'a pas exactement suivi cette ligne de conduite, il n'ira pas au paradis et aime bien ce qui est un peu trash. Je crois que l'idée d'un petit doigt d'honneur à son milieu réac est loin de lui déplaire.

Il vide ses poches comme d'habitude sur une étagère, où sont disposés des livres d'art et une statue égyptienne du dieu de la fertilité avec un très gros zizi (je vous raconterai son histoire plus tard, là il y a plus urgent). Clés, cartes, briquet, paquet de clopes et tiens, une boîte de médicaments que je n'ai jamais vue. Dès qu'il disparaît pour ranger le reste de ses affaires dans la chambre, je la retourne.

C'est du Sildénafil.

Suzanne Valadon, *La Chambre bleue*, 1923
Huile sur toile, 90 x 116 cm, Musée des Beaux-Arts, Limoges

Consultation n°4

– C'est un acte manqué.

– En tout cas c'était réussi.

– C'est exactement cela, chère Madame. Selon la psychanalyse, l'acte manqué est un acte réussi pour l'inconscient. La personne qui le commet croit échouer, mais elle réalise en fait une pulsion inconsciente. Elle résout un conflit intérieur. Ce sont les fameux exemples de la personne adultère qui laisse traîner une facture d'hôtel que son conjoint va immanquablement trouver, ou du criminel qui commet une erreur ou sème un indice, parce que quelque chose en lui souhaite que ça s'arrête.

– Bon, mais là on parle juste de Viagra. Ce n'est pas comme si c'était un enjeu planétaire.

– Il y a toujours un enjeu, même s'il n'est pas planétaire. Il voulait que vous sachiez.

En lisant sur l'emballage du médicament qu'il s'agissait de Sildénafil, j'avais compris tout de suite. Il y a longtemps, comme jeune journaliste dans le cadre d'une émission d'actualité, nous avions obtenu des informations en primeur sur une molécule utilisée pour traiter l'angine de poitrine, et qui produisait des effets secondaires sur l'érection. Nous avions appris que les laboratoires Pfizer l'avaient déjà brevetée, et nous avions pu réaliser un reportage avant que le médicament ne soit mis sur le marché sous le nom de *Viagra.* L'un de nos collègues avait été malin, il avait acheté des actions de l'entreprise pharmaceutique et avait empoché par la suite un gros paquet d'argent. Moi, je m'étais contentée de tourner le reportage et de présenter l'émission, pour constater le lendemain que oui, la courbe d'audience avait bien bandé. Avec le recul, voyant l'état de mes finances aujourd'hui, j'aurais préféré être plus maligne et moins *corporate*, mais on ne revient pas en arrière, n'est-ce pas.

Tout cela pour dire que je savais exactement ce qu'était le Sildénafil. Et lorsque j'ai montré la boîte de médicaments à l'homme des marches du Sacré-Cœur et que je lui ai demandé pourquoi il ne m'avait jamais dit qu'il prenait du Viagra, il m'a répondu : « Mais ce n'est pas marqué Viagra, comment tu sais ? »

– Et qu'avez-vous ressenti à ce moment-là ?

– Je n'ai pas compris pourquoi il n'avait rien dit avant. J'aurais apprécié qu'il m'en parle en face.

– Vous lui parlez *en face* de vos traitements hormonaux de substitution ou de vos crèmes vaginales anti-dessèchement ?

Un ange passe. Je me remémore le spray antimoustique. Nous arrivons à rire de ça, mais il est vrai que je ne détaille pas non plus tout le reste.

– Vous voyez, pour un homme, a fortiori de cette génération, il n'est pas évident d'aborder ces sujets. Mais ma demande sur votre ressenti portait plutôt sur ce que cela changeait pour vous. En tant que femme. Dans la relation.

– La plupart des femmes autour de moi détestent cette idée.

– C'est vrai, toutes les études le confirment, c'est pour cela que je vous pose la question.

J'en avais immédiatement parlé à Sixtine, évidemment. Je lui ai demandé si son mari en prenait, dans la mesure où il souffrait d'une sale maladie, et je savais qu'il y avait un impact sur la sexualité. Elle avait réagi au quart de tour : « Ah non, le Viagra c'est pour les vieillards impuissants, moi ça me couperait l'élan direct. » Elle préfère donc s'accommoder d'une vie sans sexe, enfin sans sexe comme on l'entend habituellement. Une forme de compagnonnage amoureux qui a l'air ma foi assez répandu. « Il faut sortir du script pénétro-centré ma chérie. La paix des sens, la tendresse, c'est très reposant, tu sais. » Oui, et tu es la personne la moins reposée du monde, mais passons.

En bonne professionnelle de l'information, je me suis documentée ; selon les sexologues, les femmes se sentent moins désirées si c'est juste un réflexe « mécanique » et considèrent le médicament comme une « concurrence chimique ». Une rivale qui parvient, elle, à donner une érection à son homme. Eh bien il va falloir sortir de ce schéma les filles, sinon c'est pyjama party jusqu'à la fin des temps, parce que 52% des hommes de 40 à 70 sont touchés par des dysfonctionnements érectiles. Et aller taper dans les moins de 40, cela s'annonce tout de même compliqué.

– Moi, j'avoue que cela ne me gêne pas plus que ça. Je ne ressens aucune humiliation dans la démarche, je ne me sens pas atteinte dans ma séduction ou ma féminité. Au début, je me disais seulement que c'était un peu mort pour le truc improvisé sous une porte cochère, ou pour le coït bestial et transgressif dans un monastère portugais ; il faut prévoir un peu, voilà, et il l'a habilement fait jusque-là. Je ne vais pas me plaindre du fait qu'il accorde de l'importance à cet aspect de la relation. Il dit que tous ses amis du même âge en prennent aussi. Bon, ça, même si je suis journaliste formée à l'investigation, je ne vais pas aller vérifier sur le terrain.

Il sourit.

– Vous pouvez aller un peu plus loin chère Madame. Cet aveu de sa part, même s'il n'a pas été prémédité et pensé, est une marque de confiance. Cet homme vous laisse entrer dans son monde le plus intime. Personnellement, je trouve que c'est une grande avancée dans la relation.

– Vous voulez dire qu'on est un vrai couple, quelque chose comme ça ?

– Je ne sais pas, c'est à vous de savoir si vous êtes un vrai couple.

Je botte en touche, comme souvent.

– C'est rigolo, si on y pense : au moment où les femmes arrêtent de prendre la pilule, les hommes commencent à prendre la leur.

– De mon côté, figurez-vous que j'ai reçu un couple qui souhaitait relancer sa vie sexuelle en s'inspirant de tableaux de nus et érotiques. La femme tenait absolument à ce que son mari règle ses problèmes de dysfonctionnement érectile. Il a pris du Viagra. Puis… il est parti avec une autre.

– Haha.

– Eh oui, chère Madame, la pilule bleue ne peut malheureusement pas soigner le désamour.

Il re-sourit.

Décidément, on dirait presque une conversation de copines au café. Non mais franchement, à quel moment ton psy te parle de tes crèmes vaginales anti-dessèchement ? Je saisis l'occasion de tenter quelque chose.

– Je vous prie de m'excuser *cher Monsieur*. Mais serait-il possible que vous ne m'appeliez plus *chère Madame*, nous nous connaissons maintenant depuis plusieurs années et j'ai l'impression que c'est un peu, euh… compassé. Y aurait-il moyen, je ne sais pas, que vous utilisiez mon prénom tout en conservant le vouvoiement ?

– …

Pour une fois, c'est lui qui reste coi quelques secondes. Puis il me regarde droit dans les yeux.

– Que cette expression ne vous convienne pas, je puis tout à fait l'entendre, et je vais faire des efforts pour ne pas vous la servir trop souvent. Mais nous nous trouvons dans un cadre thérapeutique, qui plus est dans un exercice mental et intime. Il faut donc conserver une distance de travail.

Nous ne sommes ni des amis, ni des collègues, nous ne nous voyons que dans ce cabinet. Vous faites peut-être ce que l'on appelle un transfert, c'est-à-dire que vos émotions sont déplacées sur le thérapeute, c'est une étape normale et logique. Mais il y a un protocole que je respecte strictement avec tous mes patients, et je ne vous appellerai jamais par votre prénom. C'est justement parce que nous avons cette alliance thérapeutique que vous pouvez tout me dire. J'espère que vous comprenez cette position.

Bim.

Bien sûr que je comprends. Bien sûr. J'ai dérapé, clairement. Je me suis occupée de la mauvaise relation. L'unique question est: formons-nous un *vrai* couple avec l'homme des marches du Sacré-Cœur ? Moi seule peux trouver une réponse et mon psy me guide un peu sur le chemin, c'est tout.

– Merci beaucoup pour vos explications. Je vous prie de m'excuser, c'était inadéquat, et je saisis évidemment l'importance du protocole. Alors justement, que propose le protocole comme ordonnance ?

– Merci à vous. Faites-vous confiance. Et vous allez vous rendre tranquillement au Centre Pompidou à Paris. Il y a une exposition temporaire magnifique des œuvres de Suzanne Valadon. Elle est tellement spectaculaire que je vous autorise à voir toutes les toiles, car elles ne sont pas souvent réunies. Mais d'abord, vous irez vous immerger dans *La Chambre bleue*. Vous y trouverez beaucoup de choses, dont de la force. Mais vous n'en manquez pas. Je ne vous dis pas *chère Madame* alors… mais simplement à bientôt !

Je me lève, je récupère mon sac de *chère Madame* et je me demande si j'en ai tant que ça.

De la force.

Je me trouve sur l'escalier roulant qui monte au dernier étage, celui de l'exposition Valadon. Le Centre Pompidou, ou Beaubourg, est un bâtiment assez laid dans l'absolu mais on s'est habitué à ses tuyaux, à ce côté futuriste ringard des années 70, qui lui donne son cachet. Derrière les vitres, on a l'impression de s'élever au-dessus de Paris et d'avoir le privilège d'être là, de surplomber la plus belle ville du monde (il y a certes match avec Rome, Prague et New York dans mon panthéon, mais Paris sera toujours Paris). Je mesure aussi, tout à coup, l'autre privilège, celui de *vivre* ici à mi-temps. C'est dans la cité de mes fantasmes de toujours que j'ai fini par rencontrer un homme sur le tard et par hasard, mais il n'y a pas de hasard, il n'y a que des rendez-vous, a écrit, paraît-il, le poète Paul Eluard. Je crois que c'est aussi cela qui me lie à l'homme des marches du Sacré-Cœur, cette synchronicité, cette impression de destin écrit. Peut-être que si j'avais rencontré le même modèle de mec ailleurs et autrement, par exemple lors d'un bête déplacement professionnel dans la salle du petit déjeuner d'un hôtel Ibis à Grenoble (et je n'ai rien contre Grenoble, mais il y a eu moins d'énergie artistique à la fin du 19e siècle, disons), il n'y aurait pas eu cette petite aura de magie et je l'aurais envoyé se faire voir à la première contrariété.

Je connais un peu l'histoire de Suzanne Valadon, de son vrai prénom Marie-Clémentine, fille de la butte Montmartre, poussée dans les vapeurs d'alcool, de clope et de misère, gamine artiste de cirque, très jeune mère d'un enfant avec lequel elle aura toujours une relation tempétueuse et qui deviendra le peintre Maurice Utrillo. Elle fut modèle de peintres, maîtresse de ces mêmes peintres, maîtresse de son cul aussi, dont elle a toujours fait exactement ce qu'elle voulait en balançant des bras d'honneur au beau monde. Et puis, chez Henri de Toulouse-Lautrec, pour lequel elle a posé, et avec lequel elle a couché durant une période, elle a compris, et il a compris aussi, qu'elle avait le droit, en tant que femme, d'être une artiste. Et quelle artiste, mazette ! Ses portraits de femmes sont parmi les plus libres et les plus puissants de la période impressionniste, toujours cernés d'un trait noir, vrais, et dingues. Elle fut même adoubée par Edgar Degas, ce qui n'est pas peu dire. C'est surtout la première artiste de sexe féminin à oser peindre ce que l'on appelle aujourd'hui un *full frontal*, un nu masculin de face avec sexe à l'air, mais vu le scandale que cela a provoqué, elle a dû modifier le personnage de son tableau *Adam et Ève* et rajouter a posteriori au monsieur une feuille de vigne à l'endroit stratégique. Chaque photo prise d'elle (il y en a peu) montre un visage d'une intensité indépassable et un regard que rien ne peut atteindre.

Mais je ne connaissais pas *La Chambre bleue*.

La toile a été choisie comme affiche de l'exposition, elle ne doit pas être difficile à trouver. Elle ne l'est pas. Elle trône en majesté dans la première salle. On tombe littéralement dessus.

Elle est incroyable. Elle figure ce que l'on appelle une odalisque. Un portrait artistique inspiré des concubines ottomanes faisant partie d'un harem. Les peintres représentent généralement une femme nue, offerte, dans un écrin de draperies et de rideaux, apprêtée, une esclave qui attend d'être honorée par son maître. Mais celle de Valadon est une parodie d'odalisque, tous les codes de ce que l'on appelle désormais le *male gaze*, le regard masculin, sont ostensiblement piétinés. Elle porte un pyjama qui ressemble au pantalon d'Obélix, elle est grosse, elle ne regarde pas l'artiste mais dans le vide d'un air un peu bovin, et fume négligemment. On devine les bouts de ses tétons dans son top un peu transparent et un peu serré, mais il n'y a aucune velléité de séduction, juste une volonté d'être. On signifie au spectateur qu'elle est lettrée, car il y a des livres disposés sur son lit. Elle est encadrée d'une parure contenant des dizaines de teintes de bleu et les plantes ne sont ni des lys royaux ni des roses romantiques, mais des feuilles de vigne, clin d'œil possible aux vignobles de Montmartre ou au fameux cache-sexe que Suzanne Valadon a dû coller sur son homme nu quinze ans auparavant. Cette femme boit peut-être, couche probablement, ou l'inverse. C'est une Vénus alanguie qui fait ce qu'elle veut et vous emmerde.

Ce n'est pas une toile, c'est un manifeste d'émancipation.

Si la fille de Max peut se promener comme elle veut aujourd'hui, même si les femmes matures dans mon genre haussent un sourcil soigneusement épilé en la voyant, c'est parce que d'autres femmes, dont la Valadon, ont ouvert la route du regard féministe et *body positive*. Même si ce pseudo-mouvement est une arnaque qui nous fait croire que c'est de la dernière coolitude d'avoir de la cellulite, alors que tous les mannequins sont redevenues anorexiques, et que les people assis au premier rang des défilés de mode, et qui carburent désormais au cocktail kétamine-Ozempic, le sont devenus aussi. Aujourd'hui, on te met une meuf *plus size* dans le décor pour faire moderne, on dit la bouche en cœur et faux-derche que c'est formidable ces gens qui assument leurs « rondeurs » et pour le reste, on ne rêve que d'être maigre, quitte à se piquer dans le ventre avec des médicaments contre le diabète dont on ne sait probablement pas grand-chose des effets secondaires sur les personnes saines.

Je me dis ça devant ce tableau en sachant que moi aussi, je rêve toutes les nuits de me réveiller le matin avec la taille de mes 25 ans et avec mon ventre de l'époque, qui ressemblait à une ancienne planche à lessive, avec les abdominaux dessinés, durs et bosselés, mais cela n'arrive jamais. Je sais parfaitement que je suis complètement à la merci d'injonctions tellement enfoncées en moi qu'elles ont fusionné avec mes neurones. Je parviens à m'affranchir de certaines choses, mais je me sentirai grosse jusqu'à la fin des temps alors que je ne le suis pas (enfin, ça dépend des endroits). Finalement, souffrir de dysmorphophobie, ce n'est pas si grave, il y a pire. Je soupire. Il y a plus lourd à porter que trois-quatre kilos de trop. Et s'il te plaît regarde la peinture devant toi avec attention, au lieu de penser à ton ventre de femme slave.

J'ai toujours pensé que pour survivre, il fallait être comme une femme peinte par Egon Schiele, sèche, torturée, agressive, guerrière, une soldate décharnée du quotidien. Je me rends brusquement compte que l'on peut aussi mener un combat en restant au pieu et en fumant une clope. Malgré cette prise de conscience, je sais que pour moi il est trop tard ; je n'y arriverai pas.

Mais en quoi ce que je vois peut-il me donner de la force ?

Je peux être en couple et rester moi-même. Cela doit être possible. Je peux ne pas lâcher sur les choses importantes pour moi et lâcher sur les choses importantes pour lui. Sixtine m'a demandé un jour (il faut décidément qu'elle arrête de lire des magazines psy aussi) si le fait d'accepter les infidélités du début ne faisait pas de moi une personne *sous emprise.* Aujourd'hui, dès qu'une femme fait une concession (et une vie de couple n'est faite que de concessions, c'est le principe du vivre ensemble, faire chacun une partie du chemin vers l'autre, ou alors je n'ai rien compris et la cause est perdue), on est considérées comme étant *sous emprise*. Les mecs moins, vous aurez remarqué. Nous on est toutes des petits choux à la crème – ou devrait-on dire des choues à la crème ? – excessivement fragiles et manipulables, incapables de dire non. Faire quelque chose par amour est déjà considéré comme une capitulation, une soumission, une abdication, quelque chose de coupable et relevant du registre du syndrome de Stockholm, qui fait que l'on tombe amoureuse de son bourreau. C'est faire injure aux femmes d'abord, mais aussi à toutes les personnes qui sont réellement sous emprise, dans des relations qui peuvent provoquer des souffrances épouvantables et des drames. Ma vie amoureuse est certes chaotique parfois, mais elle m'apporte de vrais moments de bonheur. Après tout, pourquoi le monsieur qui m'accompagne dans ce bout de route devrait-il faire de la course à pied et manger du tofu ? Qu'il soit comme il est. Tant que moi, je peux faire de la course à pied et manger du tofu, cela ne m'enlève rien.

Il m'apparaît d'ailleurs que la personne qui a fait la concession la plus importante, en fait, c'est lui.

J'ai refusé sa demande en mariage. Et il est toujours là. Nous sommes toujours là. Au départ, nous étions deux fauves blessés solitaires ; au milieu de la course, nous sommes un couple non marié composé de deux fauves blessés. Ce n'est pas désagréable d'avoir quelqu'un pour aider à lécher vos plaies. On comptera les points à l'arrivée.

En sortant de l'exposition, je m'arrête au restaurant Georges, le *rooftop* du musée, car je meurs de soif. On passe devant une sorte de grotte-vestiaire qui donne sur des poufs carrés roses, cela sent la bouffe hors de prix, car il faut rembourser une fortune au « starchitecte » d'intérieur qui a imaginé le *concept*. On se croirait à la *fashion week*, au service, il n'y a que des créatures de sexe indéterminé, overdesignées de la tête aux pieds, coupe mulet graphique rasée sur les côtés et dégradée de violet, piercings et tatouages chics, fringues de créateurs *oversize* ou overmoulantes, tout est over quelque chose sauf la clientèle, en fait. On vous regarde attentivement des pieds à la tête pour voir si par hasard, il n'y a pas de la paille qui dépasse de vos sabots et si ce n'est pas le cas, on tolère que vous vous installiez à une table pour déguster un over cocktail à un over prix.

Je me délecte du spectacle, et j'hésite à commander un *Frida* composé de tequila, de pamplemousse et d'hibiscus. Si la peintre Frida Kahlo savait que son prénom sert à vendre des boissons raffinées et chichiteuses à des bobos qui paient avec la Gold, elle ferait comme Valadon, elle agonirait le monde d'injures, elle qui, pendant une grande partie de sa vie, n'aurait eu envie que d'avaler un verre d'arsenic pour mettre fin à ses souffrances.

Moi j'estime que j'ai de la chance. Il y a ne serait-ce que… allez, 120 ans, je serais probablement morte à 20 ans lors de mon troisième accouchement, ou de la tuberculose, de la grippe ou d'une autre joyeuseté. On ne s'interrogeait pas beaucoup sur les amours post-ménopause à l'époque, la plupart des femmes ne l'atteignaient pas. Aujourd'hui, je bénéficie d'une opportunité incroyable : celle de devenir une vieille dame.

Je choisis finalement un truc sans alcool avec du concombre.

Le kiosque de l'avenue de Versailles

– On ne fait que de baiser, c'est génial.

Séance de rattrapage avec Max (je sais bien que l'on ne dit plus « rattrapage » mais *update* ; nous ne sommes pas encore des machines mais ce sera bientôt le cas, et l'époque du très parisien et horripilant « on se fait un déj ? » s'est transformée en « t'as le temps pour un petit *update* ?) » Bref, il y a manifestement du nouveau dans le logiciel de mon Max, et il est en mode papillons dans le ventre, qu'il a toujours plat et dessiné, alors qu'il boit, qu'il fume, qu'il ne court pas de marathons, ne fait pas d'abdos-fessiers et ingère des quantités industrielles de nourriture… industrielle, dont beaucoup de viande et de fromage fondu, parfois les deux en même temps.

Il fréquente donc une nouvelle copine, et, je jure que c'est la vérité, elle l'emmène en Harley dans la campagne pour faire l'amour dans les hautes herbes. À quel moment Max, mon Max, celui qui s'appelle dans la réalité Armand Lamoureux, brillant ingénieur et esprit acéré revenu de tout, batifole dans la luzerne avec une motarde ?

– Et que fait-elle dans la vie, cette bucolique créature ?

– Elle est ASP, Agente de Sécurité Publique, et s'occupe de la protection des sites diplomatiques et de l'aéroport.

Vertige.

Cela me rappelle un autre ami, producteur hyperactif, qui me disait qu'il s'ennuyait avec sa compagne après quelques années de vie commune, et qui était un peu jaloux lorsque je lui racontais mes excitants voyages en TGV ; il n'oubliait d'ailleurs jamais de me lancer « tu as fait l'épilation du maillot ? » dans l'open space quand il me voyait filer à la gare le vendredi avec ma valise cabine. Je lui avais demandé ce que faisait cette femme qui partageait sa vie, et il m'avait répondu : « Elle est comptable pour une chaîne de parkings. » Malgré toutes les cellules de mon cerveau qui s'affairaient pour envoyer le signal de ne surtout pas rire, de ne pas être condescendante, ni méprisante, ni rien du tout, parce que comptable est un métier probablement plus utile que le nôtre, il m'était vraiment hors de portée de réfréner l'hilarité que provoquait cette simple phrase, elle me fait même marrer encore aujourd'hui en l'écrivant. Il s'était marré aussi d'ailleurs, et quelque temps plus tard, le couple s'était séparé.

– Excuse-moi… Elle est… agent de sécurité ? Avec flingue, gilet pare-balles, tenue de combat, tout ça ?

– Ben oui, c'est cool non ?

– Euh… tu sais, moi, ado, je militais pour une Suisse sans armée, alors ça me fait plutôt peur…

– Et tu ne sais pas la meilleure ?

– …

– J'ai emménagé chez elle. D'ailleurs il arrive quand ton Parisien ? Il faudrait que l'on se fasse un *double date*.

– Un ?

– Dobeuldéite. Une petite bouffe à quatre.

Re-vertige.

Ce n'est plus une mise à jour, là c'est un reparamétrage complet du disque dur. On lui a changé sa carte mémoire ou quoi ? « Une petite bouffe à quatre », mais depuis quand parle-t-il comme ça ? Lorsque Max avait changé de prénom, j'avais trouvé la démarche bizarre et infantile dans un premier temps, inadéquate dans un deuxième, et contre-productive dans un troisième, dans le sens où je n'étais pas certaine que cela l'aide à se réparer. Je l'avais manifesté, un peu, mais j'avais respecté son choix, car c'est ce que font les amis. Il faut que je fasse pareil avec Miss yeux revolver, sinon je vais le perdre, et sincèrement, comme il ne va pas fort ces derniers temps, je suis contente de le voir content. Même si je reste persuadée qu'il fait une connerie monstre en s'installant aussi rapidement.

– Tu lui as dit que tu ne t'appelles pas vraiment Max ?

– Pas encore.

– …

(Parfois il faut supporter un moment de silence, juste attendre.)

– Si je lui dis maintenant, on va entrer dans du sale, dans l'histoire d'un garçon qui ne s'est jamais remis de sa relation avec cette mère distante qui avait choisi le prénom Armand, car elle était prof de français et son roman préféré était *La Dame aux Camélias* d'Alexandre Dumas fils.

(Son regard part dans le vide, il parle désormais tout seul.)

– Elle aurait voulu avoir une fille pour l'appeler Marguerite. Marguerite Gautier et Armand Duval, un amour impossible, une courtisane et un bourgeois, elle le quitte en lui faisant croire qu'elle en aime un autre et meurt d'une maladie pulmonaire alors que lui, le cœur brisé, ne découvre la vérité qu'après son décès, dans une lettre. Moi, j'étais un petit être avec des testicules, que ma mère ne supportait pas, pas le bon personnage, alors j'ai grandi tout seul, avec un père qui partait au boulot à 5 heures du matin et une maman qui mélangeait la cortisone et les antidépresseurs, qui n'a jamais bossé une minute de sa vie, et qui est toujours vivante, mais aigrie et mauvaise comme une teigne. Alors comme je ne pouvais pas la tuer, car ce sont des choses qui ne se font pas dans le cadre de notre civilisation paraît-il, j'ai tué le petit garçon que j'étais. Au revoir Armand, bonjour Max. C'est ainsi que j'ai survécu. Aujourd'hui, à 50 ans, je suis divorcé, je n'ai plus de boulot, ma fille est adulte et se fiche de moi, alors je prends un nouveau départ sans cancer de la prostate et avec une femme qui me fait rire et bander.

C'est la première fois qu'une tirade de Max ne me fait pas rire, moi.

Je connais l'histoire, mais il a eu besoin de la re-raconter. Et je pense à Nana, à ma fascination, à moi aussi, pour une prostituée morte jeune au 19e siècle. Je me fais la réflexion que Max et moi sommes liés par plus de choses que nous ne le pensons, même si j'espère être moins aigrie et teigne que sa mère toxique. Franchement, je sais que l'on utilise ce mot à tort et à travers dès qu'il y a une microagression qui nous offense, mais sa daronne, elle, mérite le podium de la toxicité, non sérieusement, respect. Il n'en demeure pas moins que sa nouvelle vie provoque en moi un mauvais *Bauchgefühl.* Que l'on peut traduire par: mauvais sentiment dans le ventre. Moi ce n'étaient pas des papillons que je sentais, mais une grosse boule. Pas grosse au point de ne pas pouvoir la mettre de côté toutefois, j'ai donc souri et accepté un repas « à quatre » dans un restaurant « spécial », m'a-t-il promis.

L'homme des marches du Sacré-Cœur ne serait pas déçu du voyage.

L'idée du bistrot me fait vite paniquer. L'idée de sortir de chez moi, en fait, me fait paniquer. Quelques mois après l'opération, il faut se rendre à l'évidence, mon audition n'est pas revenue et ne reviendra pas. Il reste bien un certain pourcentage, je perçois des sons assourdis, mais la réalité est que j'entends mal, que ça m'épuise et que je fuis tous les lieux publics et potentiellement bruyants. N'importe quel son parasite, une ventilation forte, une machine à café, une musique d'ambiance, ruinent ma capacité à comprendre ce que dit mon interlocuteur. Par ailleurs, il demeure sur mon côté gauche un sentiment d'insensibilité, comme si l'oreille était encore semi-anesthésiée. Face à mon médecin, je résume la situation avec mes mots: « Mon oreille est foutue, quoi. » « Non, mais vous devrez vous équiper d'un appareil. » Techniquement, cela porte le nom délicieux de prothèse auditive monoaurale (à savoir d'un seul côté). C'est peu de dire que cela ne m'enchante pas, je crois d'ailleurs que cela n'enchante personne de porter une prothèse quelle qu'elle soit. Mais cela m'enchante encore moins de ne rien entendre. Car la personne au bout de la table qui fait semblant de suivre la conversation mais qui a décroché, maintenant c'est moi. Celle qui demande aux gens de répéter: « Excuse-moi, je n'ai pas compris » ou « Comment ? » c'est moi. Celle à qui on dit trop fort et en articulant: « Le mon-sieur te de-mande si tu veux de l'eau plate ou gazeuse », c'est moi. Celle qui a le son des deux télécommandes à fond, qui se dit: « Mais on ne peut pas mettre plus fort ? », et qui finit par cliquer sur « options » pour avoir les sous-titres pour malentendants, c'est moi.

Tralali tralala, joie et bonheur, je finis donc par pousser la porte d'un audioprothésiste. Il paraît que c'est cela le plus difficile, la démarche. On verra. Ce professionnel avait fabriqué mon oreillette pour les plateaux de télévision il y a vingt ans, il me reconnaît, il est très onctueux et empathique, il regarde mon graphique: « Ouh, c'est atypique. » Ça promet. Il me propose d'essayer un modèle assez simple, à piles, discret, je suis d'accord, pas besoin de devenir Terminator non plus, j'ai quand même encore une oreille qui fonctionne à peu près. Il me fait un moulage, et je dois y retourner une semaine plus tard. Entretemps, je remplis un document pour un remboursement par l'Assurance Invalidité, et quelques jours après, je reçois un accusé de réception qui marque l'ouverture de mon dossier. Certes, recevoir un courrier de l'AI, ce n'est pas l'événement le plus *feel good* du monde, il officialise notre bienvenue dans le monde des gens qui dysfonctionnent. C'est psychologique, on se dit que l'on a un pied dans la tombe, et l'autre qui glisse dangereusement, et que ce qui est certain, c'est que l'on ne va pas vers le beau.

Je reviens chercher mon appareil. Alors, il ne faut pas se raconter d'histoires, ce n'est pas très joli le moulage d'un intérieur d'oreille. Et tout est minuscule : la pile, le gligli pour ouvrir le compartiment à pile, l'autre gligli qui permet de ressortir l'appareil de l'oreille, la brosse pour nettoyer, la petite couronne blanche qu'il faut changer une fois par mois. Moi qui perds tout le temps mes lunettes – et chercher ses lunettes sans lunettes, je recommande – comment vais-je gérer tout ça ? Il s'agit déjà d'identifier si j'entends mieux avec cette chose, car c'est quand même cela l'objectif de toute cette aventure. Nous effectuons des réglages, dans un fauteuil en forme d'œuf ressemblant au mobilier futuriste des années 70 ; j'identifie (ou pas) des biiip, des tuuut, des hiiiiii, des mots, de la musique. Oui c'est plus distinct ici, mais au boulot, au bistrot, quand il y aura du monde ? « Vous avez un mois d'essai, vous le mettez le plus souvent possible, vous n'oubliez pas de l'enlever pour dormir, et il ne faut surtout pas le perdre ! » Merci monsieur pour ce moment de poésie, je repars avec ce machin dans son écrin comme si c'est une rivière de diamants que l'on me prête pour monter les marches à Cannes. Le problème, c'est que le monsieur susmentionné n'est pas livré avec la marchandise, il faut se débrouiller sans lui. À la maison, je commence par mettre le truc à l'envers, je n'ai pas la petite musique de départ, je manque de le laisser pour prendre mon bain, j'oublie d'ouvrir le boîtier de la pile pour la nuit et donc elle est à plat le matin, je nettoie dans le faux sens. Bilan rapide en quelques jours: pour écouter la télé c'est très bien, dans les réunions avec pas trop de monde ça va, mais une assiette que l'on pose un peu brusquement me fait sursauter, au restaurant j'entends surtout la conversation de la table d'à côté, très intéressante par ailleurs (un homme d'un certain âge regarde une image sur un smartphone et dit: «Ah je le trouve mieux en fille, de toute façon aujourd'hui, on devrait partir du principe qu'ils décident vers 12-15 ans ce qu'ils veulent être»). Mais je ne retiens pas grand-chose des gens qui mangent en face de moi. Pour les soupes avec Sixtine cela m'angoisse, parce que je m'en fous de la soupe, je veux surtout profiter de ce qu'elle dit. Je retourne encore une fois à la boutique de prêt-à-porter pour malentendants pour re-régler l'appareil, et depuis, on va dire que je m'y habitue doucement. Ouais, doucement.

L'histoire ne serait pas complète sans un petit détail: la facture. En partant, n'oubliez pas ma petite note, la voici. Le chiffre est articulé. «Pardon, combien? J'ai dû mal entendre.» Mince, je n'ai même plus cette excuse, vu que ce foutu appareil est vissé dans mon oreille. J'ai très bien ouï que ce serait très cher et que l'Assurance Invalidité verserait généreusement à peine un quart de la somme. Je récapitule: j'ai des lunettes à verres progressifs sinon je ne vois rien (une blinde), j'ai deux implants dentaires, sinon j'ai des trous (deux blindes), j'ai une prothèse auditive, sinon je n'entends rien (trois blindes). C'est simple, sans tout ça, je suis un paquet posé sur un canapé, inutile à la société, alors qu'avec, je peux encore servir un peu, en tout cas à payer mes impôts. Or, rien de cela n'est remboursé ou très peu, alors que je paie une fortune en assurance maladie chaque mois. C'est considéré, accrochez-vous pour ne pas rire, comme du... roulement de tambour... oui, du confort. L'homme des marches du Sacré-Cœur, qui possède une carte Vitale et vit depuis toujours avec la Sécu française ne comprend pas comment il est possible de payer autant pour que des ressources sanitaires vitales ne soient même pas prises en charge. Mon cerveau helvétique, une des dernières parties de mon corps qui fonctionne encore à peu près, est habitué à ce système, mais il me glisse dans les circuits neuronaux qu'effectivement, ce n'est pas complètement normal. Je crois que je vais me faire un plaisir de développer bientôt un superbe petit Alzheimer de derrière les fagots, et vivre avec encore trente ans, juste pour les emmerder et les obliger à payer des millions.

Mais on va peut-être attendre un peu. Il faut que j'aille voir ma diététicienne d'abord.

Je ne suis pas en surpoids. J'ai en revanche de l'hypertension et quelques « dépôts » sur les parois de certaines artères, et lorsque cela a été constaté dans le service de médecine nucléaire, nous avons eu cette instructive conversation avec le cardiologue :

– Madame…

(Heureusement, il ne me donne pas du *chère Madame*, lui, j'y verrais clairement un complot.)

– Oui docteur…

– Buvez-vous souvent de l'alcool ?

– Alors non. J'ai des tas de problèmes dans ma vie, et nous pouvons en parler si cela vous intéresse, mais pas celui-là, je ne bois pas.

– Ah. Est-ce que vous êtes fumeuse ?

– Alors non. J'ai fumé deux cigarettes dans ma vie et chaque fois une seule taffe, tellement j'ai trouvé cela infect.

– Ah. Vous mangez gras, ultratransformé, beaucoup de viande ?

– Alors non. J'étais végétarienne jusqu'à récemment, je suis flexitarienne par amour désormais, j'adore le tofu au curry, les légumes, le riz rouge de Camargue, les œufs, le houmous, les flocons d'avoine, les oléagineux et le pain complet, et là vous n'avez exploré que le cœur, mais si vous aviez regardé plus bas vous auriez constaté que je n'ai plus de reins, car je n'achète que du bio.

– …

– Oui le bio coûte un rein.

– (Pas de sourire) Je vois. Vous consommez des drogues ?

– Alors non. Rien ne me fait plus peur que de perdre le contrôle. Cela peut être un défaut, remarquez. Je n'ai même jamais fumé un joint, car je ne veux pas entretenir le narcotrafic, aucun dealer ne recevra jamais un franc de ma part. Mais ça dépend si le chocolat noir à 90% compte comme drogue.

– Ah. Vous travaillez beaucoup sur ordinateur je suppose, ne manquez-vous pas d'activité physique ?

– Alors non. Je suis une ancienne tenniswoman de niveau national et actuellement je pratique la course à pied entre trois et quatre fois par semaine sur des durées de quarante-cinq minutes à deux heures trente.

– Ah. Nous sommes ennuyés. Il n'y a pas tellement de lien entre votre hygiène de vie et ces marqueurs, qui sont très faibles rassurez-vous. Et cela nous fait peu de leviers pour agir. Mais votre hypertension est élevée, cela doit être génétique.

– Alors on va dire ça.

– Ah si, encore une question : quel est votre niveau de stress ?

– …

Lorsque je rapporte cet échange à Sixtine, devant un gaspacho tomate très épicé mais contrebalancé par un chouïa de pastèque, elle m'explique sentencieusement qu'il existe deux morphotypes féminins, définis en fonction de la localisation du dépôt graisseux : a) les pommes b) les poires.

– Tiens regarde, je te fais un schéma sur le set de table, propose-t-elle.

Femme en poire dite gynoïde	**Femme en pomme dite androïde**
Épaules plutôt étroites	Épaules plutôt carrées
Seins plutôt volumineux	Seins plutôt menus
Taille plutôt fine	Taille plutôt épaisse
Hanches plutôt larges	Hanches plutôt minces
Fesses plutôt rondes	Fesses plutôt plates
Cuisses plutôt adipeuses	Cuisses plutôt musclées
Jambes droites	Jambes plutôt galbées

J'identifie immédiatement le pépin: je suis en pomme. Toutes les femmes de ma famille sont ou furent des babouchkas qui n'ont aucune cellulite, mais le ventre qui, à un moment donné, avance plus loin que les seins.

– Alors tu vois, poursuit Sixtine, les femmes en poire sont celles qui sécrètent le plus d'hormones féminines et les femmes en pomme celles qui sécrètent le plus d'hormones mâles. Les hommes sont plus excités sexuellement par les femmes de type dit «gynoïde», parce qu'il y a quelque chose qui leur transmet le message que ce corps est plus à même de produire une progéniture en bonne santé, d'allaiter et de survivre. Par ailleurs, les femmes de type dit «androïde» sont celles qui réagissent le plus fortement au stress; leur taux de cortisol s'élève, et le ventre reflète le prix payé par le corps pour faire face. Et cette graisse abdominale augmente de manière significative les risques d'accidents cardiovasculaires. D'autres questions?

– Tu es une spécialiste des fruits maintenant?

– Master en sciences du mouvement, qui allie sport et biologie je te rappelle, avant d'être assise huit heures par jour devant un ordinateur à l'État. J'ai peut-être simplifié, mais en gros, c'est ça.

– Et donc les meufs comme moi qui tombent de l'arbre en forme de pomme, non seulement séduisent moins, mais meurent plus tôt? On fait quoi alors, on se laisse pourrir dans un coin en attendant d'être pénétrées par un misérable petit ver de terre ?

– Haha. Non. Toi tu vas lutter pour ta taille et moi pour ma culotte de cheval. Les femmes en poire comme moi ont un gros cul en goutte d'huile et de la cellulite, c'est moche aussi, qu'est-ce que tu veux que je te dise ?

– On demande un prix de gros (c'est le cas de le dire) pour une liposuccion ? Et on se réinjecte ta graisse des fesses et ma graisse du ventre dans les seins et les cernes ? C'est écolo ça comme démarche non ? Les trois R : récupérer, recycler, réutiliser, rien ne se perd tout se transforme, yeah !

– Deal.

– Si je fais mon marathon en moins de quatre heures, je te jure qu'on le fait !

La diététicienne m'explique les pics d'insuline à l'aide d'un petit schéma (décidément tout le monde m'explique l'univers à coups de schémas, à croire que l'on n'a plus la capacité de comprendre quelque chose s'il n'y a pas un support visuel, vive la génération PowerPoint) avec des courbes. Il s'agirait de lisser celles du graphique et accessoirement un peu les miennes, si c'est possible, parce que j'aimerais perdre un peu de graisse abdominale. Attention aux fruits (pas que les pommes et les poires hinhin), cela représente beaucoup de sucre, éviter les jus de fruits, même frais pressés. Manger salé le matin, cela me convient, je suis tchèque, mon père ouvrait une sorte d'affreux pâté dans un petit boyau pour le petit-déjeuner et ma mère m'envoyait à l'école avec des tartines de saindoux saupoudrées de sel, j'ai mis quelques semaines à lui expliquer que tout le monde se moquait de moi et que je voulais de la confiture comme les autres, alors que pourtant le gras et salé, je trouvais cela très bon. Tout ça pour dire que je suis vaccinée, et je sais que le premier repas de la journée n'a pas à être un dessert ; pain noir fromage œuf avocat, mais on n'ira pas jusqu'aux sardines, faut pas déconner. Ensuite, essayer de faire en sorte que l'assiette de midi et du soir ait la forme du logo *peace and love*, un tiers glucides, un tiers protéines, un tiers légumes. Moi qui ai toujours détesté l'herbe chaude (c'est ça un légume cuit non ?), je vais m'y mettre, après tout c'est comme avec un Parisien fumeur et de droite, en se poussant un peu, on peut y prendre goût. Ce qui est génial, c'est que j'ai droit à un quatre heures, avec un fruit, des oléagineux (mais pas le paquet entier de noix de cajou comme je suis capable de le faire, juste une dizaine, misère, mais je les mâcherai longuement) et surtout, les deux carrés de chocolat Lindt à 90% (je sais, c'est gras mais passer à un carré c'est encore prématuré). J'ai testé des dizaines de marques, de taux de cacao et de grands crus, et j'en reviens toujours à celle-ci, il y a cinq ou six plaques en permanence dans mon frigo ; avec l'humour et l'amour, c'est la base de la survie.

Je repars avec mon programme, sachant que je ne dois pas faire de dingueries alimentaires non plus, car dans quelques semaines, je cours le Schneider Electrics Marathon de Paris. Je m'amuse en pensant à ma nouvelle nutrition, dans la perspective du restaurant « spécial » avec Max et sa nouvelle créature. Je ne suis pas absolument certaine de contenir mes pics d'insuline, ni mes pics d'autre chose d'ailleurs, lors de cette petite cérémonie.

Et le jour J arrive.

– Nom de Dieu !

Je souffle à l'oreille de l'homme des marches du Sacré-Cœur. Oui, on peut ne pas croire du tout au bon Dieu, mais être à court de vocabulaire parfois.

Il y a des posters de Harley Davidson sur tous les murs, et même des vrais morceaux de motos, ainsi que des images de la route 66 ; les tables sont en bois brut, les gens tatoués et bagués de têtes de mort, un peu vieux hardeux avec des coupes mulets d'époque. Non, pas celles des minets et minettes (et je ne sais pas comment on dit en neutre) de la chanson contemporaine, qui veulent que tu t'intéresses à leur musique mais qui eux, ne te parlent que de leur non-binarité, de leur identité, de leurs souffrances et de leurs effondrements psychologiques ; mais chantez-les bien au moins, vos effondrements par pitié ! Et on sera touxtes d'accord ! On s'en fout que vous soyez garçon/fille/les deux/rien, on veut des artistes qui, par leurs œuvres, nous transportent, nous fassent rêver, pleurer, rire et réfléchir… bref bref bref, je ne sais pas pourquoi je pense à ça, ah si, la coupe mulet.

Nous retrouvons Max et sa chérie. Elle est brune et petite, bras musclés et ventre plat, la salope, ni en pomme ni en poire plutôt en petit rectangle ou non, en triangle inversé avec les épaules solides. Très souriante, la personne toujours de bonne humeur ravie de sa vie et de la crèche. Salut, salut, on fait les présentations et on regarde la carte.

Il y a vingt-deux sortes de röstis.

La version de base avec les pommes de terre râpées rôties à la poêle dans du beurre serait trop simple. Lard, œuf, bacon, fromage à raclette, reblochon, fromage de chèvre, gorgonzola, saucisse, oignons, curry, ananas, poireaux à la crème, steak, poivrons, etc. Et si jamais il reste un petit creux, il y a également huit sortes de cordons-bleus et des tonnes de bidoche, rien que de voir les assiettes des tables voisines, j'ai la tête qui tourne et la nausée, et pour une fois ce n'est pas un problème d'oreille. L'homme des marches du Sacré-Cœur et moi faisons notre choix de röstis assez simples, fromage-œuf pour moi et avec un bout de steak pour lui (évidemment). Je me dis que j'ai trois semaines pour digérer ça avant la ligne d'arrivée.

L'équipe d'en face se lèche le museau, on dirait deux petits chiots qui se mordillent. Avec mon amoureux nous sommes assez démonstratifs, du style à se tripoter en permanence sous la table, à passer la main sur la cuisse et sous la chemise, mais se rouler des pelles au moment de la commande quand on invite des amis, c'est peut-être un peu surjoué, ou alors c'est moi qui vieillis, je ne sais pas. Il y a tout de même un moment où ils se souviennent de notre présence, la gardienne des forces de l'ordre me regarde.

– Alors, il paraît que tu écris des livres ?

– Oui, c'est exact.

– Oh moi le dernier que j'ai lu je devais avoir 15 ans. Je crois que c'était un SAS.

– …

La soirée va être longue. Elle se tourne vers mon compagnon.

– Et toi tu habites à Paris ?

– Oui, mais là momentanément, j'ai un contrat de travail en CDI à Genève.

– Paris c'est super, non ? Le Lido, le Moulin Rouge, haha.

Suit une sorte de clin d'œil égrillard signifiant quelque chose comme : tu es un mec tu dois kiffer ça. La soirée va définitivement être très longue.

Soudain je vois, comme dans un brouillard, la fille qui, à un moment donné, pose son arme de service sur la table, et moi qui lui dis que cela me met mal à l'aise et que non, ce n'est pas possible.

– Ne t'inquiète pas elle n'est pas chargée.

– Ce n'est pas le problème, cela ne se fait pas dans un endroit public, et même dans un endroit privé en fait ; ce n'est pas un stylo ou un téléphone, genre.

– Désolée, pour moi c'est juste un instrument de travail.

– Oui mais si tu dînes avec un médecin il ne va pas sortir une seringue, un paysagiste ne va pas sortir son râteau, un pâtissier ne va pas sortir son robot ménager et moi je ne vais pas sortir mon ordinateur portable.

Max nous interrompt en disant que j'ai raison et que c'est mieux qu'elle range l'objet de la discussion. Ce qu'elle fait.

Et puis je sens quelque chose qui bouge sous la table, il s'agit d'un chien, un truc atroce avec un nez plat, des pattes courtes et des grandes mâchoires ; elle nous explique que c'est un bull-terrier et toute la conversation du repas part sur les chiens, alors que je n'aime que les chats, refrain connu. Je laisse glisser le gras du rösti dans mon œsophage, en me demandant forcément ce que Max fout avec elle, bordel.

Lorsque nous rentrons, le cœur lourd et l'estomac aussi, je tente, comme on me l'a expliqué dans une formation de deux jours intitulée « Donner du feedback et faire du recadrage constructif », de commencer par le positif. Ce qui, en l'occurrence, n'est pas facile.

– Max a l'air heureux. Tu as vu ? Il est souriant et très amoureux.

– À mon avis, il ne va pas bien du tout.

L'homme des marches du Sacré-Cœur a beaucoup de défauts, mais il possède une grande qualité : il « sent » assez bien les gens. Il ne parle pas pour ne rien dire, et lorsqu'il aligne trois mots, on les « sent » généralement passer.

– C'est une danse qu'il fait avec lui-même, il se persuade que c'est subversif et génial comme crise de la cinquantaine. Mais il va se faire chier.

Il est tard, je m'enroule autour de lui pour essayer de dormir avant mon premier réveil nocturne vers 2 heures. Je n'ai pas bien écouté ce qu'il a dit.

J'aurais dû.

Le lendemain, nous partons faire un petit footing dans la campagne avoisinante, enfin soyons clairs, à Genève, ce que l'on appelle la campagne, ce sont des propriétés à millions avec des chevaux dans des boxes et des Porsche Cayenne devant, il ne faut pas trop se figurer le truc rural qui sent le purin. Nous sortons de chez moi et passons devant ce que nous appelons « Le Triangle d'or », à savoir l'hôpital psychiatrique, l'hôpital gériatrique et de fin de vie, et la prison cantonale, en nous disant comme chaque fois que nous finirons dans au moins l'un de ces trois établissements. Nous trottinons paisiblement au bord d'une rivière renaturée. Je précise que nous trottinons, car nous sommes à la limite de la marche rapide. L'homme des marches du Sacré-Cœur souffrant de sa bronchopathie et vivant avec sa capacité pulmonaire réduite de 40% ne va pas très vite. J'avoue que cela m'arrange, car moi non plus. Je suis dans la phase dépressive dite de l'affûtage, mes entraînements diminuent, en volume et en intensité, et les pleurnicheries augmentent, en volume et en intensité aussi. Chez moi, ces semaines de retour au calme avant la compétition n'affûtent rien du tout, au contraire, je ne sais pas pourquoi, à chaque fois je m'écroule, alors que je devrais être en pleine possession de mes moyens, sachant que j'ai été bonne élève, que j'ai fait le job trois ou quatre fois par semaine pendant quatre mois et que je devrais être prête. Eh bien non. Toutes les blessures, tensions, triggers, contractures, tendinites, sciatiques, périostites sortent d'un coup comme si elles s'étaient retenues pendant toutes ces semaines et que le corps se relâche. Je mets des Thermacare sur le bas du dos et des patchs anti-inflammatoires à peu près partout ailleurs, je dors mal (la routine), je panique, en oubliant que j'en ai déjà fait cinq, mais que ce sera comme à Amsterdam où j'avais abandonné au 32e kilomètre à cause de vertiges. J'ai mal partout. Au moral surtout. En conséquence, je geins et j'emmerde tout le monde sur le mode de « je n'y arriverai pas », « pourquoi tant de haine », « j'en ai marre de faire des efforts et de ne recevoir aucune récompense » (cette même plainte revient d'ailleurs régulièrement dans d'autres domaines), « qu'est-ce qui m'a pris », « pourquoi est-ce que je m'inflige ça en plus de tout le reste » et autres ruminations négatives. Je ne sais pas si je m'autoflagelle pour que l'on me rassure, ou que je me prépare psychologiquement à devoir digérer un échec et à pouvoir dire que je le savais et que je l'avais bien dit. Je suis tout bonnement incapable de tenir un discours simple et gentil vis-à-vis de moi-même du genre «je ferai au mieux, je ne joue pas ma vie, il faut que j'essaie de prendre du plaisir, et voilà». J'ai besoin de ce fonctionnement doloriste je crois, de souffrir pour me sentir en vie. Tant que je peux courir, je ne suis pas encore morte.

Lorsque j'avais 13 ans, j'ai eu un grave accident, une chute idiote due à mon côté casse-cou, pour ne pas dire casse-couilles, à ma non-obéissance et à ma tête dure comme un casque à boulons. Nous étions en vacances en famille à Rome pour Noël et Nouvel An et nous visitions le port d'Ostie. Je voulais aller là où c'était interdit (forcément), j'ai grimpé sur un mur et marché sur une toiture en plaque ondulée bitumée. De là-haut, j'ai aperçu une chatte avec une portée de petits, et j'ai voulu redescendre rapidement pour aller les voir; en retournant sur mes pas j'ai sauté sur la toiture, qui était fine, et elle s'est brisée sous mon poids. Je suis tombée sept mètres plus bas, à quelques dizaines de centimètres d'un mur contre lequel je me serais fracassée. Je me souviens m'être mise en boule comme j'avais appris à la faire en cas de chute pendant mes leçons d'équitation, et j'ai vu défiler toute ma vie, même si elle n'avait duré que treize misérables années. J'ai dû m'évanouir un moment et je me suis réveillée sur le dos. Comme dans les dessins animés, j'ai bougé mes bras, mes jambes et je me suis dit ouf, tout va bien, car mon premier souci était que j'allais me faire salement engueuler. J'ai donc essayé de me soulever et c'est à ce moment-là que j'ai compris que non, ce n'était pas ouf. Mon dos me faisait affreusement mal et m'empêchait de bouger. J'ai donc dû hurler. Je vous laisse imaginer une famille tchèque, ne parlant pas un mot d'italien, terrifiée par l'idée que l'on puisse la renvoyer avec un aller simple à Prague, n'ayant pas encore de passeport suisse, et errant d'hôpital en hôpital sans comprendre pourquoi il fallait changer d'établissement, avec une adolescente couchée dans la voiture, ayant potentiellement la colonne vertébrale fracturée. Ne me demandez pas pourquoi il n'y a pas eu d'ambulance, je n'en sais rien. Nous nous sommes retrouvés à l'Ospedale San Eugenio, le 31 décembre, avec un diagnostic de cinq apophyses lombaires fracturées et quelques côtes aussi. Je suis restée couchée sur le dos pendant une dizaine de jours sans pouvoir bouger du tout, avec les éraflures dorsales qui moisissaient dans les draps et surtout sans trop savoir si c'était grave ou pas, dans la mesure où on me piquait des aiguilles dans les pieds plusieurs fois par jour pour vérifier si j'avais encore des sensations. J'avais reçu du panettone et du champagne (que je ne pouvais pas boire) à mon arrivée, mes parents et ma petite sœur, effondrés par cette soirée de réveillon, avaient compris que les vacances étaient fichues et qu'ils devraient venir m'apporter les repas. Les bonnes sœurs s'occuperaient des soins et le Dr Palma (je crois), qui parlait un peu français, s'occuperait de ma colonne. Ce fut indéniablement ce que l'on peut appeler une expérience. Un jour, ils ont décidé de me mettre un corset et d'autoriser mon père à me ramener à la maison en voiture. En partant, mes parents ont demandé au fameux Dr Palma comment faire pour payer. Il a répondu, et c'est véridique: « cioccolato », du chocolat, et nous sommes partis. À Genève, les médecins ont déclaré qu'ils n'auraient rien pu faire de mieux ou de plus, et m'ont laissé mon corset. Je n'ai pas perdu mes jambes. À la pédiatrie, ils m'ont dit que je pourrais rejouer au tennis en juin, après six mois; à mi-février j'étais sur les courts. Cet épisode reste assez flou dans mon esprit, mais je sais parfaitement qu'allongée sur mon lit, observant les tapisseries moisies qui se détachaient du plafond, sans pouvoir lire, manger, boire, ou faire mes besoins sans aide, je me suis juré, à 13 ans, que je prendrais soin de mes jambes jusqu'à ma mort et que je profiterais de ce qu'elles peuvent me donner. Il faut entre 60 000 et 70 000 foulées pour terminer un marathon. Moi, chacun de ces pas me conduit là où tous les chemins mènent : à Rome.

Et bien entendu, nous avons envoyé à l'Ospedale San Eugenio un paquet entier de plaques de chocolat suisse.

Il me semble que l'homme des marches du Sacré-Cœur est plus enthousiaste pour le marathon de Paris que moi-même. Il me regarde préparer les poudres, la maltodextrine, les gels, le dossard, les épingles à nourrice, la sacoche ventrale, les chaussures, les chaussettes de compression, le short avec cuissard intégré, le T-shirt du Stade Genève, la casquette, les lunettes, les AirPods, la montre cardio Polar, le sac poubelle de 110 litres pour ne pas avoir froid au départ. Lui m'a fait découvrir les sex-shops et moi le monde merveilleux de la course à pied, deux manières de sécréter des hormones de plaisir avec son corps, mais disons qu'avec ma méthode, il y a plus de courbatures à la fin. Il tient absolument à faire un repérage de tout le parcours en scooter, et nous déterminons des rendez-vous sur le parcours, je me déporterai sur la droite à ces endroits, et il me donnera des ravitaillements, des encouragements et surtout, je l'espère, de la force. J'aurais pu poser des œuvres d'art tous les dix kilomètres, toutes celles que j'ai visitées grâce à mon psy, mais ça aurait été un peu compliqué au niveau de l'intendance, alors il faut que cela vienne de lui. Nous convenons de points de rencontre au 9e kilomètre, au 22e à la rue Daumesnil après le semi-marathon, après le terrible passage psychologique du 32e kilomètre à l'avenue de Versailles, avant le faux plat du boulevard Exelmans et le bois de Boulogne, et enfin, à l'arrivée. Il devra se déplacer à moto ou en métro entre chaque lieu, ça devrait aller.

Le matin de la course, j'enfile méticuleusement mon uniforme, comme un soldat qui part à la guerre, avec ses munitions. Je sais que ce sera dur, mais après tout, j'ai payé pour ça et comme le disent souvent des panneaux d'encouragement du public au bord de la route, surtout vers le 35e kilomètre quand on a envie de mourir : *remember that you love it !* C'est marrant, il y a eu des moments où j'ai eu besoin de me dire la même chose avec l'homme des marches du Sacré-Cœur : souviens-toi que tu l'aimes. Sinon j'aurais peut-être bien abandonné.

J'ai dans la tête un petit dessin qui m'aide considérablement dans ces situations. Il est tout simple, allez, je vous le fais rapidement et vous constaterez que le coup de crayon n'est pas héréditaire, mon père était assureur et peintre amateur, il avait également un beau talent de caricaturiste, moi au mieux, ça donne ça :

Mais je promets que ça aide. Que ce soit pour un mec ou pour un marathon.

Winston Churchill ne disait pas autre chose : *"If you are going through hell, keep going"*, « Quand tu traverses l'enfer, continue d'avancer ». Je ne me doutais pas à quel point j'aurais besoin de ça.

Bientôt.

Je me retrouve donc en tenue de combat, emballée dans mon sac poubelle avec deux trous pour les bras et un pour la tête, sur l'avenue des Champs-Élysées à 8 heures du matin ; le ciel rougeoie encore un peu, le temps est incroyable, beau et frais, exactement ce qu'il faut. Nous sommes 50 000 parqués derrière des vaubans, à piétiner dans des hectolitres de crachats et de sueur de stress, dans des bananes écrasées et des vieux vêtements que l'on abandonne en partant, comme si on laissait sa vie derrière soi. J'embrasse mon amoureux, nous prenons des photos, je suis bravache comme toujours, un timide sourire figé, maintenant que je suis là il va falloir y aller, mais au fond j'ai peur, très peur. D'avoir mal, de mourir, de m'arrêter, de vomir, de ne pas obtenir la médaille fabriquée en Chine, parce que tout ce chemin de croix mène à cet objet symbolique, je crois d'ailleurs que c'est le seul sport où chaque personne qui passe la ligne, on dit un *finisher*, a droit à une récompense et pas seulement les trois premiers. Cela se comprend, il est beaucoup plus impactant pour un organisme de courir cinq heures sans arrêt avec son hypertension, ses muscles amateurs, son gras abdominal et ses emmerdes de boulot en boucle, que deux heures et des poussières quand on est un professionnel affûté comme un avion de chasse. C'est pour ça qu'on la veut la médaille, et qu'on la met autour du cou lors du retour à la maison même si c'est ridicule. Lorsque je rentre d'un marathon, en avion ou en train, je la porte sur moi car j'ai peur de la perdre.

– À tout à l'heure. Au kilomètre 9.

– Tu vas y arriver, ma chérie.

Le départ est sublime, le marathon vous confère une certaine dignité. Surtout au début.

Après on en perd beaucoup aussi, on se surprend à vomir devant les gens, baisser son short pour se masser une fesse, il n'y a plus aucune barrière de pudeur lorsque l'on doit gérer ses craintes, sa course, ses blessures, sa fatigue et ses besoins corporels pendant 42 kilomètres. Je me demande également, sans vouloir employer les grands mots (les grands maux ?) si ce n'est pas un moyen de nous reconnecter à notre humanité, aussi. Dans une société où nous n'éprouvons plus le froid, la faim, soif, la peur (nous sommes anxieux et angoissés, ce qui n'est pas pareil), ni l'épuisement physique total, dans un monde où notre besoin le plus primaire est désormais d'avoir un bon réseau wifi, nous recréons des conditions extrêmes afin d'expérimenter l'unique moteur de notre passage sur Terre : survivre.

Non ?

Les premiers kilomètres sont de l'ordre du plaisir, descendre la rue de Rivoli, passer devant le Louvre, l'un de mes endroits préférés sur la planète, fouler le bitume parisien en étant encore en bonne forme et capable de sourire, se dire que l'on a de la chance d'être là. En sachant que cela ne durera pas. Petit ravitaillement tranquille à Bastille au 5e kilomètre et au 9e, j'entends la voix de l'homme des marches du Sacré-Cœur sur le bord gauche de la route. Je m'arrête, tout va bien, photo, bisou, j'y vais à tout à l'heure mon cœur, on se voit au semi. Le tour du parc de Vincennes est un peu ennuyeux, les premiers tiraillements apparaissent sous le genou gauche, les fascias vont m'emmerder je le sens, il y a devant moi (oui devant, mais je vais le dépasser plus tard, satisfaction personnelle intense) un gars déguisé en Obélix et qui court avec un menhir ; alors j'imagine bien que le menhir n'est pas en pierre, et je me dis que ouais ouais ouais c'est de la triche ce n'est pas un vrai Obélix, mais tout de même, il y a des gens qui courent en se mettant exprès des kilos supplémentaires sur le ventre, je lui refile volontiers les miens s'il veut, en échange de sa potion magique. Un peu plus loin, il y en a un qui court pieds nus, j'avoue que c'est pour moi un concept relevant de la pure science-fiction. Personnellement, je mets de la crème norvégienne tous les soirs pour que la peau reste souple parce que les pieds crevassés me dégoûtent, quand je dois marcher de ma serviette de bain jusqu'à l'eau sur une plage et qu'il y a trois graviers ou deux galets, je hurle de douleur. Pour ce qui est de courir sur le bitume, je bénis chaque jour les mecs qui ont inventé l'amorti dans les semelles des chaussures de running, mousse, cuir, gel, air injecté, crème fouettée, ressorts, mettez tout ce que vous voulez tant qu'il y a un effet pantoufle. Cela dit, ça ne m'a pas empêchée d'y laisser plusieurs fois des ongles, que j'essayais péniblement de camoufler sous du vernis noir en attendant que ça repousse, ce qui prend tout de même six mois. Mais aujourd'hui j'ai bon espoir, dans mes Saucony Endorphin Pro, qu'avec un nom comme ça, même si je cours comme un pied, je préserve mes orteils.

Nous arrivons tranquillement au semi-marathon, donc 21,0975 kilomètres, et cela commence tranquillement à peser sur l'organisme. Je passe tout juste en moins de deux heures, ce qui est très bien, mais je sais que je vais ralentir durant la deuxième moitié. Je prends mon quatrième gel (caramel au beurre salé, très pâteux, vivement qu'arrive celui au citron). La course n'a pas encore commencé, elle débute véritablement vers les 30 kilomètres, qui seront au niveau du Trocadéro. Les amis parisiens nous ont mis sur le parcours la petite spécialité des tunnels au bord de la Seine, qui descendent d'abord (yaay) et montent ensuite (pas yaay). Sous le pont de l'Alma, au niveau du 13ᵉ poteau, je me dis que je ne vais pas finir ici comme Lady Di et que ça va, je bouge encore, mais lorsque j'attaque la remontée, il y a un coureur à côté de moi qui téléphone à sa femme, en soufflant et en agonisant, manifestement : « Chérie j'en peux plus, mon corps n'est que douleur, je crois que je ne vais pas y arriver, tu ne te rends pas compte, c'est affreux… », je m'éloigne de la litanie en me disant qu'il ne faut pas que je me laisse contaminer par ça, et cela m'oblige à accélérer un peu (on se comprend, ce n'est pas comme quand on met le mode électrique sur un vélo, hélas), et dans la bagarre je perds une petite bouteille de ma boisson isotonique. Je la vois chuter et le flot des gens qui passe dessus, si je me baisse je risque l'accident, laisse tomber, laisse tomber, ce n'est pas grave, au 32e kilomètre ton homme sera là avec le Coca-Cola de la mort et de l'amour, ingrédient indispensable pour survivre aux pavés du bois de Boulogne.

Je passe les 30 kilomètres en tenant vaguement encore un rythme, consciente du fait que la bataille commence, et qu'au-delà des 35, ce sera la guerre. Dans deux kilomètres, l'homme des marches du Sacré-Cœur m'embrassera, m'encouragera, me ravitaillera, me requinquera, me ressuscitera, et je volerai au-dessus du bitume comme une libellule jusqu'à l'avenue Foch. Je prends mon sixième gel, je rêve d'un burger-frites, l'ischio-jambier gauche tire, la hanche droite aussi, je me demande si je ne suis pas en train de fabriquer une cloque ou un ongle noir, un pas après l'autre, évite le mur, le fameux mur, ce moment où les réserves de glycogène dans les muscles sont épuisées et où il faut puiser dans les graisses comme si on était un moteur hybride, mais on a beau avoir des graisses dans lesquelles on aimerait bien puiser, ce n'est pas aussi simple que dans une voiture. À propos de voiture, il doit bientôt y avoir le garage BMW ou Peugeot je ne sais plus, que nous avions repéré sur la gauche, et ensuite, alléluia, le kiosque de l'avenue de Versailles à droite où se tiendra l'amoureux qui, comme dans les putain de contes de fées, va me faire revivre d'un baiser.

Je vois l'endroit, je me déporte, je lève les yeux.

Il n'est pas là.

Michel-Ange, *David*, 1501-1504
Marbre, 517 cm de hauteur, Galleria dell'Accademia, Florence

Consultation n°5

Mes courbatures post-marathon s'estompent tranquillement, je suis même en mesure de monter l'escalier pour me rendre chez le Dr Maunoir. C'est encore laborieux du côté des quadriceps, je me tiens à la rampe, comme une petite vieille, et c'est comme la drogue, on sait que la descente sera pire que la montée.

Je m'assieds, ou plutôt me laisse choir, comme un sac poubelle qui tombe dans une benne, au fond du fauteuil en face de lui, ne sachant pas très bien si j'arriverai à en ressortir sans une grue ou un treuil pour m'aider. Je sais que ce geste est effroyablement puéril, mais je lui montre ma médaille, comme si je voulais qu'il soit fier de moi, comme si je voulais lui dire que *chère Madame* était encore capable de faire ça, comme si j'étais un enfant qui quémande l'approbation et les félicitations de ses parents pour un joli dessin, comme si j'étais une patiente qui vient dire merci docteur, grâce à vous je vais mieux.

– Vous m'impressionnez, chère Madame, c'est un très gros effort physique et mental et une longue préparation. Vous avez en vous plus de force que vous ne croyez. Vous n'aurez bientôt plus besoin de moi.

Oh que si.

Je lui narre rapidement les péripéties de la course.

– Au moment où vous avez réalisé que votre compagnon n'était pas à l'endroit prévu au 32e kilomètre, que s'est-il passé dans votre tête ?

– Étonnamment, pas de tragédie, pas de drama, pas de panique. J'ai d'abord pensé que l'endroit convenu était plus loin, ailleurs, je l'ai cherché des yeux, je me suis dit quelque chose comme « mais il est où sa mère ? », et puis, très rapidement, j'ai commuté mon cerveau en mode guerrier. Il n'est pas là, très bien, pensée suivante s'il vous plaît, la course continue, il faut y aller sans lui, sans le Coca, je n'ai pas l'espace mental pour réfléchir à ça, hue cocotte avance. Tiens encore ce mot *cocotte* qui apparaît, Nana n'est jamais loin.

– C'est exactement ce qu'il fallait faire. Les spécialistes de préparation mentale pour athlètes appellent cela le STOP. S-T-O-P. S'apercevoir que quelque chose ne va pas, Temps pour respirer, Observer et prendre acte de l'environnement et de ce qui reste à faire et Procéder, c'est-à-dire rester focus sur l'objectif et mettre en marche les outils dont on dispose pour continuer. Vous l'avez fait à l'instinct, c'est formidable.

Pourtant, cela n'avait pas été sans mal.

Et tout n'était pas si glorieux. Dans le bois de Boulogne, alors que les cadavres sportifs s'amoncelaient au bord de la route, crampes, vomissements, abandons, mon moteur mental était la *Schadenfreude*, ce mot allemand intraduisible qui veut dire se réjouir du malheur de l'autre, en gros. Je me répétais : ils sont en train de crever et moi je cours toujours, héhé. Enfin non, pour le héhé je n'avais plus l'énergie. Si un participant avait vraiment été en danger de mort, je ne sais pas si j'aurais eu la lucidité de m'arrêter pour l'aider. J'espère. Quand même.

C'est ainsi que j'ai vu défiler les kilomètres, alors que je ne sentais plus mes jambes, dures comme du béton. Et soudain, au 40e, à la sortie du Bois, avant d'entamer les derniers virages menant vers l'avenue Foch, lui, l'homme des marches du Sacré-Cœur ! Il courait à côté de moi en criant mon prénom et il avait la fameuse flasque de Coca à la main. S'il ne m'avait pas appelée, je ne l'aurais même pas vu. Je me suis arrêtée, mais deux secondes, car je savais que je ne serais plus capable de repartir, j'ai pris la bouteille avec moi et c'est à ce moment qu'il a prononcé ce mot formellement interdit : « Accélère ! »

Au 40e.

« Accélère ! »

Je crois que j'ai dû l'insulter. Ou alors un petit « ta gueule » a pu sortir de la mienne. Je savais que je n'y arriverais pas en moins de quatre heures, je savais que je n'en étais pas loin, je savais aussi que je pouvais faire plein de choses dans la vie, y compris finir cette course et vivre encore longtemps après, mais s'il y avait une chose dont j'étais absolument certaine, c'est que juste là maintenant, je ne pouvais pas accélérer. J'ai vaillamment franchi la ligne d'arrivée en 4h01. Il m'avait dit « accélère » pour que je termine en 3h59, mais je n'ai pas réussi. Ma première pensée a été que je voulais la médaille et le T-shirt *Finisher*. Ma deuxième pensée a été que j'avais envie de m'évanouir. Ma troisième pensée a été que mince, j'avais perdu mon pari avec Sixtine et que je n'aurais pas droit à une liposuccion avec réinjection des graisses dans les seins.

– Qu'est-ce que cette course a apporté à votre relation, à votre avis ?

– Mmmh. Que malgré tout, quand il faut, il est là. Il n'a pas réussi à venir à notre rendez-vous du kiosque de l'avenue de Versailles parce qu'il était bloqué par la circulation, les métros et les routes fermées, et nous nous sommes manqués, voilà. Mais il n'a pas lâché. Il a trouvé moyen. C'est drôle, il y a des gens qui m'ont dit : si tu ne t'étais pas arrêtée trois fois pour l'embrasser, tu aurais fait moins de quatre heures. Ils n'ont rien compris. Si je ne m'étais pas arrêtée trois fois pour l'embrasser, j'aurais probablement mis 4h15, parce que seule, c'est plus dur. Comme dans la vie, souvent.

Petit silence.

– C'est moi, ou je vois une ombre dans votre regard ? Un voile plutôt.

– …

Il m'agace, il me transperce à chaque fois. Et c'est comme pour le marathon, je paie pour ça, j'y vais pour me faire du bien, mais cela passe par me faire du mal.

– Madame ?

– Je… je ne sais pas, j'ai une boule au ventre depuis quelque temps, alors qu'il n'y a aucune raison, les choses sont apaisées avec l'homme des marches du Sacré-Cœur, mes enfants vont très bien et deviennent des adultes incroyables, je n'ai plus la charge mentale du poste de cadre en management et je m'en félicite tous les jours, j'ai accompli l'exploit sportif dont je rêvais, mais j'ai peur. Encore et encore. Je suis une enfant qui a grandi en ayant des angoisses tout le temps, une personne qui fait des cauchemars en permanence, toujours les mêmes, avec des moyens de transport que je n'arrive pas à prendre, des départs qui ne se font pas, des obstacles qui empêchent les déplacements. Et ces temps, c'est très présent.

– Je ne peux pas vous dire ce qui provoque cette anxiété, je ne me hasarderai pas à des interprétations psychanalytiques sur l'influence que peut avoir l'exil brutal que vous avez vécu petite fille et dont vous n'avez aucun souvenir, même s'il s'agit d'une hypothèse séduisante. Ce n'est pas le sens de notre travail et ce sera votre choix de faire une psychanalyse ou pas. Je ne peux que vous dire que vous vous êtes construite avec cela, que cela fait partie de vos fondations et que vous devez vivre avec le mieux possible. Mon propos est de vous aider à traverser le présent avec vos bagages. S'il y a des déplacements dans vos rêves récurrents, c'est qu'il y a des valises et des bagages n'est-ce pas ?

– Oui, toujours. Et soit ils m'encombrent, soit je les perds.

– Vous ne vous en débarrasserez pas. Jamais. C'est votre vécu, vos névroses, votre histoire. Il faut juste ranger cela à la bonne place, dans la bonne armoire, vous savez que c'est là, présent, que cela vous accompagne, c'est parfois lourd à porter, mais cela ne vous entrave pas, ne vous gêne pas, ne vous paralyse pas, ne vous détruit pas. Le fait que vous fassiez des rêves récurrents montre qu'il y a encore des choses qui ne sont pas là où elles devraient se trouver.

– Et comment je les déplace ? Je loue un van chez Ikea ?

– (Sourire) Même pas besoin. Par votre travail intérieur. Ce que vous faites, affronter, vous confronter, avancer. La pesanteur que vous sentez ces jours est liée à un événement particulier à votre avis ?

– Justement, je n'arrive pas à mettre le doigt là-dessus. J'ai un ami qui n'est pas très en forme, cela me perturbait, mais ça a l'air d'aller mieux. Il vient de m'envoyer un message selon lequel il aurait retrouvé un travail à temps partiel, il a une nouvelle compagne, donc il n'y a pas de raison que je me fasse trop de souci. Je dois être fatiguée.

– Vous prouvez tous les jours que l'un de vos points forts est la ténacité, vous avez souvent l'impression que ce combat perpétuel vous épuise, mais vous ne vous rendez pas compte qu'il vous nourrit aussi, et vous récompense, pas seulement en médailles en toc, mais aussi en moments de bonheur. Apprenez à accueillir ces moments de bonheur. C'est ce que nous emmagasinons qui nous aide également à tenir lors des épreuves. Voilà que je m'exprime comme un prêtre, il est temps d'arrêter.

Il a raison, tellement. Je me plains sans arrêt de ce qui me fait avancer, en fait. Je rêve de repos, mais je fais tout pour ne jamais en avoir.

Je ne réponds pas, j'attends mon tableau. Je veux mon tableau. Mais ce ne sera pas un tableau.

– Vous irez à Florence. D'abord, vous avez mérité les pâtes les plus al dente qui existent, et les meilleures glaces à la crème de la planète.

– Je vous jure qu'à un moment, j'ai vu des pizzas pleines de mozzarella et de rondelles de salami piquant danser devant mes yeux pendant la course, mais les pâtes en Italie, c'est difficile de faire mieux effectivement. Et à part ça, Botticelli ou Michel-Ange ?

– Michel-Ange.

– Évidemment. On parle de se battre.

– Exactement. La sculpture du David. Ce n'est pas juste un homme nu, vous verrez.

Oui je verrai. Mon psy vénéré ne sait pas que je possède une carte postale du David au-dessus de mon bureau, j'ai littéralement toujours un sexe d'homme sous le nez, si je puis dire. Il ne sait pas non plus que parfois, parfois, j'imagine que lui, le viking christique qui débriefe si intelligemment ma vie, ressemble un peu à ça. À poil.

– Attendez, je vais vous aider à vous relever, chère Madame.

La vraie vie nous rattrape vite.

Nous ressemblons présentement à un jeune employé d'un service de soins à domicile, qui aide la mémé à qui il vient d'apporter un repas ignoble mais équilibré et réchauffé au micro-ondes, à se déplacer jusqu'à la table pour qu'elle puisse manger sa purée alors que lui doit filer parce que c'est désormais comme pour les postiers, le temps est compté, il ne dispose que de quelques minutes par patiente.

Je soupire et je souris.

La carte postale, je l'ai quand même. Et je vais voir le vrai.

***

– *Con la panna signora* ?

Évidemment *con la panna caro Signore* ! Je suis dans la plus ancienne *gelateria* de Florence chez *Vivoli*, et je veux un gobelet de stracciatella avec la crème fouettée par-dessus, on ne vient pas en Toscane pour manger des bols de chirashi saumon-avocat. Je m'assieds sur un escalier et je savoure ma glace en fermant les yeux. Le froid du mélange fior di latte, lait entier, soupçon de vanille, avec le croquant des paillettes de chocolat noir et l'onctuosité un peu grasse de la chantilly provoquent ce que les jurés de l'émission *Top Chef* appellent une explosion en bouche. Celle-ci peut être comptabilisée dans le tableau Excel des orgasmes dont on se souvient.

Je me prépare mentalement à faire face à l'imposante statue du *David* à la *Galleria dell'Accademia*. Je l'ai déjà vue, il y a fort longtemps, lorsque j'étais adolescente, et dans mon souvenir, il n'y a pas beaucoup de recul dans la pièce que ce personnage biblique occupe entièrement.

Je sais pourquoi je suis là.

David, c'est le fils de berger encore adolescent qui se propose spontanément pour affronter l'invincible géant surarmé des Philistins, le dénommé Goliath. Il triomphe du monstre en lui envoyant une pierre dans le front à l'aide d'une simple fronde. Le géant tombe à terre, David lui prend son épée et lui tranche la tête. L'idée, si je la formule avec mes mots simplistes, c'est que le petit peut gagner s'il a la foi. Que rien n'est jamais perdu.

Lorsque mes enfants adolescents devaient faire face à des difficultés, scolaires, sportives, relationnelles ou de confiance en soi, nous regardions le film *Le Seigneur des Anneaux*, et je leur disais vous voyez, l'humanité est sauvée grâce aux Hobbits, des êtres petits et aux pieds nus velus qui n'ont ni la force, ni la prestance, ni l'argent, ni le pouvoir, ni la culture, mais ils ont le courage; le mot courage vient de cœur et avec le cœur on peut tout surmonter. Généralement cela fonctionnait assez bien. Jusqu'au prochain épisode de vie, où on se repassait une énième fois les dix heures de film en version *uncut*.

Michel-Ange avait manifestement une autre vision du « petit » qui parvient à abattre le puissant. Je traverse le musée (je suis toujours surprise de l'entassement un peu bordélique des musées italiens, mais c'est ce qui constitue aussi leur charme) sans trop regarder le nombre invraisemblable de bustes et de statues, pour pénétrer rapidement dans LA salle ronde, celle que tout le monde vient voir, la chambre du David. Figuré par Michel-Ange, le « petit » est immense, il mesure 5 mètres 17 de haut, et pour un jeune berger, il a le corps délié et délicatement musclé d'un dieu grec, totalement glabre sauf sur le pubis, les cheveux parfaitement ondulés, le regard au loin, la fronde posée nonchalamment sur l'épaule gauche, la pierre cachée dans la main droite disproportionnée, trop grande et dans laquelle je vois instantanément celle de l'homme des marches du Sacré-Cœur, qui possède de très grandes mains rassurantes et sèches, très efficaces dans la recherche du point G et qui n'ont qu'un défaut, celui de sentir la clope. Le petit, le faible, est ici incroyablement puissant et sûr de lui, aucun trait tiré par le stress ou l'effroi, enfin si pardon, un froncement de sourcils qui dénote une inquiétude et un tantinet d'hésitation. C'est pour cela qu'il nous touche autant.

Michel-Ange, contrairement aux autres artistes, a choisi de représenter David *avant* le combat. Son attitude s'appelle un *contrapposto* nerveux, c'est-à-dire que le poids du corps repose sur une seule jambe, et la ligne des hanches et celle des épaules s'inclinent dans des directions opposées. Il a surtout choisi de sculpter un mec canon, pour rester dans le langage guerrier. Les obliques, les muscles situés des deux côtés de l'abdomen, sont probablement les plus beaux du monde.

Pour moi, c'est un deuil. Accepter de voir un corps musclé que je n'aurai plus jamais. Pour une personne qui a connu le sport de haut niveau et, malheureusement, les troubles alimentaires qui vont souvent avec, voir son corps vieillir et se ramollir, enfler aux mauvais endroits et ne plus répondre au quart de tour lorsqu'on lui demande quelque chose est un moment insupportable. Dans un magazine de course à pied, au chapitre « Masters » (oui nous ne sommes plus des « Vétérans » comme avant, mais des « Masters », ce qui est probablement moins offensant et plus inclusif, ce qui n'empêche pas que nous avons des artères et des tendons de vétérans, mais on fait semblant de croire que non), donc dans un chapitre « Masters », il y avait un article intitulé « gérer le déclin ». C'est exactement ça. Courir pour essayer de ralentir la chute, tout en effectuant un travail d'acceptation colossal. Aussi colossal que cette statue.

En quoi ce que je vois peut-il me donner de la force ?

Je sais.

La pierre. Le marbre. Michel-Ange avait 25 ans lorsqu'il a sculpté le David. Dans un bloc réputé intravaillable et qui avait été abandonné par d'autres artistes. Il a prononcé, paraît-il, cette phrase bouleversante : « J'ai vu un ange dans le marbre et j'ai seulement ciselé jusqu'à l'en libérer. » Pendant trois ans, taper sur de la pierre, puis la caresser encore et encore jusqu'à ce que le moment de grâce apparaisse et que tout le reste disparaisse. Il a dû laisser une branche d'arbre derrière le mollet droit pour que la statue tienne debout, pour l'équilibre. Je tourne autour du David, je regarde les fesses qui me plaisent et que je toucherais bien, je m'appuierais bien contre, je me dis que ce corps-là restera pour l'éternité. Cela me rassure infiniment. Le mien, malgré tous mes efforts, non. Et celui des gens que j'aime non plus. Nous ne sommes pas en marbre. Nous sommes humains.

Heureusement.

Et hélas.

L'allée 12 près de la statue

– Tu sauverais quoi chez toi en cas d'incendie ou d'inondation ?

– Tu veux dire à part mes enfants, évidemment, mon mec, quand même, et mon chat, forcément ?

Nous sommes avec Sixtine devant une légère soupe miso dans laquelle flottent des carrés de tofu sans goût, mais ce n'est pas mauvais. Nous avons également commandé des sashimis et des brochettes de poulet avec du fromage fondu et du riz parce que nous avons faim et que nous sommes trop amorties pour prétendre à des carrières de mannequins ; même chez les seniors elles mesurent 1 mètre 80 et sont maigres avec des liftings, parce que si tu es maigre et âgée, généralement le visage est chiffonné comme celui d'Iggy Pop, sur lui c'est perçu comme sexy, mais une femme qui ressemble à un iguane, ce n'est pas considéré comme socialement acceptable. Le vieux monde était misogyne certes mais le nouveau l'est toujours. Alors foutu pour foutu, je vais prendre un mochi aussi, merci.

– Oui, ça c'est facile, les êtres vivants que tu aimes et tout le tralala, me rétorque Sixtine, mais en fait ma question est : avec quels objets est-ce que tu as un lien affectif ? Donc pas ton passeport ou ton téléphone hein. J'ai lu un truc là-dessus et c'est un exercice super instructif.

– Ah, le test de ton magazine psy, j'imagine.

– On s'en tape, réponds.

– Je suis très prévisible, tu sais parfaitement ce que je vais dire.

Nul besoin de roulement de tambour pour énumérer ma liste.

Les tableaux d'Egon Schiele qui m'accompagnent dans mes salons successifs depuis plus de quarante ans. Enfin, des tableaux non, ce sont des posters encadrés, malheureusement. Une fois, j'étais invitée dans un immense appartement à la place de la Taconnerie en vieille ville de Genève, chez une personne très (mais vraiment très) riche, et j'ai immédiatement repéré un Schiele authentique dans le petit salon. J'ai demandé à mon hôte comment il l'avait obtenu et il m'a regardée d'un air extrêmement surpris, avant de répondre en haussant les épaules qu'il l'avait acheté. Naturellement, suis-je bête, chez ces gens-là on peut s'acheter un Schiele si on en a envie, alors que nous on hésite à prendre les courgettes bios à la Coop parce qu'elles sont quand même beaucoup plus chères que les pas bios. J'emporterais aussi le *Nana* de Zola édition de 1880, *Les Faux-Monnayeurs* d'André Gide, livre sur lequel j'ai écrit mon mémoire de lettres, la médaille du marathon de Paris *of course*, et un ange miniature offert par mon homme et qui est sur ma table de nuit. Avec ça, je suis tranquille. Peut-être la petite statuette égyptienne du dieu de la fertilité, avec son énorme zizi. Lorsque j'avais une femme de ménage, elle la tournait systématiquement en direction du mur, pour que la chose disproportionnée se voie moins. Ce bibelot n'a aucune valeur, mais il me rappelle le tout premier voyage avec mon ex-mari, une descente et remontée du Nil en bateau de croisière. Lors d'une visite, nous nous sommes bien entendu retrouvés en pause comme par enchantement juste devant des stands d'artisans qui proposaient des sculptures de dieux divers et variés, ainsi que des scarabées ou autres bimbloteries. Je me suis permis de dire à un moment donné, pour couper l'insistance d'un vendeur, que non, je n'achèterais pas ses merderies parce que je ne trouvais pas ça beau. Il nous a regardés, et en souriant, avec un gros clin d'œil, il a dit : « Je sais ce qui vous plairait, venez dans la boutique. » Il a sorti cette statuette au sexe surdimensionné, et nous avons éclaté de rire. Et acheté le truc. Au prix fort, cela va de soi. Parfois, de parfaits inconnus vous scannent mieux que les gens qui vous connaissent depuis toujours. Je n'ai jamais voulu me débarrasser de cet objet, même lorsque le phallus s'est cassé après une chute, je l'ai recollé avec de la colle UHU, et voilà, il a une cicatrice. Ah oui, je prendrais encore les plaques de chocolat à 90% dans le frigo, ce serait dommage de laisser perdre.

Je retourne la question à ma copine.

– Et toi ? Tu sauverais quoi ?

– Mon Womanizer.

– Ton quoi ?

– Mon Womanizer. Mais oui… enfin ! Tout le monde connaît, excuse-moi. Le sex-toy différent, tu ne te souviens pas des pubs ? « Il n'y a pas de mal à se faire du bien », « L'orgasme est un droit de l'homme, et surtout de la femme ! », « Vous allez crier votre propre nom ! » Ce n'est pas un objet oblong pour simuler un sexe masculin, mais une sorte de stimulateur clitoridien qui fonctionne par succion. Moi j'aurais choisi comme slogan : « Vous allez adorer recevoir cet aspirateur ! » Ça existe depuis dix ans et sérieusement, tu n'as jamais essayé ? Plus besoin d'homme. Bon, je le sauverais aussi, tout de même. L'homme.

Elle se marre et les mochis farcis de haricot rouge arrivent. Nous parlons de Max, et je lui raconte l'effrayante soirée à la cantine des bikers.

– Je lui ai envoyé un message le lendemain en lui demandant s'il avait bien dormi, merci pour le repas, les formules convenues, en évitant soigneusement de dire ce que je pensais de sa meuf, et tu sais ce qu'il m'a répondu ? Attends, je te lis : « Merci lady, ça va gentiment de mieux en mieux ».

– Il a utilisé le mot « gentiment » ? Max ?

– Oui, sérieux, quelle personne de moins de 90 ans écrit ça ?

Le soir, je suis seule à la maison, l'homme des marches du Sacré-Cœur se trouve à Paris avec ses enfants. Je mange face à la porte vitrée, comme ça j'ai la vue sur une partie du jardin, et du côté droit, je fais aussi face à une étagère que j'aime beaucoup, car il y a des objets essentiels posés dessus. À la naissance de chacun de nos enfants, nous avions acheté une bouteille de Bordeaux de leur année de naissance, à déguster pour leurs 18 ans. Ce que nous avons fait, et je ne me souviens pas si c'était bon ou pas, d'ailleurs je m'en fiche, je voulais juste garder les bouteilles, pour les transformer en bougeoirs. Comme ça, je les ai sous les yeux tous les jours, c'est joli, et c'est une présence de mes enfants désormais adultes, ainsi qu'un symbole de tout le chemin que nous avons parcouru ensemble. Elles sont posées juste sous ma reproduction préférée de Schiele, un dessin noir et blanc, encadré sous verre, une femme semi-vêtue, douce, un dessin moins torturé que les autres.

Je prends une bouchée de mon gratin d'aubergines et j'entends un petit bruit, comme un sifflement ou un glissement. Tout à coup, dans un moment irréel, je vois le bord supérieur du cadre du tableau qui se casse, et comme dans un interminable ralenti, tout qui descend, emportant les deux bouteilles au passage, l'ensemble s'écrasant dans un fracas épouvantable sur le carrelage de la cuisine.

Du verre dans toute la pièce et moi, impuissante, en état de sidération, qui commence à sangloter au-dessus de mon assiette, comme si c'était ma vie que j'avais vue déraper vers la destruction et le chaos. Comme si ce que j'aimais et qui m'avait construite gisait par terre, en morceaux, définitivement irréparable.

Le moment reste suspendu mais heureusement, dans le cerveau, la (sur)vie reprend le dessus. Le chat, bordel, le chat, il ne faut pas qu'il marche sur le verre cassé ! J'enferme donc l'animal dans la chambre, et je constate l'étendue des dégâts. Je ne crois pas qu'il y ait quelque chose de plus triste que de ramasser ce qu'on aime avec une balayette en plastique. On aurait envie de se ramasser comme ça soi-même, aussi, et de se foutre à la poubelle avec. Je récupère le tableau cartonné qui, heureusement, est juste un tout petit peu abîmé. Mon fils rentre de l'entraînement et mesure le désastre, dans la cuisine et sur mon visage. Il récupère les étiquettes des bouteilles de vin et me console : « On va réencadrer le tableau maman, et on va bricoler quelque chose avec les étiquettes, tu verras. » C'est un moment de bascule, lui l'adulte et moi l'enfant qui pleure parce que son jouet préféré est cassé. Mais le fait qu'il soit là, solide, m'empêche de me complaire dans la parano victimaire, à laquelle ma mère par exemple faisait régulièrement appel, avec des phrases comme : « Qu'est-ce que j'ai fait pour mériter ça ? » ou « Il y a quelqu'un qui m'en veut là-haut » ou encore « Il n'y a rien qui va, tout est contre moi ». J'essaie de conserver ce que l'on appelle une contenance, à défaut de dignité.

Et dès le lendemain, je me remets en mode guerrier, je trouve un encadreur dans la commune, et je me lance sur le web à la recherche des deux bordeaux millésimés. Des heures. Je trouve le premier assez facilement, mais l'autre est épuisé. Moi aussi. Pourtant, il faut que je le déniche quelque part, je dois impérativement récupérer les deux, c'est un challenge psychologique, un besoin idiot peut-être, mais profond, mon

Koh-Lanta, mon Pékin Express, ma Diagonale des Fous, mon UTMB[2], mon Everest à moi. En dernière chance, j'écris directement au domaine d'où il vient, le Couvent des Jacobins. Surprise, on me répond très vite, ce qui, à notre époque, relève déjà du miracle, car plus nous disposons de moyens de communication, moins nous parvenons à nous joindre, dans la mesure où la stratégie contemporaine consiste à filtrer les messages et les appels, à ne pas répondre à tout ce qui nous fatigue et à espérer que cela tombe de la table et ne revienne jamais dessus. Un collègue cadre m'avait expliqué très doctement qu'il ne répondait qu'aux mails des chefs et aux messages urgents qui mettaient en péril l'entreprise; pour le reste, il laissait mariner. Ceux qui étaient vraiment motivés allaient insister, quant aux autres, ils trouveraient bien une autre personne pour s'occuper de leur problème. Extrêmement fier de raconter sa méthode de connard. J'étais donc en extase devant le mail du maître de chai *himself*, qui m'indique qu'effectivement, ce millésime est épuisé, mais qu'exceptionnellement, vu mon histoire et mon attachement à cette date, ils sont d'accord de me sortir une bouteille de la réserve spéciale, de surcroît à un prix tout à fait correct. Enthousiasmée par le geste, et tant qu'à faire, je commande cinq autres bouteilles de diverses années.

Résultat, les conséquences de ce petit incident domestique ont leur prix, mais cela équivaut à quelques séances chez le psy, finalement. L'encadreur m'avait dit: «Je vous fais une attestation "bris de verre" et votre assurance ménage remboursera.» Haha. Pardon c'est nerveux. J'ai fait un dossier complet, photos, compte rendu, factures, déclaration de sinistre. Là, par contre, on vous répond vite: ah non, ça on ne paie pas, article tant alinéa machin, même pas désolés,

2. Ultra Trail du Mont-Blanc.

allez juste vous faire voir ailleurs, et surtout continuez à bien payer vos primes. Je précise que je n'ai eu aucun sinistre en trente ans, à part un vol de vélo, qu'ils n'ont pas payé non plus. Mais ce n'est pas grave, il n'y a pas besoin des assurances pour être rassurés sur le fait que la vie continue.

Je suis maintenant sur le canapé du salon avec mon masque LED. Enfin, celui de Sixtine. Elle en avait acheté un car elle avait lu quelque part (je me demande bien où) que non seulement cela unifiait la peau, stimulait la production de collagène, aidait à faire disparaître les ridules et les imperfections, mais faisait aussi repousser les cheveux, et elle trouvait que depuis les symptômes de ce que l'on appelle élégamment la périménopause, elle en perdait un peu trop. C'est intéressant, on aimerait perdre du poids et prendre des cheveux et on se retrouve à perdre des cheveux et prendre du poids. La vie continue, comme je le disais plus haut, mais elle est quand même super mal faite, des fois. Le pire est que cela avait fonctionné. Pas vraiment sur la peau, Sixtine se déclarait désormais prête pour le Botox « tant que ça ne paralyse pas le cerveau, ça ne me fait pas peur », mais sur les cheveux oui, ils étaient nettement plus drus. Je l'avoue à ma grande honte, moi qui suis en infobésité permanente et ultra au courant de plein de choses inutiles, je n'avais pas vu passer cette tendance de la thérapie cosmétique par la lumière à pratiquer chez soi. Lorsqu'elle m'en a parlé, je lui ai dit : « Attends, on parle d'un truc sans piqûre, sans chirurgie, sans avoir besoin de se déplacer ; d'un truc que l'on pose sur le visage et qui ne fait même pas mal, qui permet de rajeunir en regardant une série ? Et personne ne m'a rien dit ? Mais tu vas me filer ce masque droit direct à la seconde ! » J'ai reçu l'engin, pas monstrueusement glamour certes, on a l'air d'un personnage raté de *Star Wars* avec, mais à la limite, comme cadeau, c'est mieux qu'un robot de cuisine connecté, encore que le résultat du robot de cuisine serait peut-être plus immédiatement visible. Cela se charge sur un port USB, on nettoie son visage, on met le masque, on attache derrière la tête avec un velcro, on appuie sur un bouton, plein de petites lampes rouges et jaunes s'allument et voilà. On ne sent rien, même pas une minichaleur. Et au bout d'une dizaine de minutes, ça s'éteint tout seul. Cela ne sert à rien de se ruer devant le miroir, l'effet n'est pas immédiat, il faut de la patience, et répéter l'opération trois à cinq fois par semaine pendant au moins un mois. Un soir, l'homme des marches du Sacré-Cœur était rentré et m'avait vue avec mon déguisement de Dark Vador ; d'abord terrifié et ensuite mort de rire, il avait demandé si ce n'était pas « mauvais pour les yeux » et je m'étais figée, parce que je laissais toujours les yeux ouverts et même, je mettais mes lunettes par-dessus pour lire ou regarder la télévision. Mais il avait raison et pour une fois, je l'avais écouté. Désormais je ferme les yeux pendant les dix minutes.

Et je me demande si ce n'est pas juste ça qui fait du bien, en fait.

Je sens vibrer mon téléphone, une notification. Lorsque je veux consulter le message, le système de reconnaissance faciale Face ID se met en route, mais avec mon déguisement il ne me reconnaît pas le pauvre. Tu m'étonnes, je me reconnais pas moi-même ! Je rigole et je compose le code. C'est le Couvent des Jacobins qui m'annonce que les bouteilles, dont la précieuse de l'année de naissance de ma fille, sont envoyées dans une caisse scellée et qu'elles seront remises en mains propres. Je suis priée de les informer lorsqu'elles seront arrivées.

J'enlève mon masque, estimant que je suis assez belle comme ça, et je me rends dans le jardin, où mon amoureux est en train d'installer une boule à facettes sous le séquoia, afin que nous puissions danser des slows langoureux au milieu de la nuit.

– Alors ?

– Je n'y arrive pas, elle ne tourne pas. Et je ne comprends pas pourquoi.

– Ce n'est pas grave, même si elle ne tourne pas, on pourra mettre *Still Loving You* des Scorpions et se tripoter pendant cinq bonnes minutes. Est-ce que tu te rends compte que c'est un plaisir que nos enfants n'auront jamais connu ?

– C'est vrai. Et comme ils ne pratiquent pas vraiment le rock, la valse ou le tango non plus, en fait, ils dansent sans jamais se toucher.

Le slow. On parle bien de ce moment merveilleux où la lumière s'éteint et qu'il ne reste plus que la boule à facettes, justement. Ce moment merveilleux où on se love dans les bras d'un mec que l'on ne connaît pas forcément et que l'on ne reverra peut-être jamais. Ce moment merveilleux durant lequel on découvre en musique à quoi peut ressembler le désir. Ou pas. Les couples se formaient, se reniflaient, se touchaient, se frottaient. On posait la tête sur l'épaule quand cela nous plaisait, on attendait ou on redoutait la main qui remontait le long de la nuque ou descendait le long des fesses. C'était aussi le rude apprentissage des râteaux. Avec Sixtine, on faisait des paris idiots : « Allez, le troisième qui vient t'inviter, tu es obligée de l'accepter. » Et si le pauvre jeune homme était disgracieux et/ou relou et/ou sentait la transpiration, ou les trois en même temps, cela pouvait être excessivement long, une chanson. Mais si le garçon nous plaisait, cela pouvait aussi être excessivement court. *Purple Rain* de Prince par exemple, c'était le défi ultime : si tu n'arrives pas à mettre la langue sur cette chanson, copine, tu n'y arriveras jamais ! Eh bien voilà, nos enfants n'auront jamais connu ces pré-préliminaires en position debout et cette insouciante école de la vie. Aujourd'hui, ils trouvent cette promiscuité incongrue, inconvenante et malaisante, alors qu'ils ont pourtant tous visionné du porno à 12 ans. Oui, l'époque a changé, mais je ne peux m'empêcher de penser que dans cette période où l'on prône sans arrêt la décroissance, le ralentissement, la slow food, la slow fashion, le slow sex, le slow tourisme, le slow management (ce serait bien que l'on m'explique exactement le concept), et même la slow productivité (ou l'art de l'accomplissement sans burnout, je suis fan), il faudrait à toute vitesse réhabiliter le slow tout court. Je sens à nouveau mon téléphone vibrer dans ma poche.

Je regarde mon amoureux.

– On dansera même si elle ne tourne pas. Je t'aime.

Et je réponds.

Au début je n'entends rien d'autre qu'un souffle un peu saccadé. Je répète mon prénom auquel j'ajoute un « allô » en me disant que c'est encore une erreur et qu'une voix suisse allemande va me dire « bisch du Peter ? », non ce n'est pas Peter merci *auf Wiedersehen.*

Le souffle continue.

– C'est Sandra.

Je ne connais pas de Sandra.

Et soudain, en une fraction de seconde, je comprends. Non je percute, c'est exactement le mot, ou plutôt je suis percutée.

J'ai l'impression que tout le sang de mon corps se fige d'un coup et que chacune de mes veines se remplit de glace. Mon système nerveux sympathique s'active et entraîne une sécrétion massive d'adrénaline et de cortisol. Mon taux de sucre s'effondre, mon tonus musculaire aussi, mon esprit s'embrouille, mon rythme cardiaque s'accélère, ma pression artérielle augmente, je suis paralysée, en état de stress maximal, mon organisme se prépare à entendre ce que je ne veux pas entendre.

– C'est Sandra. Tu te souviens de moi ? Je suis l'ex-femme de Max.

Elle n'a aucune raison de m'appeler.

Elle n'a même pas mon numéro de téléphone.

Elle a une seule raison de m'appeler.

– Je... Max est décédé. Je suis désolée. La police a pu déverrouiller son téléphone et j'ai trouvé ton numéro dans ses contacts.

– ...

Je tombe, dos contre le tronc de l'arbre. L'homme des marches du Sacré-Cœur s'assied à côté de moi et me prend par les épaules. Max qu'est-ce que tu as fait nom de Dieu ? Je sens, je sais, que ce n'est ni un accident, ni un crime, ni un arrêt du cœur, ni rien de ce genre. C'est un arrêt tout court. Je mets le haut-parleur. J'ai envie de dire : « Qu'est-ce qu'il a fait ? » mais je parviens à modifier la question.

– Qu'est-ce qui s'est passé ?

– Il s'est suicidé. Il était seul à la maison, enfin dans l'appartement de sa copine. Et voilà.

– Comment ?

– ...

C'est idiot, mais j'ai besoin de savoir. Tout de suite. Dis-moi qu'il s'est endormi dans son lit, le demi-sourire aux lèvres, après avoir fumé une dernière clope et bu un dernier espresso. J'ai la vague vision du flingue de sa nana qui me revient à l'esprit. Sandra pleure.

– Il a pris des médicaments ?

– Non, il... il s'est jeté par la fenêtre.

Je ferme les yeux et je la remercie de m'avoir dit. Tu veux faire quoi d'autre ?

Je me penche en avant et me tiens sur les genoux. Je hurle un immense « non », comme une bête blessée à mort. En levant les yeux vers le ciel, je vois que la boule à facettes a commencé à tourner.

Max est décédé.

Pourquoi a-t-elle dit « décédé » et pas « mort » ? Pourquoi a-t-on l'impression que le mot « décéder » est moins brutal que « mourir » ? Parce que la langue est subtile, et que le mot « décéder » ne s'applique qu'aux humains, et pas aux animaux ni aux végétaux. On ne dit pas qu'un oiseau ou un arbre est décédé.

Max a cessé de vivre.

Max est mort.

Et une partie de moi vient de mourir aussi.

Les jours qui suivent se passent dans un brouillard mental. Je ne reçois aucune autre nouvelle ; je ne sais pas s'il a laissé un mot, ou un message, s'il y a quelque chose dans son téléphone ou dans son ordinateur qui pouvait laisser présager un tel geste. J'appelle Sixtine. Avec Max, ils avaient failli coucher ensemble en fin d'adolescence (tout le monde connaît l'adage : Genève est une petite ville – Genève est un grand lit), cela s'était mal terminé entre eux, et depuis, ils avaient toujours gardé leurs distances et n'avaient jamais réussi à instaurer une amitié. Je crois que leurs humours respectifs, très différents, se cannibalisaient, et donc logiquement, ils se bouffaient le nez. Elle est restée calme, beaucoup plus calme que moi, et m'a dit que l'on pleurait la personne, mais aussi et peut-être surtout un pan de notre propre histoire. Et qu'il ne fallait pas que je me sente coupable de quoi que ce soit, parce que si quelqu'un ne veut plus vivre, personne ne peut ni l'obliger à continuer, ni vivre à sa place.

Cela ne m'aide pas.

Parce que c'est un raisonnement. Et pour le moment, dans l'émotion, il est inentendable. J'aurais aimé que ma première pensée soit pour sa fille, qui perd son père à 20 ans et qui se dira toute sa vie qu'ils auraient pu/dû se reparler un peu plus et vivre des choses ensemble, et en même temps que c'est un salaud qui l'abandonne et que sa présence à elle sur Terre n'a pas suffi à le retenir. J'aurais aimé que ma première pensée soit pour lui. Pour la somme de souffrances incommensurable qu'il a dû endurer derrière ses sarcasmes, ses rictus et son cynisme dégingandé. Pour la délivrance qu'il a dû attendre de cet acte définitif, pour l'espoir qu'il a dû ressentir à l'idée que ce soit terminé, que cela s'arrête, enfin. J'aurais aimé que ma deuxième ou troisième pensée soit pour ses parents qui sont encore vivants, eux, pour sa mère toxique et qui coche 40 cases sur les 42 du test en ligne pour savoir si on est un pervers narcissique, mais qui va devoir enterrer son fils, et même si elle l'a tyrannisé durant toute sa vie, un parent ne devrait jamais avoir à affronter l'idée que son enfant, celui que l'on a mis au monde, celui auquel on a décidé, avec l'aide d'un hasard biologique miraculeux, de donner la vie, n'en veut pas. Ou plus.

Mais en fait non. La première pensée a été égoïstement pour moi, en deux temps :

a. La colère. Qu'est-ce que tu ME fais là, mec ? Sans rien dire tu te barres ? Tu nous lâches ? Mais tu te rends compte du tas de douleur que tu laisses ? On déconnait sans cesse sur la novlangue managériale et sur le fait qu'il fallait être « orienté solutions », mais bordel de putain de merde, il n'y avait pas de solutions sur ce coup-là ? Tu ne pouvais pas appeler au secours ?

b. La culpabilité. Qu'est-ce que je n'ai pas vu ? Comment j'ai pu ne pas voir ? Ne pas savoir ? Je l'accompagne pour sa prostate un peu gonflée (je crois même que je lui ai dit dans la salle d'attente qu'il m'avait fait un chantage au suicide pour que j'y aille, ça me glace quand j'y repense), mais on s'en fout de sa prostate. Il avait mal ailleurs. Et je ne l'ai pas aidé. Quand il m'a texté « ça va gentiment mieux » il y a dix jours, je l'ai stupidement cru. Max ne pouvait pas aller « gentiment » mieux. Rien ne pouvait aller « gentiment » avec lui. C'est sa foi dans la vie qui s'en allait « gentiment ». Pendant mes insomnies, je vois des images où je le rattrape par la main, comme dans les films catastrophe où une personne est suspendue au-dessus du vide, avec une autre qui la tient à bout de bras. La première dit : « Lâche-moi sinon on va tomber tous les deux » et l'autre répond : « Jamais je ne te laisserai » et finit par réussir à la hisser millimètre par millimètre jusqu'à la prendre dans ses bras et on pleure et on rit et tout finit bien. Mais je me réveille en sueur et je sais que moi j'étais tranquille dans mon existence, alors que le corps de mon ami s'écrasait sur le bitume.

La famille décide de ne pas tenir de cérémonie. Il y aura un recueillement dans une chambre des pompes funèbres et c'est tout. Pouf, fini Max, il disparaît de nos vies sans que nous, les amis, ne puissions lui dire au revoir d'aucune façon. Il sera enterré dans le cimetière de sa commune, à côté de ses grands-parents. Cela correspond-il à son choix ? Le Max que je connais n'aurait-il pas préféré être inciné et répandu dans un bel endroit, pour qu'il puisse boire ses cafés en regardant le paysage plutôt que d'être sous terre avec sa famille qu'il ne fréquentait pratiquement plus ? Est-ce qu'un jour, il y aura sa mère à côté de lui, pour le poursuivre et le pourrir éternellement jusqu'au tréfonds de l'enfer ? Je ne sais pas et je n'ai rien à dire.

En fait si.

Je décide de publier un petit encart dans la page des hommages de la *Tribune de Genève*. Pour que l'on se souvienne que Max était une personne drôle, un ami cher, et que la vie avec lui était une belle aventure. Je me demande si l'avis de la famille mentionnera Max ou Armand, moi je mets Max.

Max Lamoureux

Adieu copain,
Quelques mots pour te faire rire. Casa rossa, Alexanderplatz, crevettes au curry vert, plan de sauvegarde de l'emploi, Ricola, Magimix, shampoing sec. Personne d'autre ne comprendra, mais ce n'est pas important. Ce sont de bons vieux souvenirs. Bois tes deux express bien serrés et fume une cigarette. Tu es bien, là, tranquille.
Respire.
Et moi je n'oublierai rien de ces 35 ans d'amitié.

« Adieu » en Suisse veut dire « bonjour » plutôt qu'au revoir.

J'espère toujours me réveiller le matin et avoir un message. Même si c'est pour me dire que ça va « gentiment ». Je me demande s'il faut l'effacer de mes contacts, enlever toutes nos conversations sur WhatsApp, le *canceller* définitivement. Ou le garder encore un moment dans ma poche, avec moi, sachant que je ne pourrai pas relire ses délires. Je ne suis pas prête, mais un jour, il faudra que j'appuie sur le bouton « supprimer », le langage numérique est d'une insondable cruauté.

L'annonce est publiée le même jour que les avis officiels. Je ne reçois aucune réaction. Je ne sais pas si les gens lisent encore ces pages. Je ne sais pas s'ils trouvent cela cool ou choquant. Mais je suis contente de l'avoir diffusée. J'appelle Jean-Claude, un pote du collège qui le connaissait bien aussi. Il a appris par une amie des parents de Max qu'il n'y avait eu aucun mot d'explication nulle part. Cela plaide pour un coup de folie, une pulsion. Mais on ne saura jamais.

Je réfléchis à une manière de prendre congé.

L'homme des marches du Sacré-Cœur est très aidant durant ces jours. Adéquat. C'est un mot un peu technique, mais il est fondamental qu'une personne avec laquelle on prétend vivre soit « adéquate », émotionnellement juste, présente sans être envahissante ou étouffante, empathique mais sans transmettre son propre stress, posée comme un mur, que l'on puisse taper dessus ou s'appuyer contre. Cet homme si volage et inconfortable au début de notre relation se révèle très sécurisant, et je me dis que, quand je voyais du bon et du stable derrière ses yeux torturés et agrandis par les verres correcteurs, je ne m'étais peut-être pas trompée.

C'est d'autant plus important que les amis se raréfient. J'ai l'impression qu'à chaque épisode j'en perds quelques-uns.

Lors d'un divorce, c'est mathématique, la moitié du cercle disparaît. Et la femme qui se retrouve seule avec ses enfants devient une sorte d'incarnation de la *lose*, je me souviens des têtes baissées à la cafétéria, des regards fuyants ou emplis de pitié dans lesquels on lit qu'à bientôt 50 ans la pauvre elle ne « trouvera plus personne », comme si c'était ça le problème. Ou à l'inverse, si on a le malheur d'évoquer, même très sobrement, le fait que c'est financièrement tendu, on entend cette phrase qui va au-delà de toute humiliation « mais tu finiras par retrouver quelqu'un », sous-entendant qu'en tant que femme, il n'est pas dans l'ordre des choses que l'on assure sa subsistance toute seule. Personnellement, j'étais très contente et pas du tout gênée de me rendre seule à des soirées, même s'il n'y avait que des couples ; je les voyais parfois se disputer, parfois s'emmerder, parfois faire semblant, parfois évoquer le fameux « après trois ans de toute façon on ne baise plus », je repérais à 10 000 kilomètres les plans foireux d'entremettage matrimonial genre « il y aura Miguel un copain de Pierre, il est célibataire », et je me réjouissais de rentrer voir mon chat, mes enfants et mes tas de lessive en me disant que ce qui doit arriver arrive, et que quand je serais prête à vibrer à nouveau pour un homme, je serais la première au courant.

Ensuite, lors d'une promotion professionnelle, il y a l'autre moitié du cercle qui disparaît, ou presque. Dans mon métier, devenir « chef » ou pire « cadre » est une tare dont on ne se relève jamais. On passe du côté obscur de la force, on devient traître à la patrie, suppôt du patronat et tortionnaire esclavagiste. Je le sais d'autant plus que moi-même, j'ai toujours adoré et répété la phrase signature de Max, qu'il pouvait ressortir trois fois par semaine, deux points ouvrez les guillemets : « Si on laisse faire les entreprises, elles feront travailler les enfants la nuit. » Mon arrivée dans le monde merveilleux du management fut donc violemment pan dans ma face, alors que je le faisais sincèrement dans l'idée de donner le meilleur de moi-même. Mais dans l'esprit des gens, on se transforme en deux secondes en un paria arriviste et calculateur, même si tout le monde fait des risettes polies, voire du léchage de cul ostensible, des fois qu'on pourrait aider un peu pour quelque chose. Et ce qui est marrant, c'est que quand on quitte le poste, les amis ne reviennent pas forcément (certains si) mais la tache reste indélébile. Cela dit, dans ces périodes de crise, de nouvelles amitiés apparaissent, parfois et même souvent inattendues, surprenantes, et *in fine*, très cool.

Heureusement, Sixtine me paraît inamovible. Plantée dans ma vie avec une visseuse perceuse Bosch. Lorsque je la vois arriver, dans son costume pantalon tailleur gris à fines rayures, avec ses richelieus noirs et ses cheveux attachés, lorsque je l'entends proférer à la louche des grossièretés avec la bouche en cul-de-poule, lorsqu'elle commande une énième assiette de liquide chaud avec des machins qui flottent dedans même en plein été, lorsqu'elle scanne en deux secondes qu'il y a un truc qui ne va pas chez moi, lorsqu'elle ricane de l'apocalyptique merdier qu'est la planète, je trouve qu'il y a chez elle, sous des monceaux de stress, de frustrations et d'angoisses, comme chez tout le monde, quelque chose de cette insoutenable légèreté de l'être dont parlait Milan Kundera.

Mais perdre Max, ce n'était pas prévu au programme. J'y avais pensé bien sûr, avec son test positif de la prostate. Et s'il était malade ? Et s'il mourait ? Mais ce dénouement-là, je ne l'avais jamais envisagé.

Jamais.

Je prends sur moi et je rappelle Sandra. Je lui demande où Max est enterré. Elle me répond que c'est dans « l'allée 12, à côté d'une jolie statue de femme avec des ailes d'ange ». Il n'y a pas beaucoup de familles qui s'appellent « Lamoureux », donc je devrais trouver.

Le soir après le travail, je pose dans le top case de mon scooter une carte, en allemand. Il y a écrit : sex, drugs and rock'n'roll barré, et en dessous « für mich nur Kaffee bitte ». Pour moi juste un café s'il vous plaît. Manière de dire qu'on est des vieux cons et qu'on assume. Je lui ai fait un petit mot derrière pour lui dire qu'il me manque. J'ai glissé la carte dans un étui en plastique pour que cela résiste à la pluie. J'ai aussi prévu un petit pot avec des capsules Nespresso forte, un briquet, quelques cigarettes, et un cendrier pour que ça fasse propre. Et un petit pot avec des roses blanches, elles sont 6,95 à la Migros et résistent à tout, je les ai testées dans mon jardin.

Cela me rappelle l'an dernier, quand je roulais en scooter avec l'urne contenant les cendres de ma mère dans la boîte. Je me visualisais en train de tomber à un carrefour et essayer de ramasser ce qui restait de ma génitrice sur le bitume en arrêtant les voitures « pardon pardon, je suis désolée mais c'est ma mère j'ai bientôt fini ». Est-ce que c'est comme ça désormais ? On enterre chaque année une personne proche, en essayant de trouver moyen de sourire quand même ?

J'arrive au cimetière, qui est tout joli, avec une grande grille verte à l'entrée, des arbres, des oiseaux qui chantent, il est bien ici. Je cherche l'allée 12, je regarde les noms, il y a des tombes abandonnées, livrées aux herbes folles, celles avec des fleurs fanées depuis un moment, et puis celles qui sont très entretenues, par des gens qui trouvent dans ces petits gestes une manière de survivre à la perte, à la tristesse et au deuil qui parfois ne se «fait» jamais, et d'ailleurs pourquoi faudrait-il absolument qu'il se «fasse»? Cela me rassurerait presque de ne pas trouver, comme si tout cela n'existait pas, mais je vois la statue de la femme, hiératique et imposante, déployant ses ailes et faisant le lien entre la Terre et le ciel. C'est ici.

Odile Lamoureux, Jean-Marie Lamoureux, Armand Lamoureux. Je n'arrive pas à croire qu'il est là-dessous, entassé avec les autres. Mais il y a des fleurs, et une photo de lui dans un petit cadre avec le message d'un ami. C'est donc vrai.

Je déballe le pique-nique, je dispose joliment sur le marbre la carte, les fleurs, la tasse avec les capsules de café, j'allume une cigarette et je prends une taffe, c'est la troisième de ma vie et elle est tout aussi dégueulasse que les deux premières. Je pose la clope dans le cendrier, je pose le cendrier sur la tombe, et je me pose moi-même à côté. Je sais que cela ne se fait pas mais je me couche, je mets mon sac à dos sous ma tête et mon bras sur la pierre, pour toucher un peu de lui, être en contact, une dernière fois. Et je décide de lui parler à voix haute.

– Tu fais chier mec. Vraiment. Mais vraiment. Tu te souviens des cours d'allemand avec le prof barbu et alcoolique qui arrivait les habits pleins de peinture et qui nous a fait lire *Berlin Alexanderplatz* d'Alfred Döblin? Tu n'y comprenais rien et moi j'adorais. Tu te souviens de Maria qui avait traversé la classe du cours de chimie avec de l'acide chlorhydrique à même la main? L'enseignant avait failli faire une attaque. Et moi j'avais vomi en maniant du soufre parce qu'à midi avec mon père on avait mangé du riz qui avait moisi dans le frigo pendant quatre jours. En sciences, c'est moi qui ne comprenais rien, et toi tu aimais ça. Tu prenais tes notes sur des mouchoirs, des serviettes de table ou du papier cul. Tu n'avais que des 6 dans les branches scientifiques sans rien faire, et que des 2 dans le reste. C'est pour ça que tu es devenu ingénieur et moi lettreuse. Aujourd'hui on dirait que tu es HP, TDAH, ou les deux, probablement. Tu te souviens qu'on faisait exprès de parler avec l'accent vaudois, on transformait tous les « en » en « in », c'était débile mais on riait comme des bossus. Tiens, c'est une expression validiste ça. On riait comme des malades. Bon, ça aussi en fait. Alors on riait comme des cons. C'est moins offensant quand on dit les cons. Je sais que tu aimais la technologie, mais tu n'aimais pas ce que ce monde en faisait. Cette ruée vers l'or digital et l'intelligence artificielle te faisait lever les yeux au ciel, tu parlais des clones ou plutôt des clowns illettrés de la Silicon Valley, que tu appelais la Siliconne Valley. Tu disais qu'il nous faudrait des figures de sages éthiciens qui ont lu Platon. Parce que nous allons abandonner aux machines notre libre arbitre, nous allons tout leur déléguer, y compris les tâches qui mobilisaient nos neurones et notre créativité, nous allons devenir des prompteurs professionnels, si ce n'est des esclaves d'entités qui connaîtront absolument tout de nous. Comme elles seront plus rapides et plus *efficaces*, c'est nous qui deviendrons à la fois des assistants et des assistés. Nous en avons parlé mille fois et cet avenir te faisait peur. Tu vois je parle de toi au passé maintenant. Il va falloir que je m'habitue. Tu m'avais raconté le repas de famille de tes 40 ans, ton insupportable mère avait fait le show une fois de plus, entre le rôti de veau purée haricots verts et l'abominable glace à la cassata qu'elle vous infligeait à chaque fois. Elle avait dit qu'un seul enfant lui aurait suffi et que pour le deuxième elle aurait mieux fait d'avorter. Le deuxième c'était toi. Cela s'était terminé dans un bain de sang comme d'habitude. Eh bien tu sais quoi, elle a tellement bien fait de te garder. Car tu as été toi, tu n'es pas resté aussi longtemps que les gens qui t'aiment l'auraient voulu, mais tu nous as apporté de la folie et du bonheur. Ce fut un privilège de t'avoir comme ami et sans toi, je ne serais pas tout à fait moi. Tu aurais quand même pu laisser un mot, cousin, un post-it, quelque chose à ta sauce, mais je vois, tu as juste voulu t'échapper d'ici. Si la fenêtre avait été fermée, si ta copine était rentrée un peu plus tôt, si je t'avais appelé, si, si, si, tout aurait pu être différent. Je suis obligée de te dire au revoir maintenant, je dis bien au revoir parce que je reviendrai pour te recharger en cafés et vider le cendrier. Et discuter. Je sais que tu seras là, la bonne nouvelle c'est que tu ne pourras pas te barrer, tu seras obligé de m'écouter.

Le soir est tombé, il fera bientôt nuit. La cigarette est consumée depuis longtemps, il lui en reste quelques-unes. J'ai froid au dos, il faut que je me lève.

Je sens mon téléphone vibrer dans ma poche. Je sens aussi, je ne sais pas pourquoi, que ce n'est pas une bonne nouvelle.

Pipilotti Rist, *Pixelwald Turicum*, 2021
Installation vidéo, Kunsthaus, Zurich © 2025, ProLitteris, Zurich

Consultation n°6

– Cela prendra du temps. Une minute après l'autre. Puis une heure après l'autre. Puis un jour après l'autre. Il faut juste *traverser* chaque moment.

Comme d'habitude, le bon Dr Maunoir ne fait pas dans la dentelle, ni dans l'apitoiement. En face de lui, je suis une petite chose, une dame avec son sac à main sur les genoux, auquel je m'agrippe comme si j'avais besoin de ça pour ne pas tomber. Aujourd'hui, je ne vois ni ses yeux verts, ni ses cheveux blonds ondulés qui repoussent, ni ses jolies lunettes rondes cerclées de métal, je n'imagine pas son thorax certainement si bien dessiné, ni ses fesses musclées. Et j'espère presque qu'il va rompre avec ses principes et me prescrire des antidépresseurs.

Il doit lire dans mes pensées. C'est pour ça que je le paie, en vrai.

– Il n'y a pas moyen d'échapper à la douleur. De l'esquiver. Elle ne partira pas comme un mal de tête avec un paracétamol. Elle va envahir votre corps et votre esprit, et puis, petit à petit, s'estomper. L'événement pourra alors venir se placer dans le tiroir des souvenirs, les bons et les mauvais, qui peuvent encore faire mal, mais ne détruisent plus.

– Ce qui est difficile à absorber je crois, c'est la brutalité du choc, vous voyez ? En une minute plus rien, j'avais un ami, je n'ai plus d'ami et voilà. La vie est censée continuer comme si de rien.

– La vie va continuer, mais pas comme si de rien.

– Je rêve que je le rattrape. J'aurais pu, j'aurais dû, je n'aurais pas dû, tout ça.

– Votre ami était un être humain adulte qui a fait un choix. Un choix terrible, mais un choix quand même ; à ce moment précis, il n'y avait pas d'autre option pour lui. Et même si vous l'aviez attaché dans une chambre et bourré de neuroleptiques, il aurait trouvé une manière de s'échapper, ou plutôt d'échapper à sa vie.

– Je ne peux pas m'empêcher de penser qu'on l'a poussé. Au moins un peu.

– Comment cela « poussé » ? Qui est ce « on » ?

– Ce monde de merde.

– Vous ne pouvez pas faire peser sur vous d'un bloc ce monde de merde comme vous dites. Respirez, avancez pas à pas, faites des focus sur de petites choses qui vous font du bien, votre compagnon est une excellente personne ressource, il est là pour vous, et peut-être qu'aujourd'hui, vous avez également besoin de sororité.

De *sororité* ? Ce mot-valise prononcé à cet instant précis m'agace profondément. Lorsque j'avais 4 ans et que mes parents m'ont annoncé la venue d'un nouveau bébé dans la famille, j'ai dit, paraît-il, que je voulais un grand frère. Qui s'appellerait Philippe. J'ai eu une petite sœur, qui ne s'appelle pas Philippe. Et plus tard dans ma vie, j'ai eu Max. Je suis la preuve *vivante*, et je soupire car c'est une formule douloureuse… je suis la preuve *vivante* que l'amitié homme-femme existe. Enfin… a existé.

Brutalement, j'explose ou j'implose, je ne sais pas, disons que je pète un plomb.

– Mais je m'en bats les couilles de votre sororité ! Vous allez vous y mettre avec le vocabulaire du catéchisme contemporain, vous aussi ? Vous allez me parler de bienveillance, d'inclusion, de diversité, d'empathie, de *soft skills* ? De tous ces bullshit concepts de pseudo méthode Coué pour faire semblant de supporter une société insupportable ? J'ai vu l'autre jour un graffiti sur un mur, qui disait « c'était mieux maintenant ». Franchement ? Je n'en suis pas sûre ! Ce n'était pas mieux avant, mais ce n'est pas ouf maintenant, vraiment pas. La fraternité aussi vous pouvez vous la mettre quelque part, pendant que vous y êtes : Max est mort d'avoir perdu son boulot à 50 ans, quand on l'a licencié par visioconférence, vous vous rendez compte, par Zoom, comme si c'était juste un énième rendez-vous sur le calendrier Outlook. Qui n'ose même pas annoncer les yeux dans les yeux à un employé avec plus de vingt ans d'ancienneté qu'il est viré ? Des gens qui ont suivi des ateliers anti-harcèlement et tout le tintouin ? Et personne dans la boîte ne lève le petit doigt ! C'est fraternel ça ? C'est de la bienveillance ça ? C'est inclusif ça ? Et s'il s'était jeté par la fenêtre de chez lui à ce moment-là ? Hein ? L'entreprise aurait dit quoi ? Oh, c'était quelqu'un de fragile, il a vécu un divorce difficile, c'est toujours multifactoriel, et puis…

Je ne pouvais plus parler, je pleurais de rage dans le cabinet de mon beau psychiatre, je devais être déformée comme Dora Maar dans le portrait de Picasso intitulé *La femme qui pleure*. Décomposée, détruite, dévastée, mon âme est un puzzle de 10 000 pièces tombé par terre, et il faudra des années pour le reconstruire.

Pour la première fois, David Maunoir se penche vers moi et me touche. L'avant-bras. Il pose une main rassurante sur mon tatouage et serre un peu.

– Encore une fois, respirez. Je comprends tout ce que vous dites, *chère Madame* (oh, pardon). Et votre colère. Mais je ne voulais pas dire sororité dans le sens général. Je voulais juste exprimer le fait que vous avez peut-être besoin de votre sœur.

– … (Je fais ce qu'il dit, je respire.)

– … (Il ne dit rien.)

– Ma sœur.

– Oui, votre sœur. Vous avez perdu quelque chose comme un frère, vous avez perdu votre père dans un terrible accident il y a quelques années, et récemment votre mère. Vous avez encore votre sœur. Vous savez, la personne qui nous accompagne le plus longtemps dans notre vie, la plupart du temps, c'est notre frère ou notre sœur.

– Oui, vous avez raison, j'aimerais qu'elle soit là. Mais elle vit à 12 500 kilomètres d'ici, à douze heures de décalage horaire. Cela fait loin pour le week-end.

– Je pose juste cela devant vous.

– Docteur Maunoir, je ne vous ai pas tout dit.

– …

– L'homme des marches du Sacré-Cœur est parti.

– … (Comme il se tait, je suis obligée de continuer.)

– Enfin, il n'est pas parti, dans le sens où il m'aurait quittée. Il est parti parce qu'il ne peut pas faire autrement. Son ex-femme a de gros problèmes, elle a été internée à Bordeaux. Il a dû récupérer ses enfants en urgence à Paris, et ils ne retourneront plus chez leur mère, même si elle revient chez elle. Il va récupérer légalement la garde pleine et entière. Donc, il vit désormais à Montmartre avec deux adolescents qui ont traversé des moments difficiles, et qui ont besoin d'un foyer et de sécurité.

Lorsque le téléphone avait vibré au cimetière, alors que j'étais couchée dans l'allée 12 à côté de la statue, et que j'avais vu le prénom de l'homme des marches du Sacré-Cœur s'afficher, j'ai immédiatement su qu'il y avait un problème. Il n'était pas du genre à appeler pour demander de prendre du pain ou à quelle heure tu rentres. Il aurait fait ça par message. Il venait d'avoir son avocat, qui lui-même venait d'avoir l'avocate de son ex-femme, pour lui annoncer que les enfants devaient être transférés chez lui immédiatement et que la mère était d'accord de signer une attestation déléguant la garde à leur père. Ensuite le juge aux affaires familiales avaliserait le dossier.

Boum.

Des années de bataille juridique, des dizaines d'assistants sociaux, de psychologues, de rapports, d'entretiens, de témoignages, des années d'éloignement à ne pas voir les petits grandir, sans compter les blindes d'argent dépensées, et voilà que l'affaire se dénoue du jour au lendemain, c'est surréaliste. Moi un ami, et hop plus d'ami. Lui pas d'enfant, et hop deux enfants à plein temps.

– Je suis sincèrement désolé. Mais vous m'aviez dit qu'il avait un contrat de travail à Genève.

– Oui, il l'a toujours, il va télétravailler dans un premier temps, avec des allers-retours rapides si nécessaire, et après il verra.

– Et vous ?

– Moi ?

– Oui, comment vous situez-vous dans cette nouvelle organisation ?

– Vous voulez la version optimiste ou la version réaliste ?

– À votre avis ?

– La version optimiste, c'est que notre couple va bien maintenant, et que nous allons surmonter cela d'une manière ou d'une autre. Nous nous verrons moins mais notre lien est suffisamment fort pour résister. La version réaliste, c'est que je n'en sais absolument rien.

– Laissez la poussière retomber, laissez poser, reposer, infuser, sédimenter. Ne prenez pas de décisions à chaud, au milieu de la crise. Votre relation semble solide et des chemins se présenteront à vous.

– Et quel est le tableau qui va m'aider sur ce coup-là ? La barre est haute.

– Aucun.

– …

– Non, il vous faut autre chose. Une installation. Une installation vidéo.

– Vous êtes certain ? Je ne suis pas forcément fan des petits écrans dans un coin de la pièce avec un truc abscons et des sons bizarres qui passent en boucle.

– Je suis absolument certain. Faites-moi confiance. C'est quelque chose d'extraordinaire. Vous restez dans notre pays cette fois, avec une artiste suisse en plus (sourire)... Vous allez à Zurich, au *Kunsthaus* et vous cherchez le *Pixelwald* de Pipilotti Rist. Restez dans l'œuvre le temps qu'il vous faut. Et passez voir la salle avec les statues de Giacometti avant !

***

Bahnhofstrasse. LA fameuse rue dont on dit qu'elle est la plus remplie d'argent du monde, qui donne sur la Paradeplatz qui, elle, est la case la plus chère du Monopoly helvétique. Dans la réalité, il faut bien le dire, c'est assez vilain, alors que la ville est plutôt architecturalement séduisante, mélange de très bourge et de très industriel, mais pratiquant des prix qui tirent très nettement du côté du très bourge. Chez nous, on n'est pas *bling bling* pour deux sous (ni pour plus d'ailleurs), protestants *as fuck*, mais alors totalement détendus quand il s'agit de faire payer une fortune pour un *Schnitzel* pané avec trois pommes de terre.

C'est exactement ce que j'ai en ce moment dans mon assiette, cela me rappelle mon enfance, lorsque mes parents glissaient une tranche de porc panée dans du pain ; comme ça, double dose de glucides, et avec le gras de la friture on n'allait manquer de rien. Là, au milieu du coffre-fort planétaire, je vais payer 47 francs suisses pour m'envoyer un morceau de veau avec de la chapelure, inutile de dire que je mâche bien et longuement chaque bouchée, et que je suis bien décidée à finir mon plat, même si je n'ai pas grand appétit ces dernières semaines. La vie n'est pas simple, mais au moins quand on accumule les stress et que l'on ne dort pas, on n'a plus faim (si on rajoute une rupture amoureuse par-dessus c'est encore plus efficace), et je pourrai peut-être me payer un deux-pièces pour cet été. Pas un appart hein, un maillot.

Le Kunsthaus est un musée sublime divisé en deux bâtiments. Je n'ai pas l'énergie pour les deux, je ne sais même pas si j'ai l'énergie pour un. Mais en fait si. Car j'obéis sagement à la prescription de mon thérapeute, et je vais me promener d'abord dans la salle fabuleuse où sont exposées des dizaines de statues filiformes d'Alberto Giacometti. Cet univers émacié n'a rien d'angoissant, il offre au contraire quelque chose d'apaisant et de léger, avec ses créatures très ancrées dans le sol et qui s'élèvent gracieusement vers le ciel. La sculpture du chien, par exemple, est extraordinairement aérienne. Cela contraste avec ma démarche, qui est lourde et hachée, car je souffre de douleurs articulaires et j'ai une hanche qui grince, comme si je n'arrivais plus à porter mon corps, avec l'impression d'être passée sous un Caterpillar, d'être en convalescence alors que je n'ai pas été malade, d'avoir subi tellement de tensions que j'en ai des courbatures. Peut-on aussi avoir des courbatures dans la tête ? Pfff, je crois bien que oui. Et je me traîne jusqu'à la collection Merzbacher, dans le second bloc.

« Restez dans l'œuvre le temps qu'il faut » avait-il dit.

Dans l'œuvre… Cela signifie-t-il que l'on peut y pénétrer, concrètement ? Il se trouve que c'est exactement cela, « Pixelwald » signifie littéralement forêt de pixels, c'est une expérience immersive, et je m'apprête donc à replonger dans un bain de forêt, d'un tout autre style que le précédent, et sans chamane pour me guider, cette fois.

C'est là.

Il y a très peu de monde, et je pénètre seule dans l'installation. Le visiteur peut déambuler au milieu de rideaux qui ressemblent à de fines stalactites tombant souplement du plafond et composées de milliers de lampes boules. Il y en a 3000 en tout, et chacune possède quatre LEDS de quatre couleurs différentes qui changent régulièrement. Chacune est programmée séparément pour créer un ensemble mouvant et hypnotique. On est parfois dans le violet, parfois plutôt dans le vert-jaune, rouge, puis cela devient bleu et blanc, ce qui me fait soudainement penser aux montagnes et aux glaciers. Ce ballet de couleurs se déroule sur un fond musical lancinant. Est-ce une métaphore de l'univers, la nature telle que les humains l'ont réinventée, une ambiance apocalyptique, une plongée à l'intérieur de nos neurones, un retour dans un balancement utérin, ou le monde de l'au-delà ? Je ne sais pas, et très honnêtement, je m'en fous, je dois débrancher ma tête.

La seule question que je me pose est toujours la même : comment ce que je vois peut-il me donner de la force ?

Cette fois, je dois aller au-delà de voir, je dois lâcher l'affaire, et sentir. C'est dur.

Je m'appuie contre le mur, je vois qu'il y a une autre femme plus loin qui fait pareil. Et puis, je fonds ; mon corps liquide se laisse glisser jusqu'à ce que je sois assise par terre. En bonne Suissesse, je me demande si j'ai le droit de faire ça, personne ne va rien me dire, ou bien ?

Les couleurs et les sons se mélangent, je suis matrixée. Pour la première fois depuis des jours, quelque chose s'ouvre dans ma poitrine et je peux respirer par le ventre, et pas seulement par la gorge, comme quand on se noie. C'est beau, et je me dis que là où est Max, c'est peut-être beau aussi, qui sait ? J'ai lu un jour une pensée, je crois que c'est chez Spinoza, mais je ne suis plus certaine, qui disait qu'il n'y a pas de raison d'avoir peur de l'endroit où nous serons après la mort. Parce que nous y étions déjà avant de naître. Et qu'à ce moment-là, nous n'avions pas peur. Cela m'a paru extrêmement rassurant. Un peu plus tard dans la même journée, je roulais sur mon scooter et au milieu d'un carrefour, tout à coup je me suis arrêtée, en proie à un éblouissement. Je me suis vue au-dessus de tout ça, dans une autre dimension, je regardais les voitures, vélos et piétons qui circulaient et je me disais que la Terre continuait de tourner, alors que moi je n'étais plus là. Et que c'était normal. Les klaxons m'avaient réveillée, car je faisais chier tout le monde, arrêtée et perdue au milieu de la route. J'ai continué mon chemin, profondément troublée, et je n'ai jamais oublié cet instant qui a dû durer seulement quelques secondes. Je l'ai placé dans un coin de mon cerveau où il est tranquillement installé, sans que je ne fasse appel à lui trop souvent, mais j'ai compris qu'il fallait aussi accepter cela : que la vie continue après soi, et donc après les gens qu'on aime et qui ont disparu. C'est très gnangnan et basique de le formuler comme ça, mais parfois, le gnangnan et basique peut aider considérablement.

Max, tu clignoteras en moi. Oui je suis en colère, oui je suis triste, oui je me sens coupable, oui je suis révoltée, oui j'aurais voulu que cela n'arrive jamais, et qu'on vieillisse ensemble en faisant des gags débiles, mais ça, c'est mon problème. Tu es… Tu étais mon ami et comme je te l'ai dit souvent, un ami c'est quelqu'un qui te prend comme tu es, même quand tu es très con. J'ai respecté tes délires, ton changement de prénom, même ta nouvelle meuf qui te correspondait si peu, j'aurais réussi à faire avec. Alors voilà, dans cet endroit magique j'ai une illumination : si c'était ton choix, je l'accepte. Et même, je suis fière de toi. Si c'est ce que tu voulais au plus profond du plus profond de toi, alors je suis d'accord.

Je me relève tant bien que mal. Je ne sais pas combien de temps je suis restée dans cette œuvre d'art, mais j'ai senti le pouvoir réparateur de la lumière. Je me dis en souriant que je pratique beaucoup la thérapie par les LEDS ces temps. Je traverse une dernière fois la forêt de pixels et je sens le téléphone qui vibre dans ma poche.

Cette fois, j'ai l'intuition très forte qu'il s'agit d'une bonne nouvelle.

Ala Moana Beach

Prenez les oiseaux.

On les couve, ils cassent leur coquille, ouvrent le bec, les parents les nourrissent, et un jour hop ! Un petit coup d'aile et on les pousse hors du nid. À partir de là, les petits devenus grands ont intérêt à se dépatouiller pour voler et pour se trouver un morceau de ver de terre à grailler, parce que sinon, ils ne survivront pas.

Chez les humains, c'est assez différent.

Le petit n'est pas vraiment fini avant 18 ans (et encore), ce qui, en soi, est déjà fort long. En fait, c'est à cet âge-là qu'il faudrait le coup d'aile pour le pousser hors du foyer, mais c'est de moins en moins fréquent. Au 21e siècle, les rejetons restent tranquillement chez papa maman (plus souvent chez maman, car papa maman sont généralement séparés), en moyenne jusqu'à 25 ans, mais la seule statistique dont je dispose date de 2016, et il m'est avis que ça s'est encore bien allongé. Parce que les études sont longues, parce que c'est difficile de trouver et de financer un logement, et parce que chez les vieux c'est confortable. Et gratuit. Il y a le petit personnel (le parent donc) qui remplit le frigo, cuisine ce qu'il y a dans ledit frigo, range, blanchit, repasse, nettoie, s'adapte aux horaires, assure le room service pendant les examens. Bref, un hôtel all inclusive avec toutefois une petite différence : le client ne paie pas. Car le géniteur, indépendamment de gérer toute la domesticité et toute la charge mentale de l'organisation des études/du sport/des activités artistiques/de la santé/de l'épongeage des chagrins d'amour vers 23h30 quand toutes les tâches précédemment susnommées sont terminées, sert aussi de bancomat.

Ce qui est amusant à observer également, c'est que quand ils sont petits, on croule sous le matériel qui envahit toute la maison, jouets, parc, baby machin pour dormir, baby chose pour apprendre à marcher, table à langer, poussettes, mini-baignoire, sacs pleins de couches, lingettes, biberons, bref, on vit dans une crèche. En grandissant, ils s'allègent considérablement, jusqu'à n'avoir plus besoin que d'un téléphone et d'un ordinateur portable, en gros. Ah oui et d'un lit, évidemment, sur lequel tout se passe, y compris le travail scolaire. Problème : c'est l'enfant lui-même qui prend de la place. Sur le canapé par exemple, ou sur la table de la cuisine où il révise alors que vous aviez acheté avec amour un joli bureau pour la chambre. Mais comme il y a trop de désordre (parfois on ne voit même plus le joli bureau que vous aviez choisi avec amour), c'est plus pratique de se tenir dans les parties communes, qui sont rangées par vos soins. Par ailleurs, vous ne pouvez plus le mettre au lit à 20 heures, il se couche après vous, il invite des potes, et à peu près tout le temps, et ça, ça ne change pas du bébé, il a faim.

Bien sûr, il faut poser des limites, le parent en est pleinement conscient. Et moi qui ai refusé l'allaitement à la demande, et qui tenais à un cadre assez strict, je me suis fait traiter à plusieurs reprises de mère nazie par mes amis. Mais à certaines étapes, le cadre a comment dire, évolué… ou disons qu'il s'est un peu élargi. Alors que nos enfants respectifs étaient encore jeunes, avec ma copine réalisatrice, nous avions tourné un reportage autour de la question suivante: faut-il laisser son enfant dormir à la maison avec son amoureux ou son amoureuse? Réponse unanime de la faculté de psychologie: non, non et non! On ne mélange pas la sexualité des adultes et celle des enfants, ils doivent se démerder et faire ça dans une voiture, dans un parc, ailleurs, il faut couper le cordon, sinon on aura un Œdipe à retardement avec des dizaines de séances de psychanalyse ruineuses à la clé. Nous étions convaincues et fermement décidées à leur dire à notre tour: non, non et non, lorsqu'ils demanderaient un double lit pour leur chambre et nous ramèneraient à la maison la créature avec laquelle ils allaient s'en servir. Vingt ans plus tard, quand la chère chair de notre chair débarque avec quelqu'un, on fait quoi? On les fiche dehors? Non, on est lâches, on s'en fout d'Œdipe et de Freud et de toutes ces histoires, et finalement, tout bien pensé, on préfère les savoir au chaud et en sécurité. On se retrouve même à préparer le petit déjeuner. Et à faire la lessive après leur départ.

Il y a une quinzaine d'années, j'ai interviewé une brillante psychologue d'enfants parisienne sur l'adolescence, et en particulier sur le désespoir de nombreux parents face au bordel monstrueux et permanent dans les chambres de leurs enfants. Elle avait prononcé cette phrase qui est restée enregistrée dans le disque dur de mon cerveau: «C'est le reflet de ce qui se passe en eux. En tant que cliniciens, nous sommes plus inquiets pour les enfants qui rangent trop ou qui sont maniaques. C'est votre rôle de parent de répéter tous les jours qu'il faut ranger. Et il est normal qu'ils ne le fassent pas. Oui, c'est épuisant, mais indispensable.» Version contemporaine du tonneau des Danaïdes ou du rocher de Sisyphe. Deux mythes qui illustrent tellement bien la condition de parent, et de mère en particulier.

Pendant longtemps, j'ai lutté, râlé, rangé moi-même (je sais, on ne devrait pas, mais bon, il arrive un moment où on a peur qu'il y ait des bêtes), j'ai jeté des trucs cassés ou plus d'actualité en douce (je sais, on ne devrait pas non plus, et il faudrait s'abstenir de dire la bouche en cœur qu'on ne sait pas où ils sont quand l'enfant, évidemment, s'en aperçoit), j'ai testé une méthode punitive totalement inefficace consistant à mettre sur leur lit tout ce que je trouvais par terre, y compris des vieux yaourts, des trognons de pommes, des baskets sales, des chips écrasées, et c'était moi qui finissais par nettoyer le lit, bien entendu. Ces dernières années, avec de jeunes adultes, j'ai trouvé comme solution de fermer la porte, j'ai gémi dans mon coin quand leur rangement consistait à tout fourrer dans le bac à linge, y compris des trucs propres et repassés qui étaient mélangés dans le tas. Et j'ai tenté désespérément de faire en sorte que l'hydre soit contenue dans 11 mètres carrés et ne se propage pas trop dans les parties communes.

Et puis un jour, votre fille vous annonce qu'elle veut s'installer seule dans un studio pour terminer ses études d'archéologie, tout en travaillant à côté. Et un autre jour, vous sortez d'une installation de Pipilotti Rist au Kunsthaus de Zurich, et votre fils vous appelle.

Vous voyez son prénom s'afficher et vous comprenez, vous sentez, même si vous n'osez pas encore y croire. Votre cœur, qui d'habitude se traîne entre 45 et 50 battements par minute, s'affole lorsqu'il vous annonce qu'il vient d'être admis dans une (très) prestigieuse université américaine pour son master. Vous avez les larmes aux yeux et vous vous souvenez de ce petit garçon qui ne parvenait pas à écrire la première lettre de son nom à l'endroit. Et dont on vous disait qu'il était « réservé » et « peu social », qui jouait des heures couché sur le dos avec ses Bionicle, qui demandait à 8 ans où on était après la mort, et qui perdait systématiquement toutes ses affaires.

Il est devenu cet homme barbu et musclé, ce brillant étudiant et sportif accompli, qui réussit dans son domaine sans piston, sans relation, à la force du poignet et du cerveau, et part s'installer pour au moins deux ans aux États-Unis.

C'est ainsi qu'un matin tôt, je suis à l'aéroport avec lui, qui enregistre ses deux grosses valises pour aller vivre son aventure d'adulte de l'autre côté de l'Atlantique. Je serre mon bébé de 1 mètre 84 dans les bras, je ravale mes larmes, et je rentre simplement à la maison. Mon mec est à Paris, ma fille participe à un colloque à Lille, et moi, je fais quoi ? Une copine m'a confié que lors du départ de son enfant, elle était allée hurler sa solitude dans le Jura à 1600 mètres d'altitude, accompagnée d'une bouteille de vodka. Je crois que je ne vais pas faire ça ; d'abord, malgré mes origines, je n'aime pas la vodka, et c'est peut-être un chouïa trop de *drama* pour moi.

Non, en fait, je range la chambre.

Mais cette fois-ci, je range « pour de bon », je n'ose pas encore dire « pour toujours ». Je mets dans un tiroir l'horrible Télétubbie rouge, celui qui s'appelle Po, qui a servi de doudou, maintes fois amputé et recousu et dont on n'a jamais récupéré l'œil droit. Je retrouve les premières minibaskets du nourrisson qui plus tard est devenu un athlète. Des amendes de parking impayées. Des bons cadeaux inutilisés (ça compense). Les BD des Schtroumpfs qui l'apaisaient vers 10 ans, lorsqu'il n'arrivait pas à dormir, des jeux vidéo encore sous forme de CD-Rom, les dossards et les médailles, les feuilles remplies de calculs de maths, les fameux trognons de pommes moisis collés au fond de la poubelle, et toutes mes tasses à café (aha, elles étaient là). Je défais le lit. Je refais le lit. Il est impeccable, les oreillers sont droits, on dirait un hôtel. Je m'assieds dessus.

Je me dis que j'ai réussi à fabriquer un humain qui se débrouille seul et qui deviendra, si tout va bien, un citoyen éclairé et responsable, aimant et aimé. C'est dans la logique des choses. Désormais, c'est propre en ordre. Et vide. Ah non, pas complètement, il y a Hector, le chat, qui adorait faire la sieste dans les habits de sport sales du fils, qui tourne en rond, en se demandant ce qui se passe.

Déjà, des gens empathiques m'envoient des messages : mais t'inquiète, le nid vide sera bientôt rempli par de nouveaux petits poussins ! Alors merci, mais on va dire non pour le moment. Pause, temps mort, s'il vous plaît. Laissez-moi profiter du nid vide, du frigo vide, du bac à lessive vide, laissez-moi inviter des amis dans la nouvelle chambre d'amis, laissez-moi faire la fête du slip dans la mienne. Et laissez-moi aussi apprivoiser ce petit quelque chose tout au fond de moi et qui, au milieu de l'appartement rangé est un peu... dérangé.

Je commence à mettre de l'ordre dans ma tête aussi. Ce qui risque de prendre plus de temps.

Mon nid s'est vidé d'un coup. L'homme des marches du Sacré-Cœur, même s'il reste dans mon cœur à moi, est reparti vivre à Paris. Ma fille va quitter Genève dans quelques mois pour faire son doctorat en Grèce et cela me remplit de joie pour elle. Elle a décidé, à l'âge de 9 ans, de devenir archéologue et « spécialiste de l'Antiquité », et à ce stade on se dit qu'il y a plus de chances qu'elle finisse par bosser dans une banque ou une assurance comme tout le monde. Mais non. Grec, latin, elle a tenu sa ligne vaillamment, obtenu son master, et grâce à des années de fouilles estivales, a eu l'occasion de sortir des entrailles de la terre des objets incroyablement beaux. Mes parents sont morts. Max est mort aussi. Et mon fils vient de partir pour Boston. « Peut-être qu'il ne reviendra jamais » avait dit ma fille, à la fois triste et réjouie pour lui. Je le sais bien. Ma petite sœur à moi est partie il y a vingt-cinq ans aux États-Unis. Elle n'est jamais rentrée, et vit désormais à Hawaï sur l'île d'Oahu, à 12 500 kilomètres de moi.

Ma petite sœur.

« Vous avez besoin de sororité » avait dit mon psy.

Évidemment.

Mais, évidemment.

Il paraît que devant un obstacle, il y a trois attitudes possibles : combattre, s'adapter ou fuir. Des tas de gens affirment de manière très convaincue qu'en tout cas, ils ne fuiront jamais. Il faut voir. Parfois la fuite est un courage. Je pense à mes parents qui ont fui un pays. À des amis qui ont fui une relation maltraitante. À des collègues qui ont fui un boulot toxique. C'est ça, je vais fuir, mais juste pour un moment. M'exfiltrer de ma propre vie pour reprendre mon souffle. Il me reste des vacances à prendre, je peux les poser en novembre, les billets ne seront pas trop chers et je bosserai à Noël. Je ne suis pas allée à Hawaï depuis douze ans, je n'ai pas vu *lil sis* (petite sœur) depuis le décès de notre mère. Elle s'est séparée, ses enfants sont partis étudier sur le continent, elle a déménagé et gère désormais elle aussi un nid vide au centre de Honululu, face à la plage d'Ala Moana. C'est là que je veux :

Me réparer ?

Me ressourcer ?

Me remettre ?

Me retrouver ?

Ou juste arrêter de me poser des questions.

Nous sommes au début de l'automne, je suis au supermarché et j'achète deux tranches de citrouille. La prochaine soupe avec Sixtine a lieu chez moi, avant mon départ. Je projette un menu soupe de courge et de patates douces, avec mon gâteau au potiron inratable et délicieux (je vous donnerai la recette plus tard, là il faut que je termine mes courses). J'arrive pour payer et je pense à ces années durant lesquelles je produisais et présentais un magazine d'information aux consommateurs. Nous dénoncions déjà, il y a vingt ans, les magasins qui exposaient des saloperies sucrées aux caisses, pile à hauteur d'enfant, ce qui provoquait les crises d'hystérie ressemblant à ceci: «On peut prendre ça?» «Non, on peut pas» «Bouuuuuh» + roulage par terre, sous les yeux exaspérés du reste de la clientèle qui était obligée de faire la queue, puisque le self scanning n'existait pas.

Je constate que non seulement nos reportages de l'époque n'ont eu aucun effet, mais qu'aujourd'hui, c'est pire. Là, il y a devant moi et devant les caisses, un espace entier dédié... aux chips. Je vous jure. Il y en a tellement que je pose mon panier et me mets à compter les différentes sortes de chips. D'ailleurs, dit-on un chips ou une chips? Parce que j'ai peur de mégenrer. Entre les marques, les parfums, les formes, en comptabilisant ceux/celles aux crevettes et aux pommes, j'en dénombre 84! Je recompte pour être sûre. Sérieusement, une civilisation qui a besoin de plus de 80 sortes de chips est au bord du *collapse*. Les chips sont l'une des pires choses pour la santé: trop de calories, trop de sel, trop de (mauvais) gras, trop d'additifs, trop de particules nocives dues à la friture, trop d'acrylamide, trop de risques que ce soit potentiellement cancérigène. J'ai déjà remarqué que feu les kiosques à journaux sont devenus des distributeurs de chips. Et d'alcool, de tabac et autres choses à fumer, de sodas, de boissons énergétiques et de Kinder machin, qui sont excessivement mauvais pour les papilles, pour la santé et pour la planète, parce que leurs œufs par exemple sont conditionnés dans de l'alu et contiennent des jouets inutiles en plastique, eux-mêmes emballés dans du plastique.

En fait, la bouffe ultratransformée, c'est le nouvel orgasme; statistiquement on baise moins, mais on mange plus de nourriture dite «récompense». Cinquante nuances de chips, explosion en bouche de Nutella, *in food porn we trust*. En ce qui me concerne, un paquet bien de chez nous au paprika deux fois par année avec la fondue chinoise, on trempe dans la mayo, on digère pendant six mois et ça veut jouer. Et pour ce qui est du cul, j'assume ma ringardise, je trouve que c'est quand même plus intéressant avec un être humain.

Je raconte mon enquête ménagère à Sixtine, elle ricane.

– Je vois que le grand journalisme d'investigation est de retour. Compter des paquets de chips au supermarché, ça sent le prix Pulitzer.

Je rigole. Mais pas que.

– Attends c'est important, la moitié de la population mondiale est bientôt obèse. Les riches auront certes l'Ozempic, mais les pauvres auront le diabète. Et je ne te parle pas de l'augmentation des cancers digestifs chez les jeunes. Pour la grande distribution et la pharma, c'est gagnant gagnant. Et nos amies les assurances maladie en profiteront pour augmenter les primes, miam.

– Ouais, on ne va pas crever sous les bombes de Poutine, mais étouffés par les bombes caloriques que sont les chips. À part ça, ton gâteau est super bon. Et le voyage, tu es prête ?

– À peu près. Et au fait, je le prends.

– Qui ? Le Parisien ?

– Non, le Womanizer.

Elle explose de rire en se souvenant de la discussion que nous avions eue sur ce sex-toy prétendument « révolutionnaire ». J'en ai acheté un, modèle basique à 69 francs, pour essayer.

– Haha. Mets-le dans ta valise en soute, histoire de ne pas devoir le sortir lors des contrôles, et expliquer ce que c'est.

– Bien sûr. A priori, même si les vols sont longs, je n'en aurai pas forcément besoin dans l'avion.

– C'est bien que tu te barres le plus loin possible, tu as pris cher ces derniers temps. Tu vas te retrouver téléportée dans une autre réalité, tu pourras mettre à distance ton boulot, ton mec, tes enfants, et ton chat. Ah d'ailleurs, tu me dis quand tu passes poser Hector chez moi. Mais je te préviens je ne lui donne pas de Valium, ni de bouffe spéciale *Urinary* et toutes ces conneries, on va se faire des vacances nous aussi, à mater des séries en mangeant des minipots de glace Mövenpick, espresso croquant pour moi et yaourt pour lui.

Elle a raison. Pas pour la glace d'Hector, mais pour l'autre réalité. Par contre, on ne peut pas exactement utiliser le terme « téléporter ». Car si tout se passe bien, et que je parviens à attraper toutes les correspondances, il y a environ 28 heures de voyage.

Maman, je prends l'avion. Je sais, c'est mal. Pour me consoler de mes soucis de PPPR (Personne Privilégiée de Pays Riche, je reprécise), je pollue la planète. Question : Dois-je culpabiliser ? Réponse numéro 1 : Non, parce que j'ai décidé de ne plus me culpabiliser. Réponse numéro 2 : Aujourd'hui, les familles sont éclatées dans le monde entier ; on peut le déplorer, mais on fait quoi ? On ne se déplace plus par les airs et on laisse seul un parent malade ? On ne voit jamais ses petits-enfants ? On fait Genève-Hawaï en cargo bananier ? Un peu longuet peut-être. Et j'ai le mal de mer. Et je ne suis pas certaine que le cargo bananier soit réellement écologique. L'avion n'est pas seulement un caprice de nanti qui veut se dépayser (il l'est aussi, et j'en ai bien profité), mais également un lien entre les humains.

J'ai demandé à ma sœur ce qu'elle voulait que je lui rapporte de la Suisse ; du fromage Tilsit à la crème et une marmite de l'Escalade en chocolat de la Migros. Il s'agit d'un véritable défi logistique. Il faut savoir que dans la nuit du 11 au 12 décembre 1602, les troupes du duc de Savoie ont pris d'assaut les remparts de la ville de Genève. Les soldats ont tenté d'escalader les murailles de la ville à l'aide d'échelles, mais les Genevois ont sonné l'alerte, et vous savez quoi ? On leur a mis une mine. Dans la bagarre, une certaine Catherine Royaume, dite «la mère Royaume», qui faisait cuire une soupe aux légumes pour le lendemain, aurait balancé son chaudron bouillant à la tête des méchants Savoyards. C'est très résumé et romancé, bien entendu, mais c'est pour cette raison que chaque année, à partir du mois d'octobre, on trouve dans les magasins des marmites en chocolat garnies de légumes en massepain. Le jour J, on les casse d'un seul coup en prononçant la phrase suivante: «C'est ainsi que périrent les ennemis de la République!» Et on mange le tout, qui représente environ un milliard de calories. Le rêve de ma sœur est de pouvoir à nouveau briser une marmite et, bien évidemment de la déguster. Seulement voilà, c'est le truc le plus fragile du monde à transporter, essayez de visualiser, il y a une petite échelle collée dessus, des anses, un couvercle avec un drapeau. Mon objectif est donc simple: que la marmite et moi arrivions entières, sans rien de cassé.

J'ai terminé l'enregistrement, la carte d'embarquement est sur mon téléphone, j'ai même imprimé l'étiquette à bagages qui est déjà sur ma valise, c'est sympa, on paie cher pour faire le boulot à la place des employés. Premier vol Francfort, facile, transit vers la Lufthansa en direction de San Francisco. Bonheur dû au hasard, j'ai le siège G à savoir le couloir, ce qui est important car:

a. J'ai mal au dos.
b. Je dors peu et mal dans mon lit, alors dans un avion c'est Sodome et Gomorrhe.
c. J'ai une petite vessie.

Pour compléter le glamour, j'ai enfilé des bas de contention (ça m'a pris dix minutes à 5 heures du matin, un délice), une ceinture chauffante, et un training, en remerciant les rappeurs et le Covid d'avoir fait de cette pièce vêtement une tenue autorisée et parfois même fashion.

Je trouve mon numéro de siège, et je m'installe. Le monsieur à côté de moi est extrêmement gentil, mais, comment formuler les choses poliment, il est… volumineux. Déjà que je contribue au dérèglement climatique et que je mégenre les chips, si en plus je tiens des propos grossophobes, cela risque de passer moyennement lors du jugement dernier. Alors clairement, je n'aimerais pas être à la place de cet homme, car je me demande sincèrement et avec empathie s'il pourra s'extraire de ce fauteuil à l'arrivée. Mais pour le moment, disons qu'il occupe aussi 25% du mien. Entre lui et la marmite, sur douze heures de vol, cela risque de créer des tensions, et pas uniquement musculaires. Je dépose le sac contenant la sculpture en chocolat dans le bac au-dessus des sièges, avec ma doudoune qui emballe le tout, prête à trancher la carotide de la moindre personne qui aurait des velléités de s'aventurer dans la zone.

Les premières heures se déroulent très normalement, mots fléchés (niveau 4/5, ça prend du temps), la liseuse, un magazine d'actu, un magazine plaisir, et arrive le repas. Enfin repas, c'est vite dit: quelque chose de chaud dans de l'alu. Dieu du ciel (c'est le cas de le dire), quand on travaille pour la compagnie aérienne Swiss ou/et Lufthansa (c'est le même groupe), pourquoi diable tenter un couscous? Il s'agit d'une sorte de magma indéfinissable très salé; à la rigueur, même une bratwurst-purée, j'aurais préféré. Heureusement, j'ai prévu mes sandwichs à la viande séchée et gâteaux banane flocons d'avoine, des valeurs sûres. Au pire, s'il y a retard, urgence, panne, crise d'hypoglycémie, crash à proximité d'une île déserte, pour survivre je bouffe la marmite, haha.

Après, il s'agit de dormir un peu. Ce qui pour moi équivaut à une tragédie. J'ai donc piqué dans la pharmacie du chat le reste de Valium, en me disant que si cela détend son urètre, cela devrait me détendre un minimum aussi. Une pilule, le coussin tour de cou, un masque de nuit panda, des boules Quies, Morphée ouvre grand tes bras, j'arrive ! Bilan, je dors, à la louche, on va dire 1 heure 30. Un zombie. Je fais de nombreuses expéditions aux toilettes, en chaussons car flemme de remettre mes chaussures, mais c'est sale par terre. Je vois mon visage dans le miroir, et j'abandonne instantanément toute idée de me recoiffer ou d'être présentable. Je fais des étirements sur les cinquante centimètres devant les toilettes avec le steward assis qui me regarde comme si j'étais en pleine décompensation, alors que c'est eux qui nous conseillent de faire ça. J'essaie de visionner *Downtown Abbey 2*, mais c'est con, les écouteurs qui sont fabriqués exprès pour que l'on puisse écouter ne fonctionnent pas et ne permettent pas d'écouter, donc je lis les sous-titres.

Et c'est ainsi, en serrant les fesses, les dents et surtout les coudes, que j'atterris à San Francisco. Douane, récupérer la valise, marcher jusqu'à la gate 14 E, attendre trois heures et repartir pour six heures de vol, dans un avion plus petit, heureusement que mon voisin est plus petit aussi.

J'arrive à Honolulu, il est 20 heures mais je ne sais pas de quel jour ; ma valise jaune vif arrive, ma *sister* adorée aussi. Dans mon sac à dos, que je porte comme s'il y avait un bébé dedans, la marmite est intacte.

Aloha !

Le soir de mon arrivée, décalquée par les douze heures de décalage horaire, le choc thermique et le fort taux d'humidité, je décide de faire une balade dans le parc d'Ala Moana. Il y a plein d'oiseaux multicolores avec des noms marrants comme Red-billed Leiothrix, Chestnut Munia, Japanese Bush Warbler ou Hawaiian Coot, il y a plein de SDF aussi, je ne sais pas s'ils ont des noms marrants, mais on est à Honolulu dans une ville étasunienne de plus de 300 000 habitants, ce n'est pas une île des Maldives avec des cottages sur pilotis, comme les gens l'imaginent souvent. Il y a surtout l'océan, le sable. Et ma petite sœur. Nous nous retrouvons très naturellement, heureuses de nous voir, nous apprécions le coucher de soleil en silence. Je ne veux rien visiter cette fois, juste vivre ici, reprendre contact avec mes cinq sens, fermer les yeux, essayer d'entendre avec mon oreille valide le bruit de la mer, nager avec la tête hors de l'eau comme une mémé à cause de mon drain auriculaire, ne manger que des trucs asiatiques que j'adore, regarder les cocotiers que j'adore aussi, rester en tongs et paréo tout le temps, dormir quand j'ai sommeil et m'en foutre quand je n'ai pas sommeil. Mais tout ça avec un minimum de confort, tout de même. Moi qui déteste le camping, je vais aller acheter le matériel du blaireau de base : une chaise de plage dépliable et portable sur le dos, avec les accoudoirs, l'espace pour poser le verre, et le repose-pieds qui se lève pour faire transat. Installée là-dessus, je serai la reine du pétrole (ça ne se dit plus trop ça, *so* 20e siècle, non ?). Disons que je serai bien.

Durant nos nombreuses conversations par message, soit tôt le matin soit tard le soir, à cause des fuseaux horaires, ma sœur m'avait expliqué qu'elle transformait son appartement, dans lequel elle vivait seule depuis sa séparation. Et que désormais, elle l'aménagerait comme ça lui plaît. J'ai répondu « trop bien, fonce, go, c'est génial, fais-toi plaisir », tout ça. Il faut préciser que nous sommes sorties du même moule, mais pas du tout raccord sur les modes de vie, par exemple, les meubles et les repas. Elle m'avait écrit mot pour mot la phrase suivante : « J'ai enlevé la table. » J'avais répondu : « Pardon » ? Et elle avait répété : « Oui, j'ai enlevé la table. » J'avais remanifesté mon incompréhension : « Mais la table euh… la table ? Le truc en bois avec quatre pieds et sur lequel on mange ? » Elle m'aurait annoncé un licenciement, un cancer, ou qu'elle est enceinte à 50 ans, cela ne m'aurait pas plus choquée.

En débarquant chez elle maintenant, je peux vérifier. Effectivement, il n'y a pas de table. Le centre névralgique de la maison. L'endroit où tout se passe. Moi, c'est la dernière chose que j'enlèverais. Non, il y a le lit d'abord, peut-être. Les deux lieux où je me sens le plus en sécurité au monde, c'est dans mon lit et à ma table. Qui sert à manger, travailler, lire, discuter, prendre des décisions importantes, s'engueuler, faire des puzzles ou des câlins parfois (plus maintenant, c'est dangereux, il y a un pied instable). La vie quoi.

Je m'amuse en voyant l'espace très vide, la moquette épaisse au sol (on vit pieds nus, ici), un fauteuil, une TV et en gros basta. « Et donc, tu manges où ? » « Sur le bar de la cuisine, c'est près du frigo, ça va très bien. » Il est toujours amusant de constater, au-delà des kilomètres, à quoi tiennent les différences culturelles, et à quel point elles impactent nos vies dans ce qu'il y a de plus quotidien. Par rapport aux repas, il existe en gros deux équipes. La *team* qui considère que la nourriture est du fioul que l'on met dans la machine pour générer de l'énergie, et qu'il n'y a pas de quoi en faire tout un plat, on ingère et on passe à autre chose. Très américain. Et la *team* tralala, qui fait de chaque repas une fête, pour qui la bouffe c'est sacré, qui aime la vraie vaisselle qui cliquette, qui mange aussi avec les yeux, et pour qui le moment passé à table est indissociable de la vie sociale et familiale. Très français ou latin. Élevées par les mêmes parents, nous faisons étonnamment partie chacune d'une équipe différente.

Et puis au mur, il y a les « Chinois ».

Deux immenses tableaux de peinture sur soie représentant des Mandarins, un homme et une femme, qui sont dans notre famille depuis je ne sais pas quand, mais depuis longtemps. Notre mère en avait hérité. Lors de leur fuite de Tchécoslovaquie, mes parents avaient laissé les « Chinois » sur place, et mon oncle, le frère de mon père, qui n'a pas émigré, les avait récupérés. Dans les années 80, il avait obtenu, une fois, une autorisation exceptionnelle de venir nous rendre visite en Suisse, sans sa femme et ses enfants qui restaient comme des otages à l'Est, de l'autre côté du mur de Berlin. Il avait enroulé les deux toiles dans un poster de tennis et leur avait fait passer la douane de cette façon. Depuis, les « Chinois » étaient encadrés et sous verre, dans la chambre de mes parents, et avant son décès, ma mère m'avait fait promettre ne pas m'en séparer. Ce qui me posait un problème, car non seulement je n'avais pas la place et ils sont immenses, mais surtout, ce n'est pas mon goût, par rapport à mes Schiele, ils sont beaucoup trop habillés. Je plaisante, mais voilà, je n'avais aucune envie d'avoir ça chez moi, même si cela a beaucoup de valeur, pécuniaire et sentimentale. La cérémonie funéraire pour notre mère s'était déroulée chez elle, selon ses vœux, et le principe était que chaque personne pouvait repartir avec un objet souvenir de son choix. Malgré le fait que certains tournaient autour de nos « Chinois », j'ai dit : « Non, pas ça. » Et ce soir-là, ma sœur a déclaré : « Finalement, à moi ils me plaisent, je vais les prendre. »

J'ai eu envie d'allumer un cierge tellement cela m'arrangeait, et nous avons fait comme notre oncle : les toiles ont traversé l'Atlantique enroulées dans des posters. Ma sœur avait donc sur elle, durant le voyage de retour à Hawaï, l'urne contenant la moitié des cendres de notre mère, scellée par la police, comme nous l'avions fait avec notre père quelques années auparavant, et elle avait casé les œuvres d'art dans le sac à dos de son fils adolescent, qui n'avait aucune idée de ce qu'il transportait. Nos parents avaient été très clairs : ils avaient exprimé le vœu d'être à moitié répandus à Anzère au Pas de Maimbré à 1600 mètres d'altitude, là où poussent les edelweiss, avec vue dégagée sur les Alpes, et à moitié à Oahu, là où viennent frayer les baleines, avec vue dégagée sur l'océan.

Je me faisais la réflexion que moi, j'avais courageusement transporté une marmite de l'Escalade.

– Tu pourrais m'emmener voir l'endroit où tu as déposé les cendres ?

– Oui bien sûr, on ira la semaine prochaine. Mais ce n'est pas encore la saison des baleines.

– Non, c'est la saison des parents.

Elle sourit.

Elle sait que ce n'est pas simple pour moi le chapitre « parents ». Je suis l'aînée, j'ai épongé les époques rudes, l'exil et les années qui ont suivi. Je mesure aujourd'hui le stress de ce jeune couple, jeté dans une vie complètement nouvelle avec un enfant en bas âge, la culpabilité de mon père qui a laissé toute sa famille derrière le mur de Berlin, les angoisses, notamment financières, le déracinement. Mais j'étais une enfant, et plus tard une adolescente tourmentée qui se réfugiait dans les livres pour échapper aux tensions, et parfois aux châtiments corporels, il faut bien le dire, qui étaient quelque chose d'assez courant et admis dans les pays de l'Est à l'époque, ce qu'il en est maintenant je ne sais pas. Ma sœur, qui est née en Suisse, elle, sait que j'ai maintenant besoin de réconciliation, de poser des restes de colère d'enfance, et l'épuisement des neuf années qui ont suivi le décès de notre père et durant lesquelles je me suis occupée quasi seule de notre mère comme proche aidante. J'y ai laissé des forces et une partie de moi-même aussi, qui s'est comme vidée de son jus.

Une autre chose qui m'aiderait serait de voir des tortues. Je n'aime pas l'eau mais j'adore les tortues marines. Selon la loi, il faut se tenir à au moins trois mètres d'elles, mais ça me va, je peux rester assise à proximité pendant des heures, lorsqu'elles sont échouées sur le sable, on dirait que rien ne peut les atteindre, qu'elles ont toujours été là et le seront toujours, ce qui n'est évidemment pas vrai puisqu'elles crèvent de nos déchets plastiques, mais elles m'ont toujours semblé être des créatures fascinantes, présentes depuis la nuit des temps et qui ont tout compris.

– On pourrait aussi aller sur la côte nord, voir s'il y a des tortues ?

– Oui, dès demain si tu veux.

Tard dans la nuit, j'appelle l'homme des marches du Sacré-Cœur. Pour lui c'est le matin, je le sens un peu tendu. Il est angoissé et fatigué par sa nouvelle vie de papa solo d'ados à plein temps, il se sent seul et abandonné. Il a l'impression que j'ai déserté, je crois. Au tréfonds de lui, sans se l'avouer, il imaginait peut-être que, d'une manière ou d'une autre, je le suivrais à Paris et que je l'aiderais à élever ses enfants. Cela n'arrivera pas. J'avais été très choquée et agressive au début de notre relation, lorsque certains de ses amis me demandaient régulièrement: « Alors, tu vas venir t'installer à Paris ? », comme s'il était normal et attendu que la femme, toujours la femme, vienne se regrouper chez son mec pour gérer la boutique, alors que l'on ne demande jamais à un homme si par hasard il serait disposé à envoyer valser toute sa vie pour suivre sa meuf. Je répondais: « Oui bien sûr, j'ai un super boulot en CDI, un appartement dont je suis propriétaire avec un petit jardin, mes enfants, mes amis, le lac, la montagne, une des villes avec la meilleure qualité de vie du monde, et je vais me précipiter pour venir bosser à Paris pour des clopinettes, me coltiner deux heures de métro par jour, et vivre dans un appartement de 30 mètres carrés sombre et insalubre, à revivre avec des enfants que je ne connais pas, ce que j'ai réalisé seule pendant dix ans avec les miens. Vous le feriez, vous ? » Généralement la discussion s'arrêtait là.

Je le sens stressé et triste. Mais moi aussi, je suis stressée et triste. C'est exactement pour cela que je suis ici. Pour détendre l'atmosphère, je lui propose une visio coquine. La pacification par le cul, ça fonctionne toujours. Avec lui en tout cas.

Avant, lorsque les gens étaient aussi éloignés l'un de l'autre, il fallait s'écrire des lettres brûlantes d'amour qui mettaient trois semaines à arriver, c'était excitant certes, mais pas forcément simple à coordonner au niveau des pics de libido, et malgré tout, très solitaire. Ensuite, il a été possible de se téléphoner mais les prix en PCV ne permettaient pas de longues montées de désir, on va dire. Aujourd'hui, le *tech sex* nous sauve la vie, il est littéralement possible de baiser à distance, avec son et image. J'ai bien l'intention de tester mon Womanizer durant la bataille. Lui identifie tout de suite la difficulté de planification.

– D'accord, mais pour l'un de nous deux, ce sera le matin, nécessairement.

– Et tu es plutôt du soir.

– Oui je préfère, mais si c'est le matin pour toi, tu auras ta sœur en télétravail dans la pièce d'à côté.

– Le mercredi elle doit être à l'université en présentiel.

– Alors top, mercredi 21 heures pour moi et 9 heures pour toi.

Caler ses coïts sur Outlook, moi je dis qu'on vit une époque formidable. Je prévois ambitieusement un créneau d'une heure.

Le matin suivant, nous partons tôt avec *sister* en direction du North Shore.

Lorsqu'elle se lève, les premières paroles qu'elle prononce sont: « Google, turn on coffee ! » Au début, depuis la chambre, je me disais: mais pourquoi elle parle toute seule ? Dans les faits, elle ne possède pas de table, mais un truc connecté qui, entre autres, allume la machine à café. Déjà, parler à cette boule me paraît être une dinguerie. Que la boule réponde en est une autre. Si cette chose pouvait faire le café et me l'apporter au lit, et ensuite reprendre la tasse et la laver, à la limite pourquoi pas, cela me permettrait de bénéficier du temps gagné pour lire un livre intéressant pour mon développement d'être humain, au lieu de me taper la vaisselle. J'ai demandé à ma sœur si elle débranchait la boule quand elle conviait son chéri pour une soirée romantique, parce que ces appareils peuvent vous enregistrer, non ? (Bon, en secret, je craignais de faire le test du Womanizer devant ce spectateur/trice électronique et que plus tard l'appareil ressorte l'enregistrement de manière impromptue lors d'un dîner.)

Depuis quelque temps, les histoires d'intelligence artificielle m'oppressent. Certaines personnes ressentent ce que l'on appelle de l'écoanxiété, moi je ressens ce que l'on appelle du technostress. À chaque geste quotidien, une IA surgit pour m'aider. Comme si j'étais un être empêché, crétin, pas fini, pas fichu de décider, de choisir, d'écrire, comme si la seule et unique chose à laquelle j'aspirais dans ma vie est d'être le plus *efficace* possible avec le moins d'effort possible. Je prépare un post LinkedIn, il y a un bouton intitulé « réécrire avec l'IA », je fais du shopping en ligne, hop un « assistant » apparaît et me demande : « Bonjour Martina, comment pouvons-nous vous aider ? » et poursuit avec des questions fascinantes : « Quels gilets pour cet hiver ? Qu'est-ce que je mets pour briller cette saison ? » Chaque entreprise se doit de vous jeter son IA au visage, sinon elle se sent comme un objet de musée du 20e siècle que les gens viennent visiter en s'exclamant : « Ah bon, on devait décider seul avant ? On devait réfléchir ? Eh ben mince alors, c'était fou comme époque ! » Moi, je ne veux pas briller cette saison. Je ne veux pas qu'on m'aide. Je ne veux pas qu'on écrive à ma place, ni même qu'on réécrive. D'ailleurs l'IA n'écrit pas, elle rédige, ce qui est très différent. Et encore.

Elle aligne des suites de signes dont elle ne mesure pas les interactions, ni le sens, elle agglomère des data. Je veux garder mes imperfections, mes choix dictés par les émotions, parce qu'ils sortent de mes tripes, de mon cerveau, de mon cœur et je dirais bien de mes couilles mais je n'en ai pas et dire les ovaires c'est bizarre, mais enfin vous avez compris l'idée sans avoir besoin d'un *chatbot* pour vous expliquer.

La route côtière est belle, ce paysage accidenté et volcanique est à la fois imposant et reposant ; la nature est forte, les vagues sont hautes, le ciel est menaçant, le film *Jurassic Park* a été en partie tourné ici, on s'attend à voir un brontosaure au coin de la vallée, il y a quelque chose qui nous dépasse et paradoxalement, nous rassure. On n'est que des petites merdes sur cette planète, c'est clair, alors on se calme, et les ruminations toxiques et humaines qui nous prennent la tête semblent ridicules. Il faut juste accepter d'être une partie de ça, et de ne pas tout maîtriser. Le travail d'une vie.

Nous nous arrêtons sur les plages connues pour abriter les *honu*, les tortues vertes marines, il y a même des « parkings » protégés pour elles. Mais elles sont absentes aujourd'hui. Ce n'est pas un zoo ni un aquarium ni un safari, nous sommes chez elles, sur leur territoire et ma foi, elles sont dans l'eau. Je me trempe avec délices, pas profond à cause de mon oreille, et je vois une petite tête de *honu* au loin, émergeant quelques secondes au-dessus des vagues. Je sors de l'eau à peu près à la même vitesse que ces animaux magnifiques, je rampe, je repte (je sais que ce mot n'existe pas, mais il devrait) jusqu'à ma serviette de bain, et je reste juste là, comme un capteur solaire qui a besoin de se recharger, un appareil à plat. Plus loin, il y a des surfeurs. Rien n'est plus éloigné de mon univers que ces mecs mouillés, musclés et bronzés qui passent leur vie dans l'eau salée à essayer de monter sur une planche, moi je suis noyée dans le brouillard mental et météorologique de mes villes composées de béton et de microparticules, avec mon Parisien maigre, essoufflé et sédentaire. Mais ça me va. Et je sais que juste là précisément je kiffe l'idée de mater des pectoraux et des abdominaux trempés, mais que dans dix jours, mon univers souffreteux va me manquer.

Je mange presque tous les jours au *food court* du centre commercial Ala Moana. Je pense à Sixtine devant mon ramen piquant, soupe de nouilles japonaises avec lamelles de bœuf et œuf, il n'y a pas de raison de renoncer à la tradition, même si sans elle, c'est nettement moins intéressant. En fin d'après-midi, généralement, je descends à la piscine de la résidence où vit ma sœur. Il n'y a pas grand monde, à part un couple d'oiseaux, excessivement mignons, toujours collés l'un à l'autre. Je me plais à imaginer que c'est un message de l'homme des marches du Sacré-Cœur, qui me signifie qu'il ne m'oublie pas, je suis avec toi, tout en sachant que ces oiseaux sont juste là parce qu'ils y sont bien et qu'on leur fout la paix. Les habitants du gratte-ciel ne profitent pas vraiment de l'endroit pour lequel ils paient pourtant des charges très élevées, semble-t-il. Moi je me dis que c'est la première fois de ma vie que je dispose d'une grande piscine privée nettoyée tous les jours, avec transats confortables et vue sur des palmiers de 15 mètres, avec deux jacuzzis chauffés à 38 et des bulles qui massent le dos. J'y passe de longues heures à lire et à boulotter des petits gâteaux de riz gluant. La vie s'écoule simplement et cet endroit est comme un pansement.

Google, *turn off myself for a moment, please.*

Il est 8h30, après une mauvaise nuit (mais à quand remonte ma dernière nuit complète, je préfère ne pas y penser), j'ai pris un porridge instantané au petit déjeuner, j'ai pris un bain, j'ai pris 500 grammes sur la balance je crois, et donc j'ai pris peur, j'ai pris une aspirine, j'ai pris un moment pour regarder la plage de Ala Moana par la fenêtre, et j'ai pris mon

Womanizer pour lire la notice. L'homme des marches du Sacré-Cœur va appeler bientôt, il s'agirait de savoir comment marche ce truc et de ne pas s'emmêler ni les pinceaux ni les poils pubiens dans cette histoire.

Je ne suis pas sortie du couvent des petits oiseaux, je connais les sex-toys, j'en ai testé un certain nombre, je sais que l'on ne dit plus « vibromasseur » ou « godemichet » et qu'on ne les commande plus dans les catalogues Vedia sous pli discret en faisant croire que ce sont des objets pour se masser le visage, comme c'était le cas dans les années 70, lorsque j'étais ado. Mais j'en étais un peu restée à l'idée du canard vibrant, des boules de geisha et des machins en plastique en forme de quéquette, quoi. Je déballe un objet rose en forme de coquillage ou de goutte, il s'appelle Liberty (forcément), il s'ouvre en deux, élégant, nacré, livré avec un petit écrin en velours noir, tout à fait sac à main compatible, chargeable comme une montre connectée. Je le mets en charge et je lis le mode d'emploi intitulé *Let's masturbate*, il n'y a pas à dire, le monde s'est considérablement détendu face à ces questions. Je découvre que l'appareil possède une « excellente ergonomie », une autonomie pour 120 minutes de plaisir (bon on ne va peut-être pas les aligner d'un coup non plus, n'est-ce pas) et 8 niveaux d'intensité à choix. C'est un peu comme les guirlandes de Noël qui offrent la possibilité de plein de clignotements différents, mais généralement, il n'y en a qu'un seul qui nous plaît. Ce qui est important, c'est qu'il s'agit d'air pulsé et pas de vibrations, que cela ne stimule que le clitoris, l'organe aux plus de 10 000 terminaisons nerveuses, donc il faut le placer correctement, sinon ça ne sert à rien.

Voilà, il n'y a plus qu'à.

Je mets l'appareil en route (j'ai l'impression de décrire le test d'un robot ménager) en me disant que cela va chauffer la salle de jeux avant le téléphone avec mon amoureux. Bilan rapide et clinique :

- Est-ce facile à utiliser ? Oui et non, il faut quand même trouver le coup de main, si j'ose dire.
- Est-ce efficace ? Oui, cela combine massage et aspiration, l'effet est évident.
- Est-ce Broadway, le Nirvana, le septième ciel, la béatitude totale, le grimper de rideau, la volupté absolue et la jouissance totale ? Non, on ne peut pas dire ça.
- Est-ce pareil qu'avec un être humain ? Je n'ai certes pas testé tous les êtres humains, mais non, c'est très différent, plus « mécanique ».
- Est-ce mieux qu'avec un être humain ? Pas pour moi. J'aime faire appel aux sens, au cerveau, à la séduction, à la surprise, bref au cérémonial qui va avec notre condition de mortels.

D'ailleurs la première question du mortel lorsque je lui explique la situation sur FaceTime est très prévisible, les hommes restant des hommes.

– Ça fait plus d'effet que moi ?

Ma réponse est tout aussi prévisible, les femmes restant des femmes.

– Mais non ne t'inquiète pas, c'est juste un bout de plastique.

Faire l'amour à distance (et quelle distance !) est quand même un grand privilège, que par exemple Napoléon n'avait pas avec Joséphine, lorsque, selon la légende, il lui écrivait trois semaines avant de la retrouver pour le repos du guerrier : « Ne te lave pas, j'arrive ».

Ce qui est bizarre c'est après.

Lorsque FaceTime est éteint et que l'on se retrouve seule dans le lit, avec son Womanizer et son téléphone, sans câlin post-orgasme, et que l'on se dit que bon ben il s'agirait de se bouger. Ma sœur a son machin qui allume le café, moi j'ai un machin qui allume la libido, je dis vive le 21e siècle !

L'après-midi, je me rends dans un bar à ongles pour essayer de faire joli, remplissage gel, un blanc un peu nacré, un micro faux diamant juste au-dessus de la cuticule de l'annulaire pour l'effet *bling*. Au moment de payer, l'employée me montre des cœurs à côté de la caisse. Ils sont en pierres précieuses, et sont censés apporter tout ce que tout le monde veut et ne trouve jamais, sérénité, joie, bonheur, paix, amour, force, courage, humour, intelligence, argent (non, ça je ne crois pas que c'est mentionné, c'est dommage), la base quoi. Ils coûtent deux dollars, c'est cucul, bébête, gnangnan, concon, nunuche et toutes les doubles syllabes que vous voulez, mais je me dis qu'avec tout ce que j'ai dépensé en cartes de loterie à gratter en gagnant au mieux 12 francs, je ne perds rien à essayer de mettre un petit cœur de ce genre dans mon sac. J'en prends deux, un en quartz rose pour moi et un en jaspe rouge pour l'homme des marches du Sacré-Cœur.

Quelques jours plus tard, nous partons voir nos parents. Enfin c'est bizarre de prononcer ces mots comme ça, mais si je rectifie ainsi : nous partons voir nos parents ou plutôt ce qu'il en reste, ce n'est pas ouf non plus comme formulation, pas très *bienveillant*, puisque maintenant il y a une obligation absolue de bienveillance dans un monde qui ne l'est pas du tout, mais c'est un autre débat. Reprenons. Nous partons voir le lieu où nos parents reposent pour toujours. Où une partie d'eux repose pour toujours. Bref, nous partons pour le Makapu'u Point Lighthouse Trail, situé à l'extrême sud-est, le point le plus oriental de l'île. C'est plus une balade familiale à flanc de coteau qu'un trail ; nous avons une bouteille d'eau et un *lei*, le fameux collier de fleurs hawaïen qui se fabrique désormais en plastique et tissu, mais nous en avons choisi un vrai, en fleurs, notre mère adorait les orchidées ça lui plaira.

Nous avançons sans trop parler. Moi, je suis allée deux fois déposer les cendres de nos parents (d'abord celles de notre père, puis celles de notre mère) au même endroit, sous une pierre à Anzère dans le canton du Valais, et ma sœur est venue deux fois ici, déposer leurs cendres sous une pierre également. Franchement, ils sont plutôt bien les vieux, mer et montagne, en face des plus beaux paysages de la planète. Ils doivent se boire des bières en commentant l'actualité et en disant du mal des gens ; parfois je me dis que c'est mieux qu'ils n'aient pas vécu le Covid et tout ce qui a suivi.

Nous parvenons à une sorte de promontoire, à côté d'un petit phare blanc. Nous nous appuyons contre les barrières et contemplons l'immensité devant nous. On aperçoit deux mini-îles, ou plutôt des gros rochers qui sortent de l'eau et puis… plus rien. À une ou deux semaines près, les baleines ne sont pas encore là, l'océan est calme, il y a peu de touristes. Ma sœur me conduit à l'anfractuosité de rocher dans laquelle se trouvent les personnes qui nous ont mises au monde, et où elles resteront pour encore quelques millénaires vraisemblablement, avant l'explosion finale. Nous y déposons le *lei* et nous nous asseyons à côté, face à la mer. J'essaie de ne pas regarder en bas. Dans tous les sens du terme, c'est maintenant nous deux qui sommes au bord du précipice. Ma sœur doit avoir la même pensée.

– On est orphelines en fait.

– Oui, et maintenant c'est toi la personne que j'ai connu le plus longtemps dans ma vie.

– Et moi je te signale que, étant la cadette, je n'ai jamais connu la vie sans toi.

– Tu vas rester ici pour toujours, ou pas ?

– Je crois que oui. Souviens-toi de nos parents en 1989, après la chute du mur de Berlin, lorsque certains Tchèques émigrés ont choisi de rentrer au pays. Ils avaient décidé que désormais leur maison était en Suisse, avec leurs amis, leur famille, leurs codes ; leurs nouvelles racines étaient là simplement, et ils n'avaient plus envie d'être ailleurs. Je crois que j'arrive au même constat. Je sais que je suis loin de tout, et de toi, mais *I belong here*.

Ma place est ici.

Cela résonne dans ma tête, évidemment. Ici, aux confins du monde, là où tout commence et où tout finit, je sens que quelque chose se met vaguement en place, et qu'il est temps de retourner dans cet endroit désormais trop rangé, qui s'appelle chez moi.

Mais j'ai quelqu'un à appeler avant.

Katsushika Hokusai, *La Grande Vague de Kanagawa*, 1830-1834
Estampe imprimée sur papier, 25,9 x 38,5 cm,
Honolulu Museum of Arts, Hawaï

Consultation n°7

– Bonjour, est-ce que vous m'entendez ?

– Oui, mais je ne vous vois pas…

– Attendez, je vais mettre la caméra.

Je vois apparaître sur Teams le visage familier de mon psychothérapeute adoré, et je devine derrière lui les contours du cabinet. C'est étrange de tenir des consultations à distance ; en ce qui me concerne, c'est la première fois. Les silences sont différents, le non-verbal existe peu en visioconférence, puisque l'on ne voit pas grand-chose du corps, les jambes qui bougent, les mains qui tapotent, les changements de position. On n'entend pas non plus les soupirs, les petits raclements de gorge, on parle différemment, plus fort, avec une voix de gorge, parce que l'on intègre que l'autre est loin. On ne sent pas son parfum. L'exercice est beaucoup plus contrôlé. Il ne s'agit plus d'une rencontre entre deux organismes humains, il s'agit d'un face-à-face technique, entre deux personnes qui présentent leurs états d'âme comme on présente une restructuration d'entreprise. Est-il envisageable de pleurer en distanciel ? Seule derrière son ordi ? Sans que l'interlocuteur ne puisse vous toucher le bras pour vous manifester son empathie ? Bonne question. Mais cela ne se produira pas, car je vais bien, je crois. Je me demande s'il s'en rend compte.

– Alors chère Madame, comment se passe votre séjour ?

Badaboum. *Chère Madame.* Certaines habitudes sont tenaces et traversent toutes les frontières.

– Mais plutôt bien, *cher Monsieur.* Je suis heureuse de ce voyage, j'ai l'impression d'être sur une autre planète, et d'avoir pu prendre du recul et récupérer un peu d'énergie.

– C'est une excellente nouvelle.

– Mais parfois, il y a une vague de tristesse et d'anxiété qui me submerge encore.

– Cela est parfaitement normal. Vous faites face à une série de deuils, le deuil de votre ami décédé, le deuil de votre vie à deux avec votre compagnon, le deuil de votre poste à responsabilités au sein de votre entreprise, le deuil de votre vie de famille avec vos enfants. Tout cela est arrivé dans un temps très réduit et a produit beaucoup de tensions. Votre corps et votre tête doivent absorber ces événements, cela ne se fait pas en un jour, ni même en deux semaines à Hawaï.

– Je trouve bizarre d'avoir assez peu pensé à Max ici, j'ai l'impression de l'avoir abandonné là-bas, tout seul dans le noir. J'imaginais naïvement que j'aurais un signe de sa part, quelque chose qui se produirait et qui me ferait penser que nous sommes toujours connectés, mais non.

– Les différents processus de deuil se font chacun à son rythme. Pour votre ami Max, vous avez accepté que la vie continue sans lui, mais vous ressentirez probablement régulièrement des bouffées de manque et de souvenirs qui resurgissent et vous envahissent. Vous pouvez aller au cimetière lui parler, comme vous l'avez déjà fait. Je trouve également que lui amener ses capsules de café et ses cigarettes est une bonne ressource, un geste qui vous appartient, quelque chose d'original et qui correspond à votre relation. Et votre travail, comment vivez-vous votre retour sur le « terrain », comme on dit ?

Le fameux « terrain ».

Chez nous, comme dans beaucoup d'entreprises, on utilise aussi cette terrifiante expression : « en bas ». Lorsque nous parlons des cadres, nous disons souvent : « Ils ont dit ça en haut » ou « Nous en bas on doit appliquer ce qu'ils décrètent là-haut. » Sous-entendu, vous êtes cadres et nous pas, vous êtes bien payés et nous pas, vous décidez et nous pas, vous êtes déconnectés de la réalité et nous pas. Même quand on se tutoie, même quand on essaie de promouvoir un management dit positif, même quand on transforme le vocabulaire pour que les mots soient le moins possible imprégnés de hiérarchie (on est passés d'« ouvriers » et « travailleurs » à « employés » et « salariés », puis à « collaborateurs » et maintenant nous sommes tous soi-disant des « talents », c'est à pleurer de rire, ou à pleurer mais pas de rire), même quand on place sciemment les bureaux de la direction dans les étages inférieurs, il reste dans l'inconscient collectif l'idée qu'il y a en haut les chefs et en bas les esclaves. En France par exemple, lorsque je parle avec des amis de l'homme des marches du Sacré-Cœur, personne ne comprend que l'on puisse quitter un poste de manager, car c'est déchoir. C'est une attitude de perdant. C'est retourner à la mine. Ramer à fond de cale. C'est forcément que l'on a foiré sa carrière. En ce qui me concerne non, je suis ravie de ce choix. Financièrement, je suis moins ravie, je l'admets, mais pour le reste, j'aime l'idée de finir là où j'ai commencé, « en bas », à raconter le monde. Avec les collègues, on s'amuse à appeler la boîte « Guantanamo », cela nous défoule, mais ne nous empêche nullement d'être des détenus modèles.

– Et comment envisagez-vous la suite avec votre compagnon, qui est retourné à Paris ?

Nous revoilà au cœur du sujet. La *telenovela*. Amour, gloire et beauté. Mon cher thérapeute est à l'affût des derniers potins érotico-sentimentaux de sa patiente. Il a toujours été honnête avec moi, je me dois d'être honnête avec lui.

– Franchement ? Je n'en sais absolument rien.

– Et cela vous effraie-t-il ?

– Non, pas du tout. Si je résume brutalement, il a voulu que l'on se marie et cela n'a pas marché, il a voulu que l'on vive ensemble à Genève et cela n'a pas marché non plus, pour une raison indépendante de notre volonté, cette fois. Au début de notre histoire, il ne voulait pas s'engager, puis il a choisi de donner sa chance au produit (sourire) et de tenter l'aventure du couple. Durant toute notre histoire, tous les six mois, nous devons nous adapter à une nouvelle donne. Alors on verra.

– Avez-vous été contente de revoir votre sœur ?

– Oui très. Vous savez, la famille est désormais complètement éclatée, ma sœur ici à Hawaï, mon fils aux États-Unis, ma fille en Grèce, mon mec à Paris et mes parents éparpillés entre ciel et terre, je reste seule en Suisse avec mon chat. Les équilibres se modifient, j'ai l'impression que nous vivons dans une insécurité beaucoup plus grande que nos parents au même âge, mais cela a le mérite d'être intense.

Je réalise les choses en les formulant. C'est vrai. Je suis à l'âge où on perd à la fois ses enfants et ses parents. Et personne ne nous tient la main ou nous tapote dans le dos. Lorsque l'on divorce, que l'on se retrouve au chômage, que l'on souffre d'une maladie grave, il y a beaucoup d'empathie, mais lorsque ce reparamétrage complet se produit, tout le monde s'en cogne. C'est cool, c'est super, c'est normal, c'est la vie démerde-toi avec tes sentiments ta solitude tes bouffées de chaleur tes fins de mois ton technostress tes amants éventuels tes amis qui sont dans le même jus, et s'il te plaît commence à faire un plan de prévoyance financière pour ta future retraite qui arrivera peut-être plus vite que tu ne crois. C'est à toi de trouver les ressources mamie. Et de faire que ta vie soit scintillante.

Soit. On se verra tous un peu moins. Mais nous apprécierons ces moments. Et également les périodes d'éloignement.

– Docteur ?

– Oui ?

– Je ne vous vois plus, votre image est figée.

– Désolé, la connexion est instable, je bouge un peu. Est-ce mieux ?

– Parfait, merci. J'ai encore une dernière question.

– Je vous écoute.

– Est-ce que la tempête s'arrête ? Un jour ?

– Non.

– …

– …

– J'espérais une autre réponse.

– Je ne peux hélas pas vous fournir d'autre réponse. Ce que vous appelez la tempête s'appelle la vie. Il y aura des deuils, des maladies, des soucis. Toujours. Vous connaissez la fameuse phrase : si à 60 ans on se lève le matin et qu'on n'a mal nulle part, c'est qu'on est mort ?

– Bien entendu, et je peux vous dire que cela commence bien avant 60 ans et que comme j'ai mal partout, je suis très vivante !

– Eh bien pour la santé psychique c'est pareil, si vous n'avez pas d'angoisse, c'est que vous êtes morte. Souvenez-vous d'une chose un peu technique, et après nous parlerons de votre prescription. La mission de votre cerveau est de garantir la survie, il accorde donc plus d'importance aux dangers et aux menaces qu'aux joies et aux accomplissements.

– C'est pour cette raison que je vois toujours le verre à moitié vide ?

– Peut-être. Mais rappelez-vous que le pire n'est jamais sûr.

Pfff. Même en visio pourrie, il déchire, ce gars. Je le compare souvent à un viking sexy, mais il ferait aussi un surfeur parfait, bâti comme un dieu romain, intello comme un philosophe grec. Le combo idéal.

Arrive le moment fatidique.

– J'ai pas mal de force en moi, mais j'en prendrais bien une petite louche supplémentaire. Comment on va faire ?

– Vous avez parlé de vague de tristesse et de tempête. C'est drôle.

– Pas nécessairement.

– C'est ironique si vous préférez. Vous aurez la chance incommensurable de voir le deuxième tableau qui possède son emoji.

– …

– Vous ne voyez pas ?

– Non, du tout.

– Vous êtes à Hawaï, à quoi pense-t-on immédiatement en relation avec cet archipel ?

– Aux tortues ?

– Heu… oui aussi, mais ce n'est pas cela.

– Aux hibiscus, c'est le symbole de la compagnie aérienne.

– Non plus.

– Alors je ne sais pas.

– Waikiki, chère Madame, la célébrissime plage. Que trouve-t-on à Waikiki ? Pourquoi vient-on du monde entier à Waikiki ?

Bien sûr. Suis-je bête.

– Les vagues.

– Voilà !

– Mais vous ne parlez tout de même pas de Hokusai ? De LA vague mythique de Hokusai ?

– Mais si ! *La Grande Vague de Kanagawa*, dont il existe de multiples versions. Il se trouve que le HoMA, le Honolulu Museum of Art, en possède un exemplaire. Mais c'est comme la vague de douze mètres que tout le monde attend chaque année pour que puisse se tenir la fameuse compétition de surf Eddie Aikau dans la baie de Waimea. Elle ne se montre pas souvent. Elle se mérite (sourire). En fait le musée n'expose l'œuvre que tous les cinq ans. Je leur ai passé un coup de fil et j'ai eu l'impression de gagner à la loterie : elle est visible maintenant.

– Je n'en reviens pas. *La Vague* ! Il est ici !

– Vous voyez que le meilleur peut surgir. Allez surfer sur cette vague-là, je vous garantis qu'elle vous portera loin.

– Si j'étais venue vous voir dans votre cabinet, comme d'habitude, vous m'auriez proposé quel tableau ? Vous ne m'auriez tout de même pas fait traverser le monde entier pour Hokusai ?

– C'est une excellente question. J'aurais peut-être trouvé une version de cette estampe quelque part en Europe, il en existe beaucoup. Mais probablement pas. Tout est question de résonance. Il se trouve que vous êtes à Hawaï et que cette visite fait sens à ce moment de votre vie. Si nous étions à Genève, j'aurais sans doute proposé autre chose. D'ailleurs, je crois que vous pourrez bientôt faire vos propres prescriptions, regardez autour de vous, sur vos écrans, vos réseaux, écoutez les discussions avec les amis, et si un tableau, une sculpture, un dessin, une œuvre vous parle, vous attire, vous aimante, allez-y !

– Je vais le faire. Mais sans vous ce n'est pas pareil. Je reviendrai certainement vous voir. Merci mille fois pour nos discussions, je ne vais pas dire que vous me sauvez la vie, mais grâce à vous, je surnage.

– Mais de rien, *chère Madame*, c'est toujours un plaisir. Alors à bientôt… peut-être.

Et nous appuyons sur « quitter ».

Encore un deuil.

***

Je me rends à pied au musée, c'est mon dernier jour ici, et j'apprécie chaque pas, en traversant le quartier colonial et les jardins pleins d'hibiscus. Je n'arrive pas à croire que je vais voir « en vrai » cette vague mythique. Je ne suis pourtant pas du tout amatrice d'art japonais ni d'estampes mais, comme *Le Cri* de Munch, cette vague est devenue un symbole de la pop culture, et il n'y a à mon avis rien de plus adéquat que ce dessin pour décrire notre époque.

L'endroit est d'un calme absolu, trois visiteurs se courent après. Je me retiens d'aller voir des nymphéas de Monet ou le Modigliani du musée, je tourne directement à gauche pour aller dans les pièces exposant l'art japonais. *La Vague*, comme il se doit, a droit à son propre mur. Il s'agit d'un petit tableau, encadré dans du bois clair tout simple, dépouillé. Je suis devant mais je ressens une certaine difficulté à m'immerger (un comble !) dans ce motif que j'ai déjà aperçu tant de fois sans jamais vraiment le regarder.

Comment ce que je vois peut-il me donner de la force ?

Je ferme les yeux et je pratique pendant quelques minutes la cohérence cardiaque, en inspirant pendant 6 secondes, retenant ma respiration pendant 6 secondes et expirant pendant 6 secondes. Il s'agit d'être là, présente, si je veux retirer quelque chose de cette visite. La pleine conscience n'est pas mon point fort, je suis une agitée, une hystérique, une nerveuse, je scanne, j'accumule, je traverse, j'avale, j'engloutis, j'emmagasine, je survole, je cours, et j'éprouve les plus grandes difficultés à m'arrêter. C'est tout le sens du travail que j'effectue avec mon merveilleux psy dont je ne donne les coordonnées à personne (quand on en choppe un comme ça on le garde précieusement pour soi et on dit avec le nez de Pinocchio qui s'allonge que non, on n'a jamais fait de thérapie encore, mais qu'il serait peut-être temps d'y songer).

Je réouvre les yeux. C'est mieux. Ce qui frappe en premier lieu est la simplicité, la beauté inouïe d'une image ne comportant que deux couleurs de base, le bleu et le blanc. Pour figurer l'eau, la neige, le ciel.

Je m'approche et j'observe des détails dont je n'avais jamais soupçonné l'existence. C'est incroyable. Jusqu'à présent, je visualisais bien la vague, belle et menaçante, en forme de main crochue, comme si elle allait s'abattre sur le monde et le broyer et que c'était parfaitement attendu et prévu. Je me souvenais qu'il y avait le Mont Fuji au fond, comme élément central du tableau, avec sa si célèbre cime enneigée. Mais si on m'avait demandé ce qu'il y avait d'autre, j'aurais répondu : rien. Je serais passée à côté de l'essentiel. Car il y a des gens dans ce dessin.

Des humains.

Trois bateaux sont ballotés par cette mer en furie. Ils sont littéralement fondus dans les formes des vagues, et luttent pour rester en surface, et à leur bord, il y a, mais oui, des personnes qui rament, des toutes petites têtes blanches. Et dans chacune de ces toutes petites têtes blanches, il doit y avoir un cerveau qui envoie un message au système nerveux de son propriétaire pour lui dire que c'est la monstre merde. Et que si cette vague s'abat (et comment ne s'abattrait-elle pas ?), on n'en réchappera pas et on va tous mourir noyés.

Mais ils rament.

La vague n'a d'autre choix que de retomber. Et eux n'ont d'autre choix que d'avancer. C'est ce moment suspendu qui produit le miracle de cette œuvre. Quelles que soient nos croyances, nous savons qu'il y a quelque chose de beaucoup plus fort et puissant au-dessus de nous, et nous connaissons la fin de l'histoire. Cela ne nous empêche pas de nous battre. Jusqu'à la fin. Et toute la beauté est dans ce combat.

C'est à la fois très violent et très zen.

Ici à Hawaï, les surfeurs choisissent d'accueillir la vague, et même d'aller la chercher, allez viens viens viens, je n'ai pas peur, je vais à la fois te dominer et me laisser porter par toi. Et peut-être qu'un jour je me ferai bouffer un bras par un requin ou je finirai au fond. Mais j'aurai vécu.

La chamane du bain de forêt m'avait dit: «Tu ne pourras pas éviter ce qui vient.» Non. Je ne pourrai pas éviter la vague, moi qui souffre tellement de nausées. La femme de la pharmacie petites graines qui m'avait balancé au visage que les cystites étaient un problème de communication me dirait sans doute que je souffre du mal de *mère*. Peut-être bien, d'ailleurs. C'est épouvantable, mais un de mes rêves de petite fille était de voir la mer Morte. Pas besoin de vous faire un dessin, j'ai vu deux fois la mer Morte et une fois ma mère décédée, je crois que c'est bon, je peux être en paix avec ça, maintenant.

Je quitte *La Grande Vague de Kanagawa* avec regret et j'achète une carte postale à la boutique du musée. La vague sera chez moi, sur les étagères consacrées aux livres d'art. Je me souviendrai que je suis sur le bateau et que je rame. Et que tant que la vague n'est pas retombée, le match n'est pas terminé.

À l'extérieur je cligne des yeux, le soleil est encore très dur en fin d'après-midi. Je mets mes lunettes qui ressemblent à celles de Michel Polnareff, mon chapeau blanc assorti, et je marche doucement jusqu'à la plage d'Ala Moana pour faire mes adieux à l'océan. Mon père disait toujours qu'il fallait aller cracher dans la mer avant de repartir chez soi, car cela signifiait que l'on reviendrait un jour. (C'est drôle tout de même ces coutumes tchèques, comme le fait de frapper les femmes avec des branches de peuplier à Pâques pour qu'elles donnent à l'homme un œuf coloré, sérieux, ça sort d'où.) Nous avons donc craché dans pratiquement toutes les mers du monde. En tout cas, pour lui ça a marché, il est revenu ici. Et y est resté.

Je trempe les chevilles, l'eau est totalement plate comme dans un lagon. J'avance un peu, et c'est à ce moment-là que je l'aperçois.

Je n'arrive pas à y croire, et les larmes me montent aux yeux. Elle est magnifique, gigantesque, seule, et se laisse porter tranquillement non pas par la vague car il y a zéro vent et zéro courant, mais par l'eau, à cinquante centimètres de profondeur, et à quelques mètres de moi.

Honu. La tortue verte.

Elles viennent rarement par ici, mais cela peut se produire. Je pourrais la toucher, passer mes mains sur sa carapace ; c'est interdit, bien entendu, et cela ne me viendrait pas à l'esprit, je choisis plutôt de m'accroupir dans l'eau, pour mieux la voir. Nous nous regardons, deux êtres vivants qui flottent comme ils peuvent. Je n'aurai pas la stupidité de croire que c'est un signe de Max ou des conneries comme ça, mais je me sens privilégiée de pouvoir assister à ce spectacle. Et puis elle se laisse dériver vers le large, et s'éloigne de moi.

Je crache (ça se tente) et je sais exactement où je dois aller pour terminer cette histoire.

Épilogue

J'y suis de nouveau.

Max aurait dit que c'est pathétique, ce petit jeu sur les marches du Sacré-Cœur. Même si je donnerais n'importe quoi, un organe ou une partie de mes convictions pour le revoir ne serait-ce que deux minutes, et pour qu'il m'envoie à la figure une vacherie sarcastique et hilarante comme il savait si bien le faire, je ne suis pas d'accord avec lui sur ce point.

Les lieux, les symboles et les rituels sont importants. Chaque individu, chaque famille, chaque couple invente sa propre légende. La nôtre se déroule là, au-dessus du square Louise Michel, à coups de robes avec ou sans culotte dessous, de champagne et de fraises.

Il fait froid cette fois-ci; et bientôt nuit. Je suis en short, collants opaques et cuissardes de mousquetaire en cuir, fines et moulantes, pull blanc torsadé et blouson en mouton retourné noir. Je retente la petite bouteille de Ruinart, celle-ci ne finira pas explosée dans le congélateur, je m'y engage fermement. Ce n'est pas la saison des fraises ni des framboises, alors j'ai pris des rosettes de Tête de Moine, un fromage jurassien exquis, qui se racle à l'aide d'un appareil que l'on nomme une girolle et qui fait des tranches tellement fines que cela ressemble à des petites fleurs, j'ai aussi du saucisson très sec pour nourrir le futur cancer du côlon de Monsieur. Mais à mon avis, ses risques d'en attraper un sont tellement nombreux qu'il y a des chances qu'ils s'annulent. L'homme des marches du Sacré-Cœur me semble plutôt en bonne forme physique ces temps, peut-être même plus que moi, qui respecte une hygiène de vie de mômière. Ce qui constitue en soi une réelle humiliation, heureusement que je l'aime.

Il arrive par le haut cette fois, et me surprend par-derrière. De plus, une fois n'est pas coutume, il est à l'heure ; les mois passés en Suisse ont déteint, manifestement.

– Tu es belle. Et bronzée.

– Pour l'adjectif numéro 1, je sais que ce n'est pas vrai, mais ça me fait plaisir que tu le dises. Pour l'adjectif numéro 2, oui, j'ai bien profité de la piscine, mais je pense que ça ne tiendra pas longtemps.

– Contrairement à nous.

C'est rare qu'il se projette comme ça.

Nous ne nous sommes pas vus depuis plusieurs semaines et nous nous embrassons. Son odeur de clope et de parfum avec Alain Delon jeune sur le flacon m'a manqué, sa bouche et ses mains aussi. Comme deux survivants, nous nous accrochons l'un à l'autre.

Nous trinquons en silence en regardant le tout-Paris *by night* s'étaler devant nous. Il y a trois jours, je regardais l'océan. Comme ces paysages, certaines choses ne bougent pas. C'est par exemple toujours la femme qui attaque la vraie discussion.

– Alors ? De quelle manière allons-nous continuer notre histoire ?

Et l'homme est souvent très surpris.

– Comment ça ?

– Eh bien, tu dois vivre à Paris, alors que tu as un contrat de travail suisse, et élever deux adolescents à plein temps dans un appartement de 30 mètres carrés. Et moi, je travaille et je vis à Genève avec mon chat et ma ménopause. Ce n'est pas la configuration disons… la plus simple.

– Mais c'est comme ça.

Voilà.

Ce n'est pas comme ça que devrait se terminer le conte de fées, en principe. Comme chaque fois, il va falloir adapter un peu la conclusion classique :

> Ils ne se marièrent pas parce qu'elle ne le souhaitait pas, et n'eurent pas d'enfants parce qu'ils étaient trop vieux, mais furent heureux quand même.
>
> Ils ne se marièrent pas parce que c'était trop compliqué pour les questions d'héritage et de caisse de pension entre les deux pays et les quatre enfants, mais s'arrangèrent pour être à peu près heureux malgré tout.
>
> Ils ne se marièrent pas et n'eurent pas d'enfants, mais se débrouillèrent pour faire l'amour jusqu'au bout, avec les moyens du bord, la chimie allemande et les sex-toys made in China.
>
> Ils ne se marièrent pas, ne vécurent même pas ensemble, et lui travailla jusqu'à 70 ans pour financer les études de ses enfants eus sur le tard, mais justement, la distance permit d'éviter une routine délétère de papi et mamie, et ils restèrent rock'n'roll jusqu'au moment où ils prirent la petite fiole de pentobarbital fournie par l'association suisse d'aide au suicide Exit main dans la main et heureux de ce qu'ils avaient vécu.

Je souris.

– Nous ne sommes pas une très bonne *rom-com*.

– Une quoi ?

– *Rom-com,* cela signifie comédie romantique. Selon les codes, les héros s'aiment, mais doivent faire face à plein d'obstacles qui empêchent leur amour, puis soudain, à la fin, tout se résout comme par miracle, ils s'embrassent, se disent je t'aime, et tout roule ma poule.

– Et nous, ça ne roule pas, c'est ça que tu veux dire ?

– Le moins que l'on puisse dire, c'est que la route n'est pas pavée de roses et… ah oui, à propos de rose…

Je n'allais pas les oublier, eux.

Les deux cœurs achetés chez la styliste ongulaire. Celui en quartz rose pour moi, et celui en jaspe rouge pour lui. Je les sors de mon sac à main, en me disant qu'il va trouver ça effroyablement niais, lui le vieux mâle blanc cisgenre et hétéronormé, élevé à tenir dans sa main un verre, une cigarette, un volant, une carte de crédit, ou une nana, mais certainement pas un petit colifichet porte-bonheur.

– Le rouge est pour toi. La jaspe est la pierre de l'énergie et de la vitalité sexuelle. Le quartz rose est la pierre de l'amour et favorise la guérison émotionnelle. Il faut qu'on les conserve, ces cœurs sont solides, ils ne se briseront pas.

– Comme nous.

– Nous trouverons des solutions, n'est-ce pas ?

– Ben oui.

Ben oui.

Cette question.

Il prend le cœur et le met dans sa poche. Je m'attends à ce qu'il prononce une phrase tue-l'amour dont il a le secret, genre : « Tu vois, je le garderai là, vers la couille gauche, c'est une bonne place, pour l'énergie sexuelle, non ? » Ce n'est pas un homme qui pleure, ce n'est pas un homme lyrique, ce n'est pas un homme qui explique pourquoi il t'aime. Mais ce soir-là, il prononce la plus longue phrase d'amour de notre relation.

– Au début, lorsque nous nous sommes rencontrés, je n'étais pas sûr. De vouloir. De te vouloir. Et puis quelques mois plus tard, j'ai posé des adjectifs sur un papier, car je suis visuel, j'avais besoin de voir. Dans la première colonne j'ai écrit : intelligente, rigolote, aimante avec les enfants, fiable, bosseuse, sportive, un peu exhibitionniste (ce que j'adore), indépendante, tranchante, généreuse. J'oublie peut-être un truc. Dans la seconde colonne il y avait aussi tous tes défauts : blonde, gauchiste, écolo, anticléricale, agressive parfois, hyperactive, orgueilleuse, rancunière, narcissique, boudeuse, voulant toujours avoir raison, et j'oublie sûrement plein d'autres trucs. Ce jour-là, je me suis dit que tu m'avais toujours donné de l'amour, depuis notre première rencontre sur les marches, et que j'étais peut-être prêt à t'en donner aussi.

Il y a quelque temps, j'aurais assez moyennement apprécié le tableau Excel des points positifs et des points négatifs. Je me serais mis dans la tête qu'il classait les femmes avec des notes ou des étoiles, qu'il faisait ça avec toutes celles qu'il rencontrait en ligne, un TripAdvisor des conquêtes. Maintenant cela me fait rire, je sais que cette tirade est, en quelque sorte, une déclaration. Sa poésie à lui.

Il sort de sa sacoche noire de travail un petit bouquet de roses blanches.

– Ce n'est pas un bouquet de mariage. Tu n'aimes que les fleurs blanches, alors des fleurs blanches. Et accompagner. Je t'aime.

Les fleurs blanches, on les reçoit lorsque l'on se marie, lorsque l'on est à l'hôpital, lorsque l'on est mort. Moi je les reçois ici, alors que nous sommes vivants, en bonne santé. Il a dit « et accompagner ». Un jour, peut-être que tu pousseras ma chaise et moi je porterai ton sac à oxygène. Ou l'inverse. Ou pas. On verra bien. Mais ces derniers mois ont confirmé ce que je me dis chaque fois sur ces escaliers.

Nous n'avons rien en commun, sauf l'essentiel.

Bonus

Recette du gâteau à la courge fait pour Sixtine avant le départ à Hawaï

Ingrédients :
300 g de courge râpée
150 g de noisettes moulues
50 g de noisettes grossièrement moulues
150 g de sucre
1 sachet de sucre vanillé
Un peu d'extrait de vanille ou de fleur d'oranger
Une cuillère à café de cannelle
3 œufs
75 g de farine
100 g de chocolat noir
Massepains pour décorer

Marche à suivre :
Mélanger la courge râpée avec les noisettes et le sucre ainsi que le sucre vanillé et les épices. Ajouter les œufs un par un. Puis incorporer la farine. Verser la pâte dans un moule démontable de 26 cm de diamètre, chemisé de papier sulfurisé. Faire cuire à 180 degrés pendant une vingtaine de minutes, jusqu'à ce que le dessus soit doré. Vérifier avec un cure-dents pour voir si le cœur est bien cuit. Faire fondre le chocolat, ajouter éventuellement un peu de crème. Glacer le gâteau et le décorer avec des minilégumes en pâte d'amandes.
Il est possible de remplacer la courge par de la carotte ou moitié carotte moitié courgette.

Remerciements

Ma gratitude,

À mon éditrice depuis vingt ans chez Favre, Sophie Rossier, pour son suivi, ses conseils, ses réflexions précieuses, son soutien et son amitié.

À ma correctrice et relectrice Aline Lehmann, pour son travail minutieux et essentiel.

À mon minicomité de lecture, Antoine, Béa, Kathinka, Maaike, pour leurs corrections, critiques, remarques et encouragements.

À Monique Chyba, ma *little sister* d'être ma *little sister* et de faire partie de cette histoire.

À mes merveilleux enfants d'exister et d'accepter que leur mère raconte sa vie à tout le monde.

À l'homme des marches du Sacré-Cœur, évidemment, sans qui rien de tout cela n'aurait existé, et qui est toujours là, dans ma vie.

À mon chat Achille, qui s'appelle Hector dans le roman, mon guerrier grec imbattable sur le trajet entre le lit et le canapé.

Le chocolat à 90% a bien aidé, aussi.

De la même auteure chez le même éditeur :

Ces chroniques de survie sont un véritable antidépresseur sous forme de mots, pour épingler les maux de notre société. Car cela soulage de sentir que nous sommes nombreux à nous débattre dans le stress, la peur que tout s'arrête, le vertige du temps qui passe, l'impression de brasser de l'air sans être efficace, le doute et la culpabilité. L'amour, les jeunes, les vieux, les transports, le travail, la technologie, l'argent, la mode et les poubelles à sortir… Non, la vie n'est pas simple. Ces textes joliment illustrés nous permettent d'en rire, et c'est précieux !

La vie passe et on se retrouve à 50 ans, souvent fraîchement divorcée et hélas plus toute fraîche sur le marché ingrat de la séduction. À cet instant précis, on peut gémir sur l'injustice du temps qui file, sur ces salauds de mâles qui font leur crise, sur l'ingratitude des jeunes qui nous considèrent au boulot comme des vieux cons avec notre vie de bureau bien réglée, on peut geindre sur nos parents âgés qui ont eu une retraite en platine dont nous ne bénéficierons jamais, on peut grincer sur nos enfants merveilleux mais pour lesquels on panique car on se dit qu'ils ne trouveront ni emploi ni logement. Oui on peut se plaindre de tout ça et je le fais régulièrement car c'est très jouissif même si cela ne mène à rien. Mais la réalité, c'est qu'on bouge encore. Et pour un moment. Alors ce n'est pas comme s'il y avait le choix, il faut avancer.

Pour réussir cette seconde partie de ma vie, je n'ai pas hésité à aller chercher de l'aide et à «voir quelqu'un» comme on dit. Il y a des coachs de vie, des bonheurologues en tout genre, ceux qui vous expliquent comment vous comporter, vous recentrer, vous découvrir, vous organiser, vous habiller, vous décoincer, etc. Et puis à côté de tout ça, il y a mon psy à moi. Il ne prescrit que des œuvres d'art.